ANNA
WARNER

NORMAL HÖHE NULL

ROMAN

HarperCollins

Die Arbeit an diesem Buch wurde durch ein NEUSTART KULTUR-Stipendium
der VG Wort gefördert.

Die Beauftragte der Bundesregierung
für Kultur und Medien

NEU
START
KULTUR

VG WORT

1. Auflage 2023
Originalausgabe

Gesetzt aus der Stempel Garamond
von GGP Media GmbH, Pößneck
Druck und Bindung von GGP Media GmbH, Pößneck
Printed in Germany
ISBN 978-3-365-00272-8
www.harpercollins.de

Klimaneutral
Druckprodukt
ClimatePartner.com/15109-2009-1001

MIX
Papier
FSC FSC® C014496

PROLOG

Vorsicht Lebensgefahr. Nora ließ das verwitterte Schild hinter sich und zählte ihre nächsten Schritte. Einundsiebzig, zweiundsiebzig. Der Abbruchkante der Steilküste war sie jetzt deutlich näher.

Sie schob blühende Disteln beiseite. Die hohen Gräser waren noch nass vom Regen der letzten Nacht, alles leuchtete im Sonnenlicht. Als hätte es das Unwetter nicht gegeben, lag das Meer glatt vor ihr, ein unendliches Blau, der Horizont eine gerade Linie.

Die Uferschwalben, sie waren jetzt auf Augenhöhe, kreuzten hoch in der Luft und verschwanden plötzlich unterhalb der Kante, um kurz darauf wieder aufzutauchen. Bislang war hier ein schmaler Pfad verlaufen. Jetzt gab es ihn nicht mehr. Zwei Schritte noch, dann war Schluss. Die Wiese war hier einfach weggebrochen.

Vorsichtig spähte Nora hinab. Eine Bahn feuchter, frischer Erde zog sich bis zum Wasser.

Ein Baum ragte heraus, die Blätter noch grün, das Wurzelwerk nackt, Erdklümpchen daran. Büsche waren mitgerissen worden, Felsbrocken und Steine. Als hätte ein Riesenkind im Sandkasten gespielt.

Alles war wie immer. Nur dieser Erdrutsch zeugte von den Gewalten, die letzte Nacht getobt hatten. Ein Stück Land war verschwunden, es war einfach abgestürzt und ins Meer getragen worden.

Lange blieb Nora dort stehen und ließ den Anblick auf sich wirken. Dann ging sie Schritt für Schritt zur Villa zurück.

1

Eine Wolke Betonstaub nahm ihr die Sicht.

Nora hustete. Die Partikel drangen ihr in Mund, Nase und Augen, trotz Schutzkleidung und Atemmaske. Es störte sie nicht. Während sie ein Taschentuch hervorzog und sich die Stirn wischte, machte sich ein tiefes Gefühl der Befriedigung in ihr breit. Erledigt, sie hatte es wieder einmal geschafft. Sauber waren die Mauern in sich zusammengefallen, genau wie geplant, geschmeidig und in der Zeit.

Langsam wurden auch die Umrisse von Alfio, ihrem Assistenten, deutlich. Alfio stand in einiger Entfernung und hielt schon wieder sein Mobiltelefon in der Hand. Staub ist schlecht für die Technik, dachte Nora, und sowieso. Sie machte ihm ein Zeichen: Pack das Ding weg.

Er sah sie nur ausdruckslos an, während er weiter zuhörte. Alfio hängt zu viel an seinem Gerät, dachte Nora. Sie hatten schließlich einen Job, auf den man sich konzentrieren musste. Das hier war Präzisionsarbeit, nichts, wirklich nichts durfte einen ablenken, wenn man ein Gebäude abriss, erst recht nicht, wenn man sprengte. Die Räume vermessen, die Statik berechnen, den Sprengstoff deponieren. Absperren, die Straße räumen, das war bisher Alfios Aufgabe gewesen. Am Schluss noch einmal alles prüfen. Und dann die Zündung betätigen.

Alfio drehte sich von ihr weg. War er blass geworden, oder täuschte der Staub? Nora tat einen Schritt auf ihn zu. Was der Rohbau eines Bürogebäudes gewesen war, dreizehnstöckig, Stahlbeton, existierte nicht mehr. Ein Schutthaufen, zu Boden gerauscht in einer einzigen fließenden Bewegung.

Jetzt wurde Alfio laut, gestikulierte mit der freien Hand. »Wohin ... was sagst du da, wohin hätte ich kommen sollen?!«

Manchmal ging sein Temperament mit ihm durch, dann gab er den Sizilianer, obwohl er aus Südtirol stammte. Sein Wesen war ihrem komplett entgegengesetzt, aber vermutlich hatte Nora ihm den Job genau deshalb gegeben. Jeden Tag hatte er sie angerufen und ihr geschmeichelt, sie sei die Beste, unbedingt wolle er die Ausbildung bei ihr machen, bis sie ihn eingestellt hatte. Seine Energie hatte sie beeindruckt, sein entschiedener Wille, das Handwerk zu erlernen. Und Alfio war gut, sie hatte seine Unterstützung bald zu schätzen gelernt. Aber wenn er gerade keine Aufgabe hatte, war er mit seinem Mobiltelefon beschäftigt, sein Leben war Kommunikation. »Nora, du bist ein Stein, quasi, ich bin wie Wasser, ich muss reden, meinen Mund benutzen, ich brauche Worte, die Sprache, *capisci*?«

Der Staub setzte sich.

Diesmal hatte Alfio den Zünder betätigt, hatte alles nach ihrer Anweisung ausgeführt. Auch ohne Berechtigungsschein, sie hatte schließlich daneben gestanden. Ein mehrstöckiges Gebäude auf einer Großbaustelle, frei stehend, für den Anfang war es ideal. Die Firma wollte es offenbar nicht mehr. Manchmal war Abreißen billiger, als ein Objekt zu halten, etwa wenn es Baufehler gegeben hatte oder wenn die weitere Finanzierung nicht gesichert war.

Jetzt ließ Alfio sich zu Boden sinken.

Er soll sich zusammenreißen, dachte Nora, egal wie attraktiv der Kerl war, der ihm gerade eine Abfuhr erteilte. Etwas weniger Pathos, bitte, das war doch wohl möglich.

Alfio steckte sein Telefon weg und fuhr sich mit beiden Händen durchs Gesicht. Jetzt überlegte Nora, ob es doch etwas Ernstes war. Vielleicht war jemand gestorben? Sie stieg über einen Haufen Steine. Draußen, außerhalb der Absperrung, erkannte sie die üblichen Schaulustigen, es waren nicht viele.

Mitgenommen blickte Alfio ihr entgegen.

»*Tutto questo …*« Er machte eine erschöpfte Geste, die den nicht mehr vorhandenen Raum umfasste.

Eine Sekunde später sprang er auf und fluchte, was das Zeug hielt. All diese italienischen Kraftausdrücke. Nora brauchte nicht zu wissen, was sie bedeuteten. *Madonna puttana.*

Sie steckten tief in der Scheiße.

Nora lehnte an der Fensterbank, die Arme vor dem Körper verschränkt. Darin, sich nichts anmerken zu lassen, hatte sie es zur Meisterschaft gebracht.

Mareike, ihre Auftraggeberin, stand neben ihrem Schreibtisch. Die vorherrschende Farbe im weitläufigen Büro: Weiß, dazu ein wenig dezentes Grau, ein rötliches Bild, moderne Architekturfotos.

Der Schreibtisch war aufgeräumt. Eigentlich verrückt, dachte Nora. Hier, wo es so sauber wirkte, so steril, wurden die schmutzigen Deals gemacht.

Mareike tippte mit dem Kugelschreiber auf ihre Handfläche. Sie wirkte ganz ruhig, war aber gespannt wie ein Bogen. Nora kannte das.

Sonnenstrahlen fielen durch die Fenster, im selben Moment fuhren die automatischen Stores herab. Der Plotter gab ein würgendes Geräusch von sich, irgendwo im Nebenraum hatte ein Mitarbeiter ihm einen Befehl gegeben. Er bräuchte mal wieder eine Wartung.

Mareike fixierte die einzige Pflanze im Raum, eine Sukkulente, sie benötigte wenig Wasser. Vielleicht ist sie nicht echt, dachte Nora, sie hatte nie gesehen, dass jemand die Pflanze mit den dicken Blättern goss.

Vielleicht war auch Mareike nicht echt. Auch sie schien nichts von dem zu brauchen, was Menschen normalerweise brauchten. Nora hatte nie erlebt, dass Mareike die Kontrolle verlor, wütend wurde oder auch nur herzhaft lachte. Wenn sie lächelte, blieben ihre Lippen geschlossen, und auch ihre Gesichtsfarbe veränderte sich nie, Mareike war stets gleichmäßig temperiert.

Das Tempo, mit dem sie den Kugelschreiber klickte, steigerte sich. Ihr Blick fiel jetzt auf Nora und durchbohrte sie. Auf ihrer Haut zeigte sich ein rötlicher Schimmer.

Und dann legte Mareike los.

Zwanzig Minuten später saß Nora in ihrem Lieferwagen und fuhr zu ihrer Wohnung. Der Staub hing noch im Overall, Mareikes Explosion tönte ihr in den Ohren. Wie Dolche waren ihr die Vorwürfe um die Ohren geflogen. Nora war wie gelähmt gewesen. Mareikes Worte waren auf sie eingeprasselt, sie hatte nur kurz die Augen geschlossen vor Erschöpfung, was Mareike erst recht befeuert hatte.

Dass Nora etwas sagte, war nicht vorgesehen. Sie hielt besser den Mund. Und sie wusste es inzwischen ja selbst: Sie hatte einen Fehler gemacht. Das Bürogebäude, der zukünftige Berliner Sitz der *Baltaris Group*, eines global agierenden Unternehmens, ein Prestigeobjekt im Rohbau, war die falsche Adresse gewesen.

Was um alles in der Welt sie sich dabei gedacht hätte. Ob sie nicht alles genau abgesprochen hätten. Seit wann ihre Vorbereitungen nicht mehr stimmen würden. Was um Himmels willen sie im Kopf gehabt und mit wem sie gearbeitet hätte.

Nora beherrschte die Fähigkeit, Dinge an sich abprallen zu lassen, sie hatte lange die Gelegenheit gehabt, es zu perfektionieren. Diesmal war es ihr schwergefallen.

Es klingelte anhaltend, eine Straßenbahn kam von hinten heran. Nora wechselte die Fahrspur, worauf ein Bus der Berliner Verkehrsbetriebe unter lautem Hupen dicht an ihr vorbeirauschte.

Ein Bus. Kurz wurde ihr schwarz vor Augen.

Sie brauchte Luft. Nora ließ den Wagen auf den Bürgersteig rollen, vor die Einfahrt zu einem Park, und schaltete den Motor aus. Vor ihr stand ein Schild: *Rettungsweg, Zufahrt bitte frei halten*. Sie öffnete das Seitenfenster und legte den Kopf zurück, zutiefst erschöpft.

Ein Zahlendreher in den Koordinaten. Eine ähnliche Adresse. Nora hatte keine Ahnung, wie ihr das hatte passieren können. War sie nicht mehr so gut, wie sie dachte?

Ein junger Mann auf einem Fahrrad umrundete sie, zwei behelmte Kinder im Anhänger, und deutete verärgert auf das Schild. Hinter dem Parkeingang stolzierte eine Taube und pickte nach den Brocken, die ihr eine grauhaarige Frau von einer Bank aus zuwarf.

Vielleicht, dachte Nora, sollte auch sie einfach Platz auf einer Bank nehmen. Spatzen und Tauben füttern und sich dort mit ein paar Plastiktüten einrichten. Das Leben vorbeiziehen lassen. Sie fühlte sich nicht weit davon entfernt.

Jetzt erhob sich die Frau und kam so dicht an das Fenster, dass Nora ihren Körpergeruch wahrnahm. »Ich will nach Hause. Du hast ein Auto, du kannst mich hinbringen.«

Nora verspürte Druck auf den Ohren. Sie griff in ein Fach neben dem Lenkrad und gab der Frau ein paar Münzen. Dann startete sie den Motor.

So plötzlich, wie Mareike explodiert war, so unvermittelt hatte sie sich gemäßigt. »Für mich beziehungsweise die *Brightbau Solutions* ist das natürlich ein enormer Schaden«, hatte sie sachlich konstatiert. Und dann waren die entscheidenden Worte gefallen: »Das wird dich teuer zu stehen kommen.«

Mareike hatte ihren Blazer glatt gestrichen und sogar gelächelt. Mit kühlem Blick, die Haut wieder gleichmäßig hell.

Nora war zu müde gewesen, um zu nicken.

»Und wenn ich dir einen Rat geben darf: Tu mal was für dich.«

Nora hatte sie nur angesehen, unfähig, etwas zu erwidern. Dann hatte sie sich von der Fensterbank abgestoßen und war gegangen.

In ihrer Wohnung angekommen, setzte Nora Wasser auf, nahm eine angebrochene Kaffeepackung aus dem fast leeren Kühlschrank, löffelte etwas von dem Pulver in einen Becher.

Knapp zwei Jahre war sie jetzt für Mareikes Firma tätig. Als selbstständige Bauingenieurin, gebraucht und beauftragt für Rückbauten besonderer Art. Nora fand einen Weg, wo andere abwinkten. Löste statische Probleme, brachte Bagger in Stellung oder Sprengsätze an. Nora war spezialisiert auf komplizierte Fälle, erdachte Lösungen, die vergleichsweise wenig Aufwand erforderten und kostengünstig waren. Nora brachte quasi jedes Haus zum Einsturz, es gab kein Gebäude, dem sie nicht gewachsen war.

Was Mareike ebenfalls an ihr schätzte: Sie war bereit, Überstunden zu machen. Wenn sie sie brauchte, war Nora da. Und, vielleicht das Wichtigste, Nora fragte nicht nach. Sie interessierte sich nicht für die Geschäfte im Hintergrund. Mareike konnte sicher sein, dass Nora über das, was sie unweigerlich mitbekam, Schweigen bewahrte.

Noras Expertise war ein wichtiges Standbein für Mareikes Firma. Die *Brightbau Solutions* garantierte Exklusivität und Effektivität im dreckigen Baugeschäft. Damit warb Mareike um Vertrauen. Es ging schnell, es lief diskret, es gab alles aus einer Hand.

Womit Mareike außerdem handelte und womit sie offenbar gute Gewinne erzielte, war Sand. Ein rarer Rohstoff, unverzichtbar für die Herstellung von Beton. Die Preise stiegen rasant, der globale Markt wurde aufgeteilt, illegaler Abbau und Korruption waren an der Tagesordnung. Mareike war der Einstieg ins Geschäft gelungen, auf welchem Weg auch immer. Das Einzige, was Nora wusste, war, dass Mareike einen Albaner kannte, dessen Nummer sie gespeichert hatte. Für alle Fälle.

Für Nora war Mareike zur wichtigsten Auftraggeberin geworden. Mareike zahlte gut. Und auch Mareike hatte auf Fragen verzichtet, von Anfang an. Sie wollte nicht wissen, woher Nora ihre Verbissenheit nahm, ihre Unermüdlichkeit, und das war Nora nur recht. Es war ein Geschäft auf Gegenseitigkeit.

Das Kaffeepulver hatte sich gesetzt. Filter benutzte sie schon lange nicht mehr, auch Milch und Zucker brauchte sie nicht. Aber ohne die gemahlenen Bohnen selbst ging es nicht, und die waren sogar fair gehandelt.

Während sie trank, fragte sie sich, wie weit sie für den Schaden aufkommen musste. Sie hatte keine besonderen Ersparnisse. Genug für ein paar Monate, ausreichend, um nicht jeden Auftrag annehmen zu müssen. Ein wenig für die Zeit der Rente, ihr Zweizimmerapartment war gemietet. Nora dachte, dass sie ihre Versicherung anrufen müsste. Auch Mareike musste eine haben, eine mit hoher Deckungssumme, die in solchen Fällen einsprang, das Baugewerbe war viel zu kostspielig, um sich nicht abzusichern. Ja, Nora war sich sicher, dass Mareike die Lage klären würde. Heute hatte sie geschäumt und die Messer gewirbelt, aber morgen wäre sie wieder kühl. Sie brauchte sie.

Nora stellte den Becher in die Spüle und legte sich hin. Einfach nur noch schlafen. Endlich.

Der Anruf erreichte sie am nächsten Morgen um sieben Uhr. Ob sie gut geschlafen hätte, erkundigte sich Mareike. Sie könne gerne liegen bleiben, sie wollte ihr nur mitteilen, wie ihre Anwältin die Sache einschätzte. Sachbeschädigung, grobes Fehlverhalten, Schädigung der Firma – Mareike zählte es nüchtern auf.

Nora presste ihre Schläfe und versuchte wach zu werden. Sie bekam mit, dass Mareike ihren »albanischen Bekannten« erwähnte. Und: Sie möge bitte nicht mehr zu ihr ins Büro kommen. Sie hätte den Fall an ihre Anwältin abgegeben, Nora würde noch heute ein Einschreiben erhalten.

Mareike war schnell gewesen.

Nora brachte kein Wort über die Lippen, sie nickte nur.

»Du nickst jetzt sicher«, stellte Mareike mit sanfter Stimme fest.

Nora erinnerte sich, dass Mareike, nachdem sie sich ein Jahr kannten, festgestellt hatte, dass sie jetzt ja Freundinnen wären. Nora hatte daraus geschlossen, dass Mareike keine Freundinnen hatte.

Eigentlich passten sie gut zusammen.

2

Während sie Kilometer um Kilometer fuhr, auf Autobahn und Landstraßen – mehr als 110 km/h gab der alte Lieferwagen nicht her –, dachte Nora, dass es ein Fehler gewesen war, diesen Auftrag anzunehmen. Er war ihr zunächst als Rettung erschienen, als willkommene Lösung. Irgendwohin, wo nicht viel war, zumindest keine Menschen, raus aufs Land.

Nachdem sie drei Tage fast nur geschlafen hatte – so war es ihr jedenfalls vorgekommen, die bleierne Schwere wollte einfach nicht weichen –, hatte Mareike angerufen und ihr diesen Job vermittelt. Sie hatte ihr die Nummer einer Frau gegeben, die jemanden suchte, für ein ganz besonderes Objekt, wie Mareike gesagt hatte.

Nora hatte aufgemerkt. Ganz besonders, das hieß: illegal, höchstens halb legal. »Ich meine es gut mit dir, Nora. Ich denke mir, dass du jetzt jeden Auftrag brauchen kannst.« Mareikes sachlich-sanfte Stimme.

Allerdings. Sie brauchte jeden verdammten Auftrag, um ihre Schulden abzuzahlen, und das auf Jahre. Ihre Versicherung zahlte nicht, grobe Fahrlässigkeit, das hatte man eindeutig befunden. Gleich zwei Sachverständige waren noch am selben Tag auf der Baustelle erschienen, die *Baltaris Group* machte Druck, sogar die Polizei war eingeschaltet worden.

Die Baustelle hatte schon länger brachgelegen. Nora fasste

sich an den Kopf, sie konnte nicht glauben, dass ihr eine solche Verwechslung passiert war. Vielleicht hatte Mareike die falschen Daten herausgegeben? Sie würde es ihr nie nachweisen können. Nora dachte, dass es richtig gewesen wäre, wenn auch Mareikes Büro durchsucht worden wäre, aber sie war zu überfordert gewesen, um das anzumerken. Sie hing mit drin, so oder so, und sie konnte nur hoffen, dass Alfio den Mund hielt. Den Lehrgang hatte er erst demnächst abgeschlossen. Wenn herauskam, dass nicht sie es war, die gesprengt hatte, wäre sie geliefert.

Beruflich am Ende. Zumindest vorerst.

Sie hätte trotzdem nicht darauf eingehen sollen. Sie hätte nie wieder etwas mit Mareike zu tun haben dürfen, ihre Nummer löschen, alles nur noch über diese Anwältin laufen lassen.

Aber sie hatte die Nummer gewählt, die Mareike ihr genannt hatte, und mit dieser Frau telefoniert, die es einerseits eilig hatte, eine ganze Villa abzureißen, und andererseits nicht zu wissen schien, was sie mit dem Grundstück anschließend machen wollte. Ein spätes Erbe, sie würde es wohl veräußern, sagte sie in seltsam klanglosem Tonfall. Das Haus jedenfalls müsste weg.

Etwas hatte nicht gestimmt, es gab da eine Leerstelle, Nora spürte so etwas, aber sie hatte nicht genug Energie gehabt, sich darüber Gedanken zu machen.

Jetzt war sie also unterwegs, im Laderaum eine gepackte Tasche. Ihre Wohnung hatte sie, ohne lange nachzudenken, an eine junge Frau untervermietet, deren Gesuch sie an einem Laternenpfahl entdeckt hatte. Anschließend wollte sie weiterfahren und sich woanders Aufträge suchen. Bloß weg aus Berlin. In Frankfurt hatte sie noch Kontakte.

Nach dreieinhalb Stunden Fahrt erreichte sie die Küste. Nora parkte, schlug die Tür des Lieferwagens zu und ging ein paar Schritte durch die Dünen. Vor ihr lag die Ostsee. Grau, von

Wellen durchkämmt, einzelne Strahlen der Abendsonne durchbrachen die Wolkendecke und ließen das Wasser golden leuchten. Bis auf einen einsamen Angler war der Strand menschenleer.

Sie würde sich ein Zimmer in einer Pension nehmen. Ob mit Geruch nach Kernseife, pappigen Frühstücksbrötchen und zum Kleeblatt geformter Butter, egal, Hauptsache, günstig. Ein paar Tage würde es noch dauern, bis sie die Unterlagen für den Abriss beisammen hätte, hatte die Frau gesagt, aber sie solle sich das Haus ruhig schon einmal anschauen.

Während sie weiterfuhr, konnte sie allerdings keine Pension entdecken. Vereinzelt gab es Häuser an dieser schmalen Uferstraße, doch die Fenster waren dunkel, die Vorgärten mit den Fahnenmasten wirkten verwaist. Hinter einer Kurve dann ein weißes Häuschen, dessen Schild beleuchtet war. *Hagens Kombüse.* Ein Parkplatz mit Tauen zwischen Pollern.

Nora setzte zurück.

Der Schankraum war nicht groß. An der Theke saßen zwei Männer beim Bier, dahinter stand ein mächtiger Mann mit rötlichem Bart und einem Geschirrtuch über der Schulter.

»Mahlzeit.« Nora nickte in die Runde. »Gibt's noch was zu essen?«

Der Rothaarige warf ihr einen knappen Blick zu. »Sieht schlecht aus.«

»Schlecht warm oder schlecht kalt?«

»Mensch, Hagen, gib der Deern mal was Ordentliches, die braucht was auf die Rippen«, kam es von einem der Männer.

Der Hüne sah Nora in die Augen. Sie hielt seinem Blick stand, bis er das Geschirrtuch beiseite legte.

»Weißt du was? Ich hab heute Abend auch noch nichts gehabt. Ich hau einfach was für uns beide in die Pfanne.«

»Das wird ja 'n richtiges Candlelight Dinner«, nuschelte der Mann am Tresen und hob sein Glas. Nora fiel auf, dass ihm ein Finger fehlte. »Ich bin übrigens Karsten.«

Nora erwiderte nichts, sie hatte keine Lust auf Gespräche und setzte sich an einen der Tische.

»Spricht nicht, die Dame.« Karsten sah sie erst provozierend an, dann verunsichert, schließlich wandte er sich wieder seinem Kumpel zu.

In der Küche brutzelte es, ein würziger Duft nach Zwiebeln und Speck durchzog den Raum. Noras Magen knurrte.

Schließlich erschien der Wikinger, Hagen hieß er also, mit zwei Tellern, auf denen jeweils eine Riesenportion Bratkartoffeln mit Rührei dampfte. »Speck isst du ja wohl.« Es war eine Feststellung, keine Frage. Mit einer eleganten Wendung drehte er noch einmal um und kehrte mit Servietten, Besteck und zwei Bierkrügen zurück.

»Danke dir, Hagen.« Nora hob ihren Krug. »Zum Wohl. Ich heiße Nora.«

Frische Bratkartoffeln. Sie waren perfekt, kross am Rand, innen weich. Wie eine Wölfin fühlte Nora sich, sie schlang das Essen regelrecht in sich hinein, nur unterbrochen durch große Schlucke Bier, kühl und köstlich.

Nora sparte sich das Kochen meistens. Nahrungsaufnahme war etwas, das sie erledigte, weil es sein musste. Bei ihr gab es nur Schnelles: Dosensuppe, Nudeln, Brot. Sie hatte wenige Vorräte, die lange reichten.

Schließlich legte Hagen das Besteck beiseite und wischte sich mit der Serviette den Bart. »Und nun erzähl mal: Warum bist du hier?«

In dem Moment klopfte Karsten auf den Tresen. »Ich geh dann mal Heia machen.« Sein Kompagnon schloss sich an, Hagen hob die Hand, die beiden Männer verließen das Lokal.

Eine Antwort war sie ihm nach dieser Mahlzeit schuldig. »Ein Auftrag«, sagte Nora. »Ich soll hier in der Gegend einen Rückbau vornehmen.«

»Rückbau?«

»Den Abriss eines leer stehenden Hauses. Ich bin Bauingenieurin.«

»In dieser Gegend gibt es einige leer stehende Häuser. Die Leute erledigen den Rückbau, wie du das nennst, allerdings meistens selbst.«

»Das Objekt ist etwas größer, außerdem wurden die Besitzverhältnisse gerade neu geregelt.«

»Ja, auch das haben wir hier öfter, dass die Besitzverhältnisse neu geregelt werden müssen. Ist aber eigentlich länger her.«

»Ich führe den Auftrag nur aus.«

»So ganz zufrieden wirkst du jedenfalls nicht.«

Hagen hatte eine tiefe Stimme, die etwas in ihrem Körper zum Schwingen brachte. »Hast du einen Schnaps für mich?«

»Den sollte ich wohl haben.«

Was für ein Hüne. Als er zurück war und die Gläser gefüllt hatte, sagte Nora: »Ich hab einen Rohbau gesprengt, dreizehnstöckig. War allerdings das falsche Gebäude.«

»Direkt gesprengt. Alle Achtung. Prost!«

Auch Nora hob ihr Glas. Der Schnaps lief ihr angenehm die Kehle hinunter. »Der ist gut.«

»Selbst gebrannt.« Hagen schenkte nach. »Und was sagt die Versicherung dazu?«

»Die Versicherung unterstellt mir Fahrlässigkeit.«

Er zog die Brauen hoch. »Verstehe. Dann kannst du ja froh sein, dass du überhaupt noch Arbeit hast.«

»Du sagst es.« Aufträge würde sie kaum noch bekommen, wenn sich herumgesprochen hatte, welch kapitaler Fehler ihr unterlaufen war. Innerhalb der Branche kannte man sich, und für den Rest würde Mareike sorgen, so viel war klar.

Hagen sah sie nachdenklich an. »Wo steht es denn? Das Haus, meine ich, das du abreißen wirst?«

»Elf bis zwölf Kilometer von hier. Auf einer Landzunge direkt am Wasser.« Nora beschrieb ihm die Lage, wenigstens ungefähr, denn auf der Straßenkarte ihres Handys hatte sie die

Villa zwar orten können, ihr Standort schien sich auf eigenartige Weise jedoch immer wieder zu verschieben.

Hagen rieb sich den Bart. »An der Steilküste vermutlich. Dort gibt es eine Seebadvilla. Sie steht leer. Und sie steht direkt am Wasser, das stimmt. Wahrscheinlich sogar zu dicht.«

»Zu dicht?«

»Die Steilküste bricht dort öfter weg, meistens gegen Ende des Winters, wenn die Erde durchweicht ist, oder nach starkem Regen.«

»Dann bin ich wohl vorsorglich engagiert worden. Damit das Gebäude nicht ins Meer stürzt.« Nora erhob sich. »Ich fahr dann mal.« Sie zog ihre Geldbörse hervor. »Was bekommst du?«

»Lass stecken. Geht aufs Haus.«

Nora hatte plötzlich das Gefühl, dass sie schwankte.

Hagen musterte sie. »Willst du hierbleiben? Unterm Dach ist ein kleines Gästezimmer.«

»Danke, nicht nötig.« Im Zweifel würde sie im Auto schlafen. Es wäre nicht das erste Mal. Sie zog ihre Jacke bis oben zu.

»Diese Woche gibt's übrigens fangfrischen Dorsch«, bemerkte Hagen, als Nora schon fast draußen war. »Ich denke, Mittwoch.«

Nora nickte und ließ die Tür hinter sich zufallen.

Die folgende Nacht verbrachte Nora tatsächlich im Lieferwagen. Die Kästen mit Kabeln und Werkzeug musste sie erst beiseite schieben, es roch nach Metall. Aber eine alte Wolldecke hatte sie immer dabei, und eine dünne Matratze lag hier auch, das genügte.

Jemand wie Hagen, dachte Nora, hätte den Wagen wahrscheinlich wohnlich ausgebaut. Hägar, der Schreckliche. Bestimmt hatte er einen festen Campingstellplatz mit Geranien vorm Zelt. Oder er fuhr mit einer Harley durch die Ardennen, so ein Typ war er auch. Machte jemand wie er überhaupt Urlaub? Machte man Urlaub, wenn man am Meer lebte? Nora wusste es nicht.

Urlaub. Das Wort wog schwer für Nora. Während sie sich in ihre Decke wickelte und dachte, dass sie die auch mal waschen müsste, der Staub kribbelte in der Nase, stiegen unwillkürlich die Erinnerungen an die Ferien mit ihrer Mutter in ihr auf, an das, was ihre Mutter Urlaub genannt hatte.

»Wir fahren jetzt mal ins Blaue, Mäuschen, wir lassen es uns so richtig gutgehen, was?« Ihre Mutter summte alte Schlager, die *Capri Fischer*, während sie in Windeseile eine Tasche packte, die Sonnenbrille schon im Haar.

Nora, acht oder neun Jahre alt, wollte nicht weg, sie hasste diese Aufbrüche. »Na, komm«, drängte ihre Mutter und drückte ihr ihren Kinderrucksack in die Hand. In immer schnellerem Tempo warf sie Wäsche, Kleider, Waschzeug in die Reisetasche und viel zu viele Schuhe, weil sie sich nie entscheiden konnte.

Wie verzaubert sah Nora ihr zu, wenn sie vor ihr auf einem imaginären Catwalk stöckelte. Schlanke braune Füße hatte ihre Mutter, jeder Schuh saß wie angegossen, besonders die Riemchensandalen, mit denen die silbernen Kettchen besonders zur Geltung kamen. Wenn sie Routinen sonst auch verachtete, Zeit, ihre Fußnägel zu lackieren, fand ihre Mutter immer. Auf den Rand der Badewanne gekauert, mit einem Gläschen in der Hand, lackierte sie jeden perfekt geformten Fußnagel, der Strich verrutschte ihr fast nie, in diesen Momenten war sie ganz bei sich.

Wenn es losging, hatte Nora nichts eingepackt. Sie umklammerte nur ein Buch und ihren Stoffhasen, die Mutter steckte ihr ungeduldig ein Paar Jeans und einige T-Shirts in den Rucksack. Dann verabschiedete sie sich mit großem Tamtam von der Wohngemeinschaft, es wurde noch einmal angestoßen, Hildas Aufbruch war Anlass, eine Flasche Wein zu öffnen oder auch mehrere, und am nächsten Morgen zog sie verkatert und schlecht gelaunt den Choke ihres R4. Die Sonnenbrille war jetzt unabdingbar.

Nora hasste den alkoholgeschwängerten Atem ihrer Mutter. Sie hasste das Unterwegssein, ohne zu wissen, wohin. Sie hasste die Sturheit, mit der ihre Mutter auf endlosen Landstraßen fuhr, immer geradeaus. »Wir müssen ja mal weg, Norakind, nicht wahr?«, um dann in irgendeinem Dorf in Frankreich zu landen, ein ganzer Tag Fahrt war das Minimum, damit eine solche Reise für Hilda zählte, und dort ihre Schuhe spazieren zu führen.

Während ihre Mutter über mit Platanen bestandene Dorfplätze schwebte, schlich Nora hinterher und wünschte, sie wäre unsichtbar. Nachts legte sie die Hände auf die Ohren, wenn sie in einer Scheune schlafen durften und sie davon aufwachte, dass ihre Mutter sich kichernd im Heu wälzte und eine unterdrückte Männerstimme zu hören war. Ein Keuchen. Seufzen. Dann wieder Stille.

Ja, Nora hasste diese Urlaube. Anders als ihre Mutter. Überhaupt schien Nora mit ihrer Mutter nicht viel gemeinsam zu haben. Nur ihre Füße, die hatte sie geerbt. Nora hatte die gleichen Füße wie sie.

Einmal war es anders gewesen. In einem Küstenort hatten sie Meeresfrüchte gegessen, zwischen Wellen, die schäumend gegen Felsen schlugen, und Häusern, die sich an sie schmiegten. Es waren gute Tage gewesen, diese Tage am Meer, nach Sonne und Seetang riechend, in einer kleinen Pension mit sauberen Laken.

Nora wusste nicht, wo genau sie gewesen waren, es war ein Fischerdörfchen, in dem die Leute nachts aufs Meer fuhren und ihren glänzenden Fang morgens auf Ständen an der Hafenmole ausbreiteten.

Tintenfisch und Fische aller Art, Hummer, sogar Austern hatten sie verspeist, sie hatten geschlemmt in diesen Tagen und sich von kaum etwas anderem ernährt, nur von Fisch, Meeresfrüchten und von saftigem Weißbrot, *la baguette*, es war eines der wenigen französischen Wörter gewesen, die ihre Mutter kannte. Diesmal war Nora dicht neben ihr gegangen und hatte ihre Hand gehalten.

Ein paar Tage, vielleicht eine Woche hatte es, wenn Noras Erinnerungen sie nicht täuschten, auch keinen Mann gegeben.

Eine Woche in einer kleinen Pension am Meer. Eine Woche unter dem Leuchtturm, dessen Lichtstrahl über das Doppelbett wanderte, in dem sie mit ihrer Mutter schlief.

Tage voller Sand und Licht.

Bis sie hinausgeworfen worden waren, weil sich herausstellte, dass sie nicht zahlen konnten. Immer wieder hatte ihre Mutter gemurmelt: »Diesmal nicht, Mäuschen, diesmal nicht«, während sie sie hinter sich her ins Auto gezerrt hatte.

Und dann saßen sie wieder in der Küche irgendeiner Wohngemeinschaft, in der sich das Geschirr in der Spüle stapelte und der Kühlschrank in den Ecken schwarz war, und Nora musste im Garten spielen, wenn Hilda müde war, und das war sie oft. Das Bettzeug roch talgig, aber wenn Nora es abziehen und in eine Wanne legen wollte, mit viel Waschpulver, rief Hilda wütend: »Was machst du denn da, das mache ich, ich bin schließlich deine Mutter!« Aber sie tat es eben nicht. Eine Nacht geht noch.

Irgendwann lag sie tagsüber immer öfter im Bett, stöhnend, ihr Bauch täte ihr weh, und die Müdigkeit, verdammt, diese Müdigkeit. Hildas Haare hingen herab, und singen tat sie auch nicht mehr. Nur ihre Fußnägel lackierte sie noch, mühevoll. Als sie Nora bat, ihr dabei zu helfen, weigerte sie sich. Ihre Mutter schimpfte.

Und irgendwann war sie nicht mehr da.

An die Beerdigung erinnerte Nora sich nur schemenhaft.

Ein paar Leute aus der Wohngemeinschaft waren gekommen, irgendjemand weinte, irgendjemand sang, eine Gitarre wurde gespielt. Blumensträuße wurden ins Grab gelegt, und niemand dachte daran, Nora an die Hand zu nehmen. Irgendjemand tat es dann doch, Nora wusste nicht mehr, wer es war. Und irgendjemand ging schließlich mit Nora zum Amt.

3

An einer Tankstelle, an der eine Kassiererin mit kunstvoll tätowierten Armen sich sichtlich langweilte, besorgte Nora sich Kaffee und ein belegtes Brötchen. Dann fuhr sie weiter, an Wiesen und Gewässern vorüber, durch einen Wald mit dichtem Unterholz und Tümpeln, die dazwischen schimmerten. Zuletzt kam ihr niemand mehr entgegen.

Irgendwann endete der Asphalt. Und dann, nach zwei weiteren Kilometern Fahrt auf unbefestigten Wegen, sah sie sie: die Villa, auf der Landseite durch ein Wäldchen geschützt, von der Küste her dem Wind ausgesetzt, ein Stück Wiese mit hochgewachsenem Gras davor. Sie war größer als erwartet und gleichzeitig luftig, sie schwebte gleichsam über der Erde und blickte aufs Meer.

Am anderen Ende des Grundstücks befand sich eine Scheune aus Backstein, deren Schindeln leuchteten. Sie wirkte wie nicht zugehörig, übrig geblieben von einem landwirtschaftlichen Betrieb, den es nicht mehr gab.

Nora parkte das Auto unter einem knorrigen Apfelbaum und stieg aus.

Das war keine Seebadvilla, wie sie angenommen hatte, auch wenn es Elemente davon gab, so wie die verzierte Veranda, es war ein Gebäude mit überwiegend schlichten Formen. Es musste in den 1920er-Jahren entstanden sein. Alles wirkte leicht und licht, passend zur landschaftlichen Umgebung, nicht überladen. Die Villa fügte sich ein.

Nora war erschüttert von ihrer Schönheit.

Dieses Gebäude durfte keinesfalls abgerissen werden. Es war eine Kostbarkeit und doch sicher denkmalgeschützt, Nora wunderte sich, dass ihr dieser Auftrag erteilt worden war.

Sie fand den Schlüssel im Anbau, stieg die Stufen hinauf und öffnete die Eingangstür.

Das Haus schien regelrecht zu seufzen, als sie eintrat. Eine hauchdünne Schicht Sand bedeckte die schwarz-weißen Fliesen in der kleinen Halle. Eine geschwungene Treppe führte in den ersten Stock, der Empfangstresen wartete auf Gäste, die schon lange nicht mehr kamen. Es gab einen Telefonapparat und Schlüsselhaken, an der Decke hing ein Kronleuchter. Alles wirkte so lebendig, gleichzeitig lag das Haus in einem Dornröschenschlaf, als würde sich hier auch die nächsten hundert Jahre nichts regen.

Nora stieg die Treppe hinauf. Im ersten Stock standen die Zimmertüren offen, in den Räumen befanden sich alte Betten, Waschbecken und Kommoden. Die Bodendielen knarzten.

Leer stehende Häuser zogen sonst Obdachlose an, Jugendliche, Graffitisprayer, doch keine Spur davon, obwohl ein schmales Fenster, das zur Speisekammer gehörte, offen gestanden hatte. Vielleicht war die Villa einfach zu weit entfernt vom nächsten Ort?

Nora schritt andächtig durch die Räume. Die Villa schien ihr in einem außergewöhnlich guten Zustand. Gleichzeitig konnten Schäden im Mauer- oder im Tragwerk durchaus ein Grund dafür sein, dass man sich für den Abriss entschieden hatte. Das sah man nicht immer sofort. Vielleicht gab es Schwamm, vielleicht saß der Holzbock im Gebälk. Irgendjemand würde das Haus ja wohl begutachtet haben.

Nora kehrte zurück ins Vestibül. Und je länger sie dort stand und schaute, desto normaler wirkte die Villa schließlich auf sie. Vielleicht war es das wechselnde Licht, das den Eindruck veänderte. Vergilbte Tapeten, hier und dort ein Sprung in den Fliesen, verstaubte Wandvorsprünge. Dieses Haus war verlassen. Es war leer. Es wurde nicht mehr gebraucht. Es war alles wie immer, so wie sie es kannte, sie brauchte sich keine Gedanken zu machen.

Nora ging zum Auto, um ihre Messgeräte zu holen.

Die Nachricht traf am frühen Abend ein, als Nora gerade einen Spaziergang machte, an der Villa selbst hatte ihr Telefon keinen Empfang. Der Abriss würde sich verzögern. Ob sie länger bleiben könnte, ein oder zwei Wochen, wollte die Frau wissen, die sie für die Villa beauftragt hatte, die Auslagen würde sie ihr erstatten. Nora versuchte zurückzurufen, doch ohne Erfolg.

Sie biss sich auf die Lippe und überlegte. Spätestens in fünf Tagen hatte sie weiterfahren wollen, nach Frankfurt am Main. Der neue Chef einer Firma, die sie von früher kannte, wollte sie kennenlernen. Ein ehemaliges Bankgebäude stand auf der Agenda, damit sollte sie starten. Wenn das klappte, konnte sie auf weitere Aufträge hoffen.

Die Vorstellung, wie der Tower fallen würde, war verlockend. Und nicht nur das: Sie würde ihren Ruf wiederherstellen. Doch sie empfand eine innere Abwehr, den Ort hier unverrichteter Dinge zu verlassen. Ob es der weite Himmel war oder der Blick aufs Meer, Nora vermochte es nicht recht zu fassen. Aber etwas war an diesen Mauern, das sie hielt. Sie wollte nicht, dass jemand anderes Hand an sie legte.

Der Job in Frankfurt wäre weg. Egal. Es würde andere Gelegenheiten geben. Ihre Finger hatten die Absage schon getippt, sie empfahl ihnen Alfio. Dann antwortete sie der Besitzerin. Dreihundert Euro am Tag für die Bereitschaft, und der Deal wäre klar. So viel könnte sie nicht zahlen, entgegnete die Frau, sie würde ihr siebzig Euro anbieten, spätestens übernächste

Woche hätte sie die Genehmigung, davon gehe sie aus, das Amt in der Provinz sei eben langsam.

Nora verspürte den Impuls, ihre Sachen ins Auto zu werfen und abzufahren. So lief das nicht. Sie hätte andere Aufträge, schrieb Nora, ihr Angebot sei nicht verhandelbar.

Sie erhielt keine Antwort.

Alfio hatte ebenfalls versucht, sie zu erreichen, doch sie rief ihn nicht zurück. Sie hatte Alfio sofort freigestellt, einen Assistenten konnte sie sich nicht mehr leisten, er musste jetzt sehen, wie er ohne sie zurechtkam. Dass ihm das bestens gelang, daran zweifelte sie keine Sekunde.

Die Veranda lag, als sie zurückkam, im Schatten. Nora fiel auf, dass am Schornstein Steine fehlten. Wann er wohl das letzte Mal gekehrt worden war?

Es war, als ob die Villa ihren Farbton verändert hätte, von Weiß zu Grau. Es musste am Himmel liegen, es war jetzt bedeckt. Und trotzdem, es war, als ob das Haus diesen Wechsel selbst bewirkt hatte, als wollte es ihr ein Zeichen geben. Nora verspürte eine starke Anziehung, eine eigenartige Sympathie für dieses alte Mauerwerk.

Den Blick auf die Fassade gerichtet, zog sie ihr Telefon hervor. Ihre Nachricht war noch nicht versendet worden. Sie löschte sie.

Tippte eine neue: Die doppelte Tagespauschale, und ich bleibe.

4

Als Nora erwachte, nahm sie als Erstes den Geruch von Seeluft wahr. Sie streckte sich mit geschlossenen Augen, noch gefangen in einem Traum, dessen Details längst verblasst waren. Normalerweise sprang sie morgens sofort aus dem Bett und warf sich kaltes Wasser ins Gesicht, jetzt genoss sie diesen Moment in der Schwebe. Am Abend zuvor hatte sie kurz überlegt und sich dann entschlossen, eines der Zimmer zu beziehen. Es war egal, hier schien ohnehin niemand vorbeizukommen, und bequemer als der Lieferwagen war es allemal. Wie sauber das Bettzeug duftete, hatte Nora allerdings gewundert. Als wäre es frisch bezogen worden.

Schließlich stand sie auf und trat ans Fenster. Öffnete die Flügel, atmete tief ein. Aus. Ein. Wie befreiend das war. Dann ging sie hinunter, um sich einen Kaffee zuzubereiten.

Auch im Speisesaal öffnete Nora alle Fenster. Sie strich über die Simse, erfühlte das Holz unter der abgeplatzten Farbe, folgte den Verzierungen. Kundig ausgeführtes Handwerk. Ebenso wie der Stuck an der Decke, er hatte eine schöne Gestaltung, schlicht, elegant. Den Kronleuchter in der Eingangsdiele zierte eine besonders prachtvolle Rosette.

Dies alles aufzugeben. Für immer.

Nora wollte die Fenster wieder schließen, doch es schien jetzt, als ob die Rahmen verzogen wären. Hatte sie eben etwas übersehen? Das Holz wirkte weich und porös, fast als ob Regen eingetreten wäre. Die Haken, die die Flügel offen hielten, saßen locker, die Ösen rosteten. Offensichtlich war schon länger nichts daran getan worden. Aber so war es oft mit historischen Gebäuden, der Erhalt war aufwendig, und es genügte der falsche Besitzer, die falsche Besitzerin, die das Haus verfallen ließen, bis eine Sanierung nicht mehr lohnte. Dann: Abriss. Dazu war sie hier. Sie durfte sich keine Sentimentalität erlauben. Auch wenn sie spürte, dass es ihr diesmal schwerfallen würde.

Wann hatte es begonnen, dass ihr der normale Blick auf Häuser abhanden gekommen war? Nora erinnerte sich, dass sie als Kind gebannt zugesehen hatte, wie Bagger in der Nachbarschaft ein Haus zusammenschoben. Dass dies auch mit dem Haus passieren könnte, in dem sie mit ihrer Mutter lebte, hatte sie befürchtet, sie hatte Albträume gehabt von Baggerschaufeln, die sie zermalmten, von einstürzenden Mauern, die sie unter sich begruben.

»Stell dich nicht so an«, hatte ihre Mutter gesagt, »dieses Haus reißt niemand ab. Wir wohnen hier doch. Wohnen wir hier, ja oder nein? Das hier, meine liebe Nora, das ist unser Zuhause.«

Und Nora hatte genickt. Ja, es war ihr Zuhause, auch wenn sie nicht sicher war, ob ein Zuhause nicht eher so war wie bei den Mädchen aus ihrer Klasse, die sie manchmal besuchte, nicht oft. Dort gab es getöpferte Türschilder, auf denen der Name der Familie stand, und eine Mutter, die sich eine Küchenschürze umband und ihrer Tochter Fischstäbchen briet, wenn sie aus der Schule kam. Die sich erkundigte, wie es gewesen war, die sogar die Namen der Lehrer kannte. Es gab geschlossene Möbel, die zusammenpassten, und einen Partykeller mit einer Bar. Ganz anders als die Matratzenlager und die Apfelsinenkisten in den WG-Zimmern, die Nora mit ihrer

Mutter bewohnte. Die Lagerfeuer am Abend und ihre verschlafenen Blicke, wenn sie mittags aus der Schule zurückkehrte: »Du bist schon da?« Dazu kam: Ihr Zuhause wechselte einfach zu oft.

Irgendwann, sie war wohl zwölf Jahre alt, beschloss Nora, das Konzept von Zuhause ein für alle Mal zu begraben. Wenn jemand fragte, wo sie herkam, nannte sie ihren Geburtsort in einem Mittelgebirge. Die Zeit, bevor sie zwölf gewesen war, und die Zeit danach: Sie verschwieg sie. Ihren Vater kannte sie nicht, ein Zuhause gab es nicht. Aber das musste sie ja niemandem auf die Nase binden. Und das mit den Besuchen bei den anderen Mädchen hatte sich mit dem nächsten Umzug sowieso erledigt.

Nora holte Handtuch und Badezeug aus ihrer Reisetasche und machte sich auf den Weg ans Wasser.

Nora überquerte die Wiese geradewegs bis zur Abbruchkante. Mit präzisen Schritten hatte sie die Strecke gleich nach ihrer Ankunft vermessen, genau hundertsiebzig waren es. Am Rand entlang ging sie weiter, bis das Ufer niedriger wurde und ein steiler Pfad geradewegs hinabführte. Auf den schmalen Strand hatte jemand ein altes Ruderboot gezogen, die Farbe war abgeblättert, die Planken wirkten morsch. Die Ruder darin waren wohl vergessen worden.

Nora legte ihre Kleidung auf den Bootsrand. Der Sand war kühl, als sie zum Wasser ging. Kormorane saßen auf einem Stein, die Flügel ausgebreitet, mit offenem Schnabel.

Sie watete hinein. Dann holte sie Luft, tauchte mit der nächsten Welle ein und kraulte los. Der Moment, wenn das Wasser sie umfing, die Kühle ihr den Atem nahm: Sie liebte ihn. Für eine Weile war sie nichts als Bewegung. Rechts, links, abwechselnd zog sie die Arme durch, schlug die Beine gleichmäßig, sie kam schnell voran. Ihre Schwimmbrille hatte sie dabei, gleichzeitig war es, als könnte ihr Körper sehen. Temperaturwechsel und Strömungen, sie spürte alles, manchmal einen Fischkörper am Bein.

Im Wasser fühlte Nora sich aufgehoben. Wenn sie schwamm, fiel alles von ihr ab. Das Gute war, Schwimmbäder gab es überall. Der Geruch nach Chlor, die Umkleidekabinen, die Duschen – es war immer gleich, egal, an welchem Ort sie sich befand, und es war, als würde sie in den Bädern nicht nur den Staub der Baustelle von sich abwaschen. Im Sommer ging sie nach draußen, an Seen und Flüsse, im Winter suchte sie die Hallenbäder auf und zog dort ihre Bahnen.

Nora spürte eine leichte Erschöpfung und drehte sich um. Sie war weit aufs offene Meer geschwommen, die Villa thronte als heller Fleck am Ufer. Sie musste umkehren. Das war jedes Mal ein heikler Punkt. Wie weit würde sie es noch schaffen? Meistens traf Nora die Entscheidung intuitiv.

Langsam kam sie dem Ufer wieder näher. Der Kopf eines Seehunds tauchte plötzlich neben ihr auf. Das Tier sah sie aus blanken Augen an, Nora erschrak, schwamm jedoch weiter. Der Seehund tauchte unter, Nora sah noch einen Schatten im Wasser, dann war er verschwunden.

Mit steifen Beinen stieg Nora an Land. Spürte dem Gefühl der Erschöpfung im ganzen Körper nach. Dem Kribbeln auf der Haut. Dann machte sie sich auf den Weg hoch zum Haus.

Später am Abend setzte Nora sich, in ihre Wolldecke gewickelt, auf die Stufen der Veranda. Das Meer leuchtete silbrig, der Himmel verfärbte sich von Rot zu dunklem Blau zu Indigo. Etwas glitt vorüber, lautlos, mit Schwingen, heller als die Nacht. Eine Eule. In einem der Zimmer, in dem Nora als Kind mit ihrer Mutter gewohnt hatte, hatte in einem Regal ein Buch über Tiere gestanden. Nora hatte es immer wieder angeschaut, die Zeichnungen genau studiert. Das Buch war alt gewesen, die Seiten lose, doch darin hatte alles gestanden, was man über Tiere wissen musste.

Die reine Luft, die Abgeschiedenheit. Wann war sie das letzte Mal so für sich gewesen? Nora spürte, wie alles in ihr ruhig wurde. Es war so wohltuend. Es war ihr egal, wie lange sie sich hier bereithalten müsste. Wenn sie nur so sitzen durfte. Allein, im Rücken dieses leere und doch so lebendige Haus, weit weg von allem.

Immer mehr Sterne erschienen am Himmel, irgendwann war sogar die Milchstraße zu sehen. Ein unendliches Leuchten, es war pure Schönheit. Gleichzeitig zogen die Sterne sie in einen Abgrund. Etwas in Nora weigerte sich, den Nachthimmel schön zu finden oder großartig. Das Universum erschien ihr kalt, diese Ansammlung von Galaxien beunruhigte sie. Das war schon immer so gewesen, sie wusste nicht, warum.

Du und deine romantische Spezialausprägung, hatte Daniel immer gespottet. Er hatte es genossen, romantische Situationen zu erzeugen, zum Spaß, umso mehr, je mehr sie sich dagegen wehrte. Damit hatte er sie zum Lachen gebracht, sie, die kaum jemals lachte. Mit seinen Verrücktheiten hatte er sie bezwungen, die Festung Nora, wie er sie nannte. Einmal hatte er nachts vor ihrem Haus Liebeslieder gesungen. Die Nachbarn hatten applaudiert, und Nora hatte gerufen: Komm bloß rauf.

Sie hatten sich kennengelernt, als Nora das Fabrikgebäude seines Vaters in den Fingern gehabt hatte, mit Sprengung und allem Drum und Dran. Daniel hatte sie gesehen, mit ihrem Helm, ernst und konzentriert, und hatte sie auf der Stelle gewollt, sie, die Kriegerin, die Explosionen veranlasste. Er hatte alles darangesetzt, sie zu bekommen, sie umworben, wochenlang.

Und irgendwann hatte Nora nachgegeben.

Durch seine Arbeit in der Firma hatte er wenig Zeit, das kam ihr gelegen. Abends gingen sie zusammen aus, meistens an Orte, die Nora selbst sonst nicht aufsuchte. Daniel war Ende zwanzig, elf Jahre jünger als sie. Nora amüsierte es eher, dass es eine Beziehung auf Zeit war, stand für sie außer Frage. Daniel hingegen war davon überzeugt, dass Nora seine Traumfrau wäre.

Nora hatte immer gedacht, dass er, der designierte Firmenerbe, eine Zuflucht bei ihr zu finden hoffte, einen Ausweg aus der Beziehung zu seinem Vater, der, obwohl Daniel die Geschäfte bereits übernommen hatte, die Verantwortung nicht abgeben konnte, wie so viele. Daniel knirschte mit den Zähnen, was seinen Vater betraf, diesen Patriarchen, er litt unter seiner Mutter, der stets Beherrschten. Litt unter den Auseinandersetzungen mit seinem Bruder, zwei Jahre älter, der unter ihm genauso litt wie er unter ihm.

Nora war für Daniel ein Gegenentwurf. Mit ihr fühlte er sich frei. Nora, die keine Kinder wollte, kein Zuhause, die nicht versorgt werden musste und die sich erst recht nicht für einen Firmenerben interessierte. Das passte. Nora war eine ständige Herausforderung, das reizte ihn. Er war angezogen gewesen von dem, was er ihre betörend attraktive Kälte nannte.

Die Sterne. Daniel hätte sie im Arm gehalten und sie mit ihr gezählt, ein Lied angestimmt, *Weißt du, wie viel Sternlein stehen*, immer ironisch gemeint, natürlich, Nora neckend, die sich nun einmal schwertat mit Gefühlen.

Nur einmal hatte er es ernst gemeint. Und da hatte Nora es nicht begriffen. Beziehungsweise: Begriffen hatte sie es schon, aber eine Angst bekommen, die namenlos war, in der sie wie in einem schwarzes Loch verschwand.

Das war das Ende gewesen.

5

Nora lag im Bett, das Kissen war weich, und verschränkte die Arme hinter dem Kopf. Die Brandung war nicht zu hören, es war windstill. Nur der Ruf eines Nachtvogels ertönte, immer wieder, ein Schnarren, das sie nicht kannte, das sie aber nicht beunruhigte, manchmal der Ruf eines Käuzchens.

Sie war fast eingeschlafen, als es von oben polterte.

Nora fuhr hoch. Der Schornstein? Das Geräusch kam eindeutig vom Dachboden. Gerümpel stand dort, sonst nichts. Mäuse meinte sie gelegentlich in den Wänden rascheln zu hören, aber die waren nicht so laut. Gegen Mäuse sollte man etwas unternehmen, wenn man ein Haus bewohnte, hier war es egal. Solange sie nicht quer durchs Zimmer liefen, und das hatte sie bisher nicht gesehen.

Ein Geist?

Nora hatte sie sich früh abgewöhnt, die Angst vor Kellern und Dachböden, die Angst vor dem Dunkel. Sie war diejenige, die unters Bett schaute, als Jugendliche im Heim, wenn die anderen Kinder sich nicht trauten. Furchtlosigkeit war eine Währung, wer keine Angst zeigte, galt als stark, selbst wenn ihm insgeheim das Herz in die Hose rutschte. Es half, dass man ihr ihre Gefühle nicht ansah, dass sie diese undurchdringliche Miene hatte. Bei Nora gingen alle davon aus, dass sie keine Angst kannte. Nichts von dem spürte, womit man die anderen

Kinder und Jugendlichen zu fassen bekam. Das schützte sie vor den Strafen, vor den Drohungen, die auf Einschüchterung abzielten, die die Kinder schwach machten, wehrlos, sie klein und kleiner machten, bis nichts mehr von ihnen übrig war. Von ihrer Person, ihrer Würde, ihrem Selbstrespekt.

Denn damit arbeiteten sie. Die Betreuerinnen und Betreuer, Heimleiterinnen und Heimleiter, Pädagoginnen und Pädagogen. Nicht alle. Aber zu viele. Und die Jugendlichen selbst übernahmen das System aus Strafen. Es war das einfachste und das effektivste.

Manchmal hatte auch ihre Mutter sie angeschrien, wenn sie sauer war auf Nora oder auf den Rest der Welt, wenn sie Reue von ihrer Tochter erwartete, die Nora aber nicht zeigte. Sie hatte ihre Wut und ihre Unsicherheit an ihr ausgelassen. An Nora, die dastand und nichts sagte, die einfach nicht weinte, die keine Regung zeigte. »Nun sag doch endlich etwas!«

Schwer wie Blei war ihre Zunge gewesen, als es mühsam aus ihr herauskam: »Was soll ich sagen?«

Fassungslos hatte ihre Mutter sie angeschaut. Dann hatte sie sich umgedreht und war davongestapft.

Die Angst war ein Ziehen im Magen wie beim Achterbahnfahren. Eine Begleiterscheinung, die verging.

Nora griff nach der Stablampe, die sie im Lieferwagen aufbewahrte und vorsorglich neben das Bett gelegt hatte, und stieg die Treppe zum Dachboden hinauf.

Dort war es still. Der Lichtstrahl der Lampe wanderte über die Dachsparren. An einem hing ein großes kugelförmiges Wespennest.

Nichts.

Plötzlich ein Fauchen aus einer Ecke. Nora sah einen hellen Fleck hinter dem Schornstein und richtete den Lichtstrahl darauf.

Vier junge Schleiereulen saßen dort, auf etwas Stroh, die Gesichter weiß, mit großen schwarzen Augen rechts und links vom Schnabel. Gewölle neben dem Nest. Sie starrten Nora an, geisterhafte Wesen und so rührend, dass Nora unwillkürlich lächelte. Das Poltern konnten diese jungen Eulen allerdings kaum verursacht haben. Vielleicht ein Marder? Marder fraßen Jungvögel, und diese hier waren höchst lebendig. Also doch ein Geist. Solange er sie in Ruhe ließ, sollte es ihr recht sein.

Nora stieg nach unten und legte sich ins Bett. Es dauerte nur wenige Sekunden, da war sie wieder eingeschlafen.

6

Nora hatte sich vorgenommen, den Kronleuchter zu sichern. Manchmal tat sich etwas, manchmal nichts, wenn sie den schwarzen Bakelitschalter drehte. An sich nicht schlimm, aber irgendwie, fand Nora, gehörte der Leuchter zum Haus. Er ließ den Eingangsbereich strahlen und vergrößerte ihn auf geheimnisvolle Weise, ein Glanz alter Zeit lag dann darüber. Sie gönnte ihn der Villa. Und Dinge, die mal funktionierten und mal nicht, machten sie verrückt.

In der Abstellkammer fand sie eine alte Holztrittleiter und stellte sie ins Vestibül. Einen Phasenprüfer aus ihrer Werkzeugkiste zwischen den Zähnen, Zange und Schraubenzieher in der Hosentasche, stieg sie hinauf.

Der Leuchter hing an seinem Haken, das dazugehörige Kabel lag auf Putz. Nora prüfte die Verbindung, Strom war vorhanden, es gab eine Erdung. Daran lag es also nicht. Sie verstellte die Leiter, sah nach, ob das Kabel beschädigt war. Alles in Ordnung.

Plötzlich bröselte Putz von der Decke. Und zwar genau neben dem Haken, an dem der Leuchter befestigt war, in der Mitte der Rosette. Das konnte schiefgehen.

Nora drehte die Sicherung ab, verstellte die Leiter erneut. Der Kronleuchter war so schwer, dass sie ihn mit einer Hand nicht halten konnte. Sie müsste also einen neuen Haken einbohren, der hoffentlich trug, dann würde sie den Leuchter umhängen. Vorsichtig klopfte sie die Decke ab, um herauszufinden, welche Stelle geeignet wäre.

Sie war so konzentriert, dass sie nicht auf die Umgebung achtete.

Als plötzlich jemand sprach, fuhr Nora zusammen. Fast wäre sie von der Leiter gefallen.

»Ziehst du hier ein?«

Ein Kind stand in der Eingangstür, kaum mehr als eine Silhouette im Gegenlicht. Ein Mädchen, zehn, elf Jahre, vielleicht auch jünger.

»Auf keinen Fall.« Was, um alles in der Welt, machte dieses Kind hier?!

»Schade.«

Nora kniff die Augen zusammen. Das Mädchen trug zerfranste Jeans und ein ehemals pinkes T-Shirt. Es war barfuß.

»Warum schade? Du kennst mich doch gar nicht.«

»Ich kann dich ja kennenlernen.«

Nora glaubte nicht, dass dieses Mädchen sie kennenlernen wollte. Und sie ihrerseits nicht das Mädchen. Sie mochte keine Kinder.

Die Kleine war im Türrahmen stehen geblieben, als hätte sie alle Zeit der Welt. »Weißt du denn, ob hier jemand einzieht?«

»Wieso sollte hier jemand einziehen? Hier zieht niemand ein.«

»Und warum reparierst du dann das Licht?«

Nora antwortete nicht und wandte sich wieder ihrer Arbeit zu.

»Häuser mögen nicht leer stehen, weißt du? Es ist besser, wenn sie bewohnt werden«, bemerkte das Mädchen nach einer Weile.

Was wusste dieses Kind schon über Häuser?

»Ein Haus ist kein Mensch. Es kann nicht fühlen. Es wird

gebaut, es wird bewohnt, und wenn es leer steht, wird es abgerissen. Fertig«, erwiderte Nora schroff.

»Abgerissen?« Das Mädchen runzelte die Stirn.

Kinder konnten die Wahrheit vertragen, dachte Nora, und das hier war kein Spielplatz. »Ja, abgerissen.«

»Dieses Haus hier?«

»Vermutlich ja.« Zu viel Wahrheit musste auch nicht sein.

»Aber nicht jetzt, oder?«

»Irgendwann.«

»Na dann.« Das Mädchen verließ die Schwelle. Mit dem rechten Fuß trat es auf eine schwarze Fliese. Mit dem linken auf eine weiße. Der rechte Fuß wurde abgesetzt. Auf Schwarz. Für den nächsten Schritt wählte sie Weiß.

Nora sah ihr dabei zu.

»Was ist?«, fragte das Mädchen.

»Nichts. Schöne alte Fliesen.«

»Wenn sie dir gefallen, kannst du ja doch einziehen.«

»Es braucht mehr als Fliesen, um irgendwo einzuziehen. Was machst du hier überhaupt?«

»Nichts.«

Rechts, links, Schwarz, Weiß. Ohne auf eine Fuge zu treten.

»Ich habe mir Nachbarn gewünscht, weißt du?«

»Du meinst, andere Kinder, zum Spielen?«

»Kinder. Erwachsene. Egal.«

»Wohnst du in der Nähe?«

Sie war auf dem besten Weg, eine Unterhaltung zu führen, dachte Nora. Dabei mochte sie wirklich keine Kinder.

Das Kind antwortete nicht.

»Ich heiße übrigens Mafalda. Und wie heißt du?«

»Ich heiße Nora. Mafalda ist ein seltener Name.«

»Ich mag meinen Namen.«

Nora schüttelte den Kopf. Sie wollte weitermachen, und zwar ungestört. »Okay, Mafalda, du gehst jetzt am besten nach Hause.«

»Warum?«

»Weil ich lieber allein bin.« Nora begann, die Tragfähigkeit des nächsten Balkens zu prüfen. Als sie mit dem Knöchel dagegen klopfte, rieselte wieder Putz. Sie rechnete mit einem altklugen Ratschlag, doch der kam nicht.

Das Mädchen stand immer noch im Eingangsbereich, einen Fuß auf Weiß und einen auf Schwarz, und sah ihr zu.

Als Nora das Kabel berührte, das neben dem Kronleuchter herunterhing, stob unerwartet ein Funke. Sie nahm den Phasenprüfer aus der Hosentasche. Das Kabel hatte Strom. Wie konnte das sein, sie hatte doch die Sicherung abgeschaltet? Rasch klemmte sie es ab.

Als Nora wieder von der Leiter stieg, war das Mädchen verschwunden.

Liebes Tagebuch! Es gibt eine Neuigkeit: Jemand wohnt in der Villa. Ich habe mit ihr gesprochen, es ist eine Frau, und sie sieht furchtbar ernst aus. Sie sagt, sie will dort nicht einziehen, aber ich glaube, sie will es doch. Sie heißt Nora. Mama hat zum Abendessen Buletten gemacht. Ich habe etwas von den Semmelbröseln aufgehoben. Für Fido. Morgen bringe ich sie ihm. Bisher hat niemand etwas gemerkt. Gute Nacht. Deine Mafalda

7

Am folgenden Tag erhielt Nora eine Nachricht von Sercan, mit dem sie eine lockere Geschichte verband. Sercan fragte sie, ob er vorbeikommen könnte, er hätte eine Bitte und sei bereits auf dem Weg, alles Weitere würde er ihr erklären, wenn er da wäre. Noras Versuche, ihn direkt zu erreichen, schlugen fehl, und drei Stunden später hielt er mit seinem VW-Bus am Haus.

Sercan stieg aus und begrüßte Nora zärtlich, auch sie umarmte ihn, dann zog er die Schiebetür auf. Mit einem Satz sprang Hugo heraus, die Dogge.

Nora wich zurück. Sie mochte auch keine Hunde, erst recht keine großen. An Hugo, den Findelhund, den Sercan sofort ins Herz geschlossen hatte, hatte sie sich nie richtig gewöhnen können.

»Woher wusstest du, wo ich bin?«

»Du hast es mir gesagt. Erinnerst du dich nicht? Du hast mir von diesem Job erzählt.« Sercan sah sie fragend an.

Die Tage nach dem Vorfall mit der falschen Sprengung, sie waren Nora vorgekommen wie eine einzige Blase, undefiniert, grau. Die Erschöpfung war übermächtig gewesen, am liebsten wäre sie nicht mehr aufgewacht, so bleiern hatte die Kraftlosigkeit auf ihr gelegen, nur vage erinnerte sie sich an das Telefonat mit Sercan. Ja, sie hatte ihm gesagt, dass sie Berlin für eine Weile verlassen würde. Sie hatte ihm wohl auch gesagt, wohin.

Dass er sie hier überraschte, war allerdings ungewöhnlich. Nora überlegte, was so dringend war, dass er den Weg auf sich genommen hatte, denn dass sie erst mal allein sein wollte, hatte sie deutlich gemacht.

»Kaffee?«

»Gern.«

Nora trug zwei Stühle hinaus. Sie setzten sich vor die Villa, der Hund lag vor ihnen, den Kopf auf Sercans Füßen.

Sercan trank den Kaffee schwarz wie sie. »Schön hier.«

»Deshalb bist du nicht hergekommen.«

Sercan schüttelte abwesend den Kopf. Dann sah er sie an. »Nora, ich bin krank.«

Nora erstarrte.

Sercan lächelte, wie immer. Seine warmen Augen, lebenserfahren, klug, er blieb ruhig, auch wenn er Schlimmes sah, die ganze Mimik seiner fünfundfünfzig Jahre. Das alles war noch da, und trotzdem sah er auf einmal müde aus.

Nora spürte, wie ihre Glieder zu zittern begannen, ohne dass sie es kontrollieren konnte.

Sercan nahm sie wortlos in den Arm. Sein Geruch aus Schweiß und Mann, aus Wollpullover und Stadt, aus orientalischen Gewürzen und nach Sandelholz duftender Seife. Wohltuend, vertraut.

»Seit wann weißt du es?«

»Seit letzter Woche.«

»Und du bist so ruhig?«

»Ich bin nicht ruhig. Aber ich gehe jetzt erst mal ins Krankenhaus, und dann sehen wir weiter.«

Nein, er war nicht ruhig, sonst wäre er nicht hier. Sercan wäre ihr normalerweise nicht hinterhergefahren, er hätte ihren Wunsch nach Abstand respektiert.

Sercan legte ihr die Hand aufs Knie. Die vertraute Schwere dieser Hand. Langsam spürte Nora, wie das Zittern sich beruhigte.

»Kann ich dir irgendwie helfen?«

Sercan wies mit dem Kopf nach unten. »Ich habe Hugo mitgebracht.«

Nora brauchte einen Moment. »Der Hund?! Du willst den … Hund hierlassen?«

Sercan nickte.

Nachts war es jetzt nicht mehr still. Der Hund schnarchte, manchmal jaulte er im Traum auf, zuckte mit den Pfoten. Am liebsten wäre er zu ihr ins Zimmer gekommen, aber Nora blieb hart, Hugo musste unten bleiben. Sie legte ihm dort eine Decke hin, und wenn er auf der Seite lag, schien er das Vestibül fast auszufüllen. Auch wenn sie zu einer ihrer Wanderungen aufbrach, die Küste entlang, ließ sie Hugo in der Villa. Seine schweren Knochen vertrugen keine längeren Strecken, das hatte man ihnen damals im Tierheim eingeschärft.

Dorthin hatten sie Hugo gebracht, Sercan und sie, nachdem sie ihn an einer Autobahnraststätte angebunden gefunden hatten. Ausgesetzt. Nora sah Sercan vor sich, wie er diesen Riesenhund geknuddelt hatte, mit seinen kräftigen Händen. Der war jaulend in die Knie gegangen. »Das ist ein Weichei, aber er ist nett. Armer Kerl. Lass ihn uns mitnehmen.« Im Tierheim hatte Hugo sich Schutz suchend an ihn gedrängt, sodass Sercan es nicht über sich gebracht hatte, ihn dazulassen. Der Besitzer oder die Besitzerin wurde nicht ermittelt, und so hatte er ihn kurzerhand behalten. Im Flur seiner Wohnung stapelten sich Paletten mit Hundefutter, jeden Abend wurden zwei Dosen geöffnet. Hugo folgte Sercan auf Schritt und Tritt. Er liebte es, wenn er ihn hinter den Ohren kraulte. Dann bog er sich und grunzte vor Verzückung, und Sercan lachte.

Und jetzt saß Nora also da, allein mit diesem Riesenviech. Einen kleineren Hund, unaufdringlich, selbstständig, anspruchslos, den hätte sie notfalls akzeptiert. Aber Hugo war in allem das Gegenteil. Er war riesig, er war anhänglich, er hatte

Angst vor anderen Hunden. Und er fraß einem die Haare vom Kopf.

Nora kaufte sämtliche Dosen Hundefutter auf, die es im Supermarkt gab. Ihre Versuche, Rabatt zu erhalten, schlugen fehl, obwohl das Haltbarkeitsdatum abgelaufen war. Sercan hatte immerhin einen Sack Trockenfutter mitgebracht.

Vielleicht sollte sie ihn wieder an einer Raststätte anbinden, dachte Nora. Vielleicht wollte der Wikinger ihn haben, Hagen, zu dem passte er zumindest von der Größe her. Nora seufzte. Doch je ablehnender sie sich Hugo gegenüber verhielt, desto anhänglicher wurde er. Sie tröstete sich damit, dass Sercan ihn in zwei, spätestens drei Wochen wieder übernehmen würde. Sercan gegenüber fühlte Nora sich verpflichtet. Natürlich half sie ihm.

Sie hatte keine Wahl.

Zusammen mit dem Hundefutter hatte Nora ein paar Pakete Nudeln gekauft, dunkles Brot, Butter und Scheibenkäse. Als sie allein auf der Veranda saß und aß, wie jeden Abend, stiegen unwillkürlich Erinnerungen in ihr auf: Sercan, summend am Herd, den Kochlöffel in der Hand, fast tanzend. Nora fühlte sich am Herd immer wie hingestellt, sie hatte keine Lust zu kochen, Sercan agierte aus seiner Mitte heraus. Griff hier etwas, nahm da etwas, schnitt, zupfte, rührte, schnupperte, machte »Ah«, ließ sie probieren. Meistens waren es orientalische Rezepte, die er verwendete, aus der Küche seiner Großeltern. »Es schmeckt nach Heimat«, erklärte er. Nora selbst hatte keine Heimat, vielleicht erklärte das ihre Abneigung gegenüber dem Kochen.

Einmal, sie kannten sich noch nicht lange, hatte Sercan darauf bestanden, dass Nora ihn zum Essen einlud. »Das Leben beruht auf Gegenseitigkeit, Nora, wenigstens ein bisschen.« Sie hatte Klöße aus der Tüte gemacht und es auch noch geschafft, sie zu versalzen. Sercan hatte drei davon gegessen und dann geseufzt. Er hatte sie nie wieder darum gebeten.

8

Alles an dieser Tankstelle war mit weißlichem Kot bedeckt. Die Zapfsäulen, der Boden. Von oben zwitscherte es hell. Peggy blickte hoch. Unter dem Flachdach klebten unzählige Schwalbennester. Offene Schnäbel lugten daraus hervor, eilig flatterten die Altvögel heran, um ihre Jungen zu füttern.

Weit und breit war kein Mensch zu sehen. Peggy stiefelte mit ihrem schweren Rucksack auf den Eingang zu, in dessen Scheibe sie sich spiegelte.

Der Verkaufsraum war winzig, das Angebot überschaubar. Eine Tageszeitung mit großen Schlagzeilen, ein Anzeigenblatt, zwei Sorten Bonbons und fünf Zigarettenmarken. Kaffeepackungen, haltbare Milch und verpackte Schwarzbrotscheiben. Ein halbes Brötchen in einer Vitrine wartete darauf, dass jemand sich erbarmte, die angetrockneten Käsescheiben rollten sich bereits, ein Salatblatt war für überflüssig gehalten worden. Ohne hineinbeißen zu müssen, spürte Peggy den gummiartigen Geschmack.

Die Frau auf dem Hocker hinter dem Kassentresen hob den Blick nicht von ihrer Zeitschrift, es war ein Magazin für Tätowierer, wie Peggy feststellte.

»Watt 'n jetzt. Vom Kieken wirste nicht satt.« Schließlich ließ sie die Zeitschrift sinken. »Willste die halbe Schrippe, oder willste sie nicht?«

Peggy beobachtete gebannt die tätowierte Schlange, die sich ihren Arm entlangschlängelte.

»Ich brauche eine Wanderkarte, eine von dieser Gegend, eine möglichst genaue.«

»Wanderkarten gibt es im Rathaus. Aber das hat zu. Macht erst morgen wieder auf.«

Peggy blieb ratlos stehen.

»Und jetzt? Getankt haste ja nicht.«

Nein, sie war die Strecke von der letzten Bahnstation aus gewandert, sie fühlte sich gut damit, eine Busverbindung hatte es allerdings auch nicht gegeben.

»Ich brauche eine Karte, in der alle Wege in dieser Gegend eingezeichnet sind. Ich will noch weiter.«

Die Augenbrauen, sauber gezupft, hoben sich. »Geht's auch ein bisschen, wie soll ick ditte sagen, präziser?«

Ans Meer, dachte Peggy. Dorthin, wo die Wellen an die Steilküste schlagen, wo es eine Brandung gibt, Tag und Nacht. Wo ein Rauschen die Luft erfüllt, beständig, verheißungsvoll und wild.

»Ans Meer«, sagte sie. »Ich will ans Meer.«

»Ans Meer, wa?«, sagte die Schlangenfrau, und es klang verständnisvoll. Hatte sie selbst Sehnsucht in den Augen? Leuchtend blau waren diese, mit einem schwarzen Rand um die Iris. Ein tiefer Blick. Hypnotisch.

Peggy blinzelte. Dann war der Moment vorbei. Die Schlangenfrau hatte sich wieder in ihre Zeitschrift vertieft.

Peggy fühlte sich wie festgenagelt. Sie räusperte sich.

»Wissen Sie was? Ich nehm das Brötchen doch. Das mit Käse«, sagte sie würdevoll.

»Für hier?«

»Zum Mitnehmen.«

»Eingepackt haben willste dit also ooch.«

Die Frau erhob sich. Sie war kleiner, als Peggy gedacht hatte, der Barhocker, auf dem sie gesessen hatte, war hoch, sie wirkte muskulös. Die Schlange schillerte grün und schwarz. Ihre Zunge spaltete sich auf dem Handrücken, sie züngelte, als die Tankwartin nach einer Papiertüte griff, eine Serviette aus dem Stapel zog und faltete, eine Pappe hineinlegte.

»Eins fuffzich. Kannste der Seenotrettung spenden, weil es oll ist.« Mit dem Kinn wies sie auf das kleine Schiff mit dem Geldschlitz.

Peggy fingerte eine Münze aus der Seitentasche ihres Rucksacks.

»Schöne Schlange.«

»Danke. Willste auch eine?«

»Vielleicht später mal.«

»Genug Platz hätteste ja.«

Peggy war groß, sie maß einen Meter achtzig.

»Auf der Haut, meine ich. Könnt' ich dich glatt drum beneiden.«

War das ein Lächeln?

»Na ja, tschüs dann auch und danke.«

Nachdem sie ins Freie getreten war, fiel ihr ein Klecks auf die Schulter. Peggy sah nach oben. Einen Schritt zur Seite konnte sie gerade noch tun, dann landete der nächste Klecks Schwalbenkot neben ihr.

»Bringt Glück.« Die Tankwartin lehnte in der Tür. »Und zum Meer geht's übrigens da entlang.« Ihr ausgestreckter Arm wies Peggy die Richtung. Die Schlange räkelte sich.

Der Weg durch den Wald erschien ihr endlos. Schwarzer, feuchter Boden zwischen dicht stehenden Bäumen – waren es Erlen? Peggy hatte keine Ahnung von Natur, sie fand sie nur schön –, Wassertümpel, Sumpfgräser. Ihr Rucksack fühlte sich immer schwerer an, der Pfad wurde immer schmaler, der Boden immer matschiger. Es war wohl doch keine gute Idee gewesen, die Abkürzung zu nehmen.

Zum Glück war es nicht Abend, sie wäre gestorben vor

Angst. Aber auch bei Tag konnte einem ganz anders werden in diesem Märchenwald, selbst wenn es faszinierend aussah, wie sich das Licht zwischen den Bäumen brach, das Spiel von Licht und Schatten.

Es knackte im Unterholz. Peggy fuhr zusammen. Himmel. Warum hatte sie nicht einfach die Straße genommen? Weil der Wald so romantisch ausgesehen hatte. Weil sie müde war und bald ankommen wollte. Roch es wirklich nach Wildschwein, oder bildete sie es sich nur ein? Hörte sie etwa ein Schnaufen? Manchmal hasste Peggy ihre Fantasie.

Mit einem Mal glitt ein Greifvogel von hinten dicht über ihren Kopf hinweg. Er landete auf einem Ast, nahm sie in den Blick. Dann flog er wieder los – und zwar direkt auf sie zu.

Peggy kreischte auf.

Der Vogel drehte im Flug ab. Das Wort Scheinangriff ging ihr durch den Kopf. Vielleicht wollte er seine Jungen schützen? Sie griff sicherheitshalber nach einem Stock.

Ihre Schreckhaftigkeit. Als wären all ihre Sinne auf Empfang gestellt. Schon in ihrer Familie war das als Defizit gesehen worden. Sie war die Nervöse, die Hypersensible, liebenswert oder sympathisch fand das keiner. Ihr Bruder zog sie auf, ihr Vater war genervt, und ihre Mutter fand auch, sie müsste sich mal zusammenreißen. Bei ihren Lehrstellen setzte sich das fort. Ein bisschen mehr Pragmatismus, wurde ihr signalisiert, wäre ganz gut, sie könnte die Dinge gerne etwas zügiger erledigen und sich nicht so leicht ablenken lassen.

Hier an der Küste, in dieser Villa, die ihr regelrecht zugefallen und auf die sie ungeheuer gespannt war, ein echter Glücksfall, wäre sie allein. Sie konnte machen, was sie wollte, niemand würde beurteilen, was oder wie sie es tat. Womit sie sich beschäftigte und wie lange es dauerte. Sie würde sich ganz und gar ihrer Kunst widmen. Ein wenig mulmig war ihr zwar bei dem Gedanken, dort allein zu sein, aber sie war entschlossen, dies als Herausforderung zu sehen. Hauptsache, sie hatte ihre Ruhe.

Sie war trotzdem erleichtert, als sie wieder auf die Straße stieß.

Jetzt erst spürte Peggy, wie ihr Magen knurrte. Sie legte ihren Rucksack ab, ließ sich auf einem umgestürzten Baumstamm nieder und kramte das Käsebrötchen hervor.

~

Hugo bellte tief. Das kam von vorne. Nora war mit wenigen Schritten am Apfelbaum. Der Hund stand vor einer jungen Frau, die bei seinem Anblick wie zur Salzsäule erstarrt war. Sie hatte einen ungeheuer großen Rucksack auf dem Rücken und Wanderstiefel an den Füßen.

Nora rief den Hund heran, doch die Frau blieb wie angewurzelt stehen. »Alles in Ordnung?«

Nicken. Dann plumpste sie einfach zu Boden.

Nora hielt Hugo fest, der sofort wieder zu ihr springen wollte. »Platz«, wies sie ihn an, scharf. Immerhin hatte er von Anfang an gehorcht.

Im Sitzen entledigte sich die junge Frau des Rucksacks, auf ihrer Stirn hatte sich Schweiß gebildet.

»Ich habe Angst vor Hunden. Und dieser ist … sehr groß.«

Nora hatte ein schlechtes Gewissen, obwohl sie dachte, dass, wer Angst vor Hunden hatte, nicht wandern sollte.

»Der Weg zum Strand führt da hinten entlang. Dies ist Privatgelände.« Nora merkte selbst, wie kühl sie klang.

Die Frau rappelte sich auf. Den Hund ließ sie nicht aus den Augen. »Halt ihn fest, ja?« Sie war ebenfalls groß und trug Kleidung, die selbst genäht wirkte. »Ich bin hier richtig.«

Hugo ließ ein Jaulen hören.

Nora schüttelte den Kopf. »Ganz sicher nicht.«

»Doch, ja. Ich verbringe hier den Sommer.«

Was für ein Blick. Graublau, wie glänzende Kieselsteine.

Nora schüttelte erneut den Kopf. Das geht nicht, dachte sie. Das geht auf keinen Fall. Die junge Frau begann, in ihrer großen geblümten Umhängetasche zu kramen, und reichte Nora einen Brief. »Hier.«

Die Adressatin dieses Briefes, so hieß es, durfte die Villa als Atelier nutzen, sechs Wochen lang. Eine Art Stipendium, wenn Nora es richtig verstand. Das Datum war verwischt. Es konnte dieser Monat sein oder der nächste. Die Villa war als Residenz für einen Künstler oder eine Künstlerin ausgewiesen, übergangsweise. Absender war die Gemeinde, der Bürgermeister, im Auftrag. Als Adressatin war handschriftlich ein Name eingefügt. Peggy.

»Hier steht etwas von einem Atelier«, stellte Nora fest, »das gibt es hier nicht.«

»Ich finde schon einen geeigneten Platz. Das Haus ist ja groß.«

Ich will keine Mitbewohnerin, dachte Nora. Und was machte eine Künstlerin hier, wenn die Villa doch abgerissen werden sollte? Es konnte nur ein Fehler sein. Sie gab ihr den Brief zurück.

»Und wer bist du?«, wollte die junge Frau jetzt wissen.

Ich bin die, die deine Sommerresidenz abreißen wird, dachte Nora. »Ich bin so eine Art Verwalterin.«

»Aha.« Die junge Frau sah sie skeptisch an. »Ich dachte, ich wäre allein.«

Da waren sie schon zwei.

Hugos Rute klopfte.

Nora wartete auf der Veranda, innerlich höchst angespannt, und strich über eine abgeplatzte Stufe, während diese Peggy – was war das überhaupt für ein Name – die Villa besichtigte. Ohne es zu wollen, horchte Nora auf ihre Schritte im Haus, hörte, wie sie die Fenster öffnete, überraschte Ausrufe von sich gab.

Es polterte auf der Treppe, dann war sie wieder unten. »Es ist wirklich wahnsinnig schön hier. Ich nehme das große Zimmer mit dem Erker. Das kann ich gut als Atelier nutzen. Es ist hell, und man hat eine großartige Aussicht. Dort kann ich fantastisch arbeiten.«

Nora schüttelte den Kopf. »Du kannst hier kein Zimmer nehmen.«

Peggy wirkte irritiert. »Und warum nicht?«

»Die Villa ist einsturzgefährdet. Deshalb bin ich hier, ich bin Bauingenieurin, ich soll den Abriss vorbereiten. Außerdem schlafe ich selbst dort oben.«

Die junge Frau sah sie befremdet an. Sie brauchte diesen Auftrag dringend schriftlich, dachte Nora. So ging das nicht, dass einfach jemand auftauchte und meinte, hier wohnen zu können.

»Komisch, dass das hier nicht steht.« Die andere schwenkte ihren Brief, es wirkte, als müsste sie ein Zittern unterdrücken. Außerdem wurden ihre Wangen rot.

»Ich bin jedenfalls beauftragt«, beharrte Nora.

»Und mir wurde diese Villa zur Verfügung gestellt, um hier zu arbeiten.« Peggy hievte ihren Rucksack hoch. »Ich bin mehrere Stunden angereist, ich habe mich darauf gefreut, ich brauche diese Wochen, um meine Bewerbung fertigzustellen, und ich haue jetzt ganz bestimmt nicht einfach wieder ab.«

»Es geht nicht!«

»Ich sehe keinen Grund.«

»Es gibt den Hund.«

»Der gehorcht dir ja bestens.«

»Und wenn ich es nicht will?!«

Die junge Frau sah sie an, als überlegte sie, wie zurechnungsfähig sie wäre. »DU musst ja Probleme haben.«

Kurz darauf entdeckte Peggy die leer stehende Scheune. Die sei okay und mit offenem Tor auch hell genug. Sie wolle sowieso etwas Großes bauen. Das Problem sei gelöst, sie würde diese Scheune als Atelier nutzen, verkündete sie. Das sei jetzt also ihr Platz und dass Nora hier, das sei ja wohl klar, nichts zu suchen habe.

In den nächsten beiden Tagen bekam Nora mit, wie Peggy in ihrem neuen Atelier umherräumte und alles für sich passend herrichtete. Sie verteilte Bindfaden und Farbtöpfe, Hammer und Nägel, Zweige und angeschwemmtes Holz, den halben Strand schleppte sie heran. Aus ihrem Rucksack zog sie Draht und Kleister. Erstaunlich, was dort alles Platz gehabt hatte.

Eine Schlafstatt hatte sie im Gartenhaus gefunden. Dort gab es eine Liege, wer auch immer sich früher dorthin zurückgezogen hatte, das Bettzeug trug sie aus dem Haus. Nur zum Essen kam Peggy in die Villa, sie betrat sie durch den Hintereingang, sie nutzte die Küche und den Speisesaal.

Nora verließ die Küche nach vorne, wenn Peggy von hinten hereinkam. In der schmalen Küche standen Schränke mit Fächern und Schüben, es gab einen Spülstein und eine Speisekammer.

Schon am ersten Tag kam Peggy nachmittags mit einem voll beladenen Rucksack zurück, nachdem sie mittags mit einem klapprigen Fahrrad losgefahren war, sie hatte es offenbar in der Scheune gefunden. Kurz darauf entdeckte Nora Margarine und Mehl, Gemüse und Obst, Kekse und Körner, alles verschwenderisch und teilweise offen auf Schalen und Vorratsgefäße verteilt. Pass bloß auf, dass die Mäuse das nicht fressen, dachte sie grimmig. Peggys Unbekümmertheit, oder was sie dafür hielt, regte sie auf.

Nora dachte darüber nach, in den Ort zu fahren, zur Verwaltung zu gehen und die Sache mit dem Stipendium zu klären. Aber sie wohnte hier ja selbst unerlaubt und wusste nicht, was offizielle Stellen dazu sagen würden, solange die Genehmigung für den Abriss nicht endgültig erteilt war. Vielleicht wurde das Haus kurzerhand gesperrt.

Es musste ihr egal sein, das Haus gehörte ihr nicht, und es würde auch nicht über ihnen zusammenbrechen, selbst wenn sie Peggy gegenüber etwas anderes behauptet hatte. Sie würde durchhalten, trotz Peggy, immerhin gab es einen räumlichen Abstand. Sie wollte sich die Zeit hier nicht nehmen lassen, es ging ihr einfach zu gut an diesem Ort.

Peggy erschrak immer noch, wenn Hugo aufsprang, sobald er sie erblickte, und ihr Gang wurde steif, wenn sie sich vorsichtig an ihm vorbeischob. Doch es dauerte nicht lange, und Hugo blieb liegen, wenn sie auftauchte.

~

Liebes Tagebuch, als ich heute bei der Villa war, waren die Semmelbrösel weg. Fido hat sie gefressen, das weiß ich. Ich finde, das ist eine gute Nachricht. Morgen versuche ich es mit Cornflakes. Deine Mafalda

9

Mafalda kreischte, als Nora sie erbost hochzog.

»Was machst du hier eigentlich?! Ich habe dir doch gesagt, du sollst nicht mehr herkommen!«

Sie hatte sie weggeschickt, ausdrücklich, und jetzt hockte das Mädchen hier und verstreute Cornflakes, und zwar genau an der Stelle, an der Nora die Mäuse vermutete.

Das Kind ging ihr gehörig auf die Nerven. Die Villa sollte abgerissen werden, da konnte sie keine spielenden Kinder gebrauchen. Abgesehen davon wollte sie ihre Ruhe haben. Schwimmen gehen. Und zwar ohne damit zu rechnen, dass sie Kinderknochen einsammeln musste, wenn sie zurückkäme. Das Mädchen hatte ja wohl ein eigenes Zuhause. Dass jetzt auch noch Peggy hier war, genügte.

Nora versuchte, ruhig zu bleiben.

»Geh einfach nach Hause, ja?«

Dieser entsetzte Blick. Gleichzeitig so erschreckend leer.

»Also, das Haus hier«, sie beschrieb einen großen Bogen, »ist einsturzgefährdet. Es ist hier nicht sicher. Die Wände bröckeln. Der Schornstein. Vielleicht löst sich ein Stein und fällt dir auf den Kopf. Es ist gefährlich!«

Ganz langsam schüttelte Mafalda den Kopf. »Ich habe hier immer gespielt. Es ist nie etwas passiert.«

»Aber wenn etwas passiert, ist es zu spät, das kann ich dir

versichern. Dann kannst du dich nicht mehr retten, dann begräbt das Haus dich unter sich! Ganz schnell geht das. Mann und Maus, nichts mehr übrig, verstehst du?«

»Danke. Ich bin ja nicht blöd.« Das Mädchen rührte sich nicht von der Stelle.

»Was ist?« Ihre Stimme war Nora selbst zu laut. »Und wo wohnst du überhaupt?«

»Schrei nicht so«, sagte Mafalda.

Dann drehte sie sich um, ihre Schultern bebten. Fort war sie. Verschwunden zwischen den Büschen.

Nora überlegte, dem Mädchen hinterherzulaufen und sich zu entschuldigen, aber das wollte sie ja gar nicht. Sie wollte einzig und allein, dass es wegblieb.

Zumindest für heute hatte sie ihr Ziel erreicht, aber sie fühlte sich schlecht.

Egal. Wütend ging sie um die Ecke.

Ein Tier schoss vorbei, es sah aus wie eine Mischung aus Katze und Wiesel. Ein Marder. Nora sah nur noch den buschigen braunen Schwanz, der hinter der Scheune verschwand.

~

Liebes Tagebuch, eine zweite Frau ist in die Villa gekommen. Sie wird hierbleiben, hat sie mir gesagt. Ich finde, das ist eine gute Nachricht. Sie ist jünger als Nora und viel freundlicher. Nora ist eine Meckertante. Fido war nicht zu sehen, aber die Cornflakes waren weg. Ich glaube, sie haben ihm geschmeckt. Bis morgen. Deine Mafalda

~

Mafalda kam wieder. Alle zwei Tage tauchte sie auf, immer nachmittags, und ging meist direkt zur Scheune, die sie allerdings ebenso wenig betrat wie die Villa. Hugo bellte freudig, wenn sie kam. Das Mädchen schien völlig furchtlos, obwohl der Hund fast so groß war wie sie. Sie hatte sich sowohl mit ihm als auch mit Peggy angefreundet.

Nora spürte, wie diese Beobachtung an ihr nagte, obwohl sie nicht wusste, warum. Schließlich hatte sie das Mädchen zu vertreiben versucht. Es nach Hause geschickt. Nora erinnerte sich, dass sie, als sie das zweite Mal in den Ort gefahren war, einen Weg gesehen hatte, an dessen Ende zwei, drei niedrige Häuser standen, auf halber Stecke. Vielleicht wohnte sie dort.

Nora beschloss, sich bei ihr zu entschuldigen. Mafalda sah sie erst misstrauisch an, nickte dann aber hoheitsvoll und zupfte an ihrem Kraken. Dieses Plüschtier hatte sie immer dabei. Einen Oktopus, hundert Prozent Polyester, Nora brauchte die Materialangabe auf dem zerschlissenen Schild gar nicht zu entziffern, das Knistern statischer Aufladung, wenn Mafalda ihn an sich presste, genügte.

Nora versetzte es einen Stich, jedes Mal, wenn sie das Mädchen mit diesem Ding sah. Diesem entsetzlichen Kraken, der von einem Jahrmarkt stammte, wie Mafalda erklärte, von einer Losbude. Mafaldas Mutter hatte gewonnen, und Mafalda hatte sich den Gewinn aussuchen dürfen. Seitdem hütete sie dieses Stück Schadstoff in Tierform.

Als Nora so alt gewesen war wie sie, hatte sie ebenfalls ein Plüschtier besessen, von der Firma Steiff, wie ihre Mutter nicht müde wurde zu betonen, einen echten Teddybären. Ihr Stoffhase war von einer Reise nicht mit zurückgekehrt, Nora vermisste ihn immer noch. Dieser steife Bär war ihr hart und unhandlich vorgekommen, Nora mochte ihn nicht. Sie hatte ihn ausgesetzt, unter einem Busch an der Straße, und gehofft, dass jemand ihn mitnähme. Leider entdeckte ihn ihre Mutter zuerst. Nora sah ihn nicht mehr, vielleicht hatte sie ihn verschenkt oder verkauft. Sie bekam nie wieder ein Stofftier.

Mafalda hüpfte ständig mit ihrem Oktopus herum. Er hatte sieben Arme, jeder von einer anderen Pastellfarbe, ein Krakenarm fehlte. Die Stelle war mit schiefen Stichen zugenäht, vermutlich von ihr selbst, damit das Innere nicht herausquoll.

Oki.

10

Eine Welle hob und eine senkte sich, Strömung und Wind standen gegeneinander und erzeugten ein unruhiges Gekräusel, ohne dass eine Richtung erkennbar gewesen wäre.

Kabbelwasser, er kannte dieses Wort aus seiner Kindheit. Er wusste nicht mehr, ob er als Fünfjähriger oft am Meer gewesen war, aber es gab diese Erinnerungen an Ausflüge mit seiner Mutter und seinem Bruder, einen kleinen Hafen mit Fischerbooten, an Matrosen und einen fröhlichen Aufmarsch.

Vielleicht war es auch ganz anders gewesen. Bunte Wimpel – es war unwahrscheinlich, dass es so etwas bei ihnen gegeben hatte. Oder doch? Bei einer Schiffstaufe, einem Stapellauf? Waren sie in die Stadt gefahren und hatten an einer Kaimauer gestanden?

Vielleicht waren es auch nicht seine eigenen Erinnerungen, sondern die seiner Mutter. Mit dem Einspänner seien sie an die Küste gefahren, hätten Rast gemacht, dann wären sie weitergefahren. Sie hätte gejauchzt, wenn sich das blaue Meer vor ihnen erstreckte, die Bucht, ein blaues Tuch hinter grünen Weiden. In ihren Erzählungen war immer Sommer gewesen.

Wind aus einer Richtung und die Strömung aus einer anderen: Es machte, dass die Wellenkämme hüpften, sich ungleichmäßig auf der Stelle bewegten, unschlüssig, welche Richtung sie einschlagen sollten. *Choppy sea.*

Vielleicht waren es doch seine eigenen Erinnerungen.

Augen, hell wie der Himmel, umkränzt von freundlichen Fältchen. Welch ein netter alter Mann, dachte Peggy. Auf dem Kopf trug er eine Schiebermütze und auf dem Rücken einen Rucksack aus Segeltuch. Ausgebeulte Cordhosen, lederne Wanderstiefel. Gediegen wirkte das alles und ein bisschen nachlässig. Etwas an ihm berührte sie.

Er suche eine Unterkunft, sagte dieser Mann, als er vor dem geöffneten Scheunentor stand, und ob er sich vorstellen dürfe: Professor Quentin Dusling, aus Lancashire. Einfach Quentin, bitte.

Lancashire, das klang gut, fand Peggy. Wollweiß und zart wie Sommerrosen. Er sprach Deutsch, als ob er es lange nicht benutzt hätte, sehr gut, mit englischem Akzent, und das sprach sie ohne nachzudenken aus.

Er lächelte. »Deutsch war die Sprache meiner Mutter. Aber in England habe ich gelebt, seitdem ich sieben Jahre alt war.«

»Wie interessant. Aber ich bedaure, es gibt hier leider keine Zimmer, die Villa war wohl mal ein Hotel, aber das ist es nicht mehr.«

»Kein Hotel?«

»Ja, so sieht es aus. Die Villa steht leer, sie soll abgerissen werden.«

»Oh. Abgerissen? Habe ich es richtig verstanden, das Haus wird – kaputt gemacht?«

Peggy nickte.

»Und dies geschieht bald?«

»Ich weiß es nicht. Ich hoffe nicht, ich bin schließlich auch noch hier, und ich will eigentlich nicht gehen.«

»Ah, Sie wohnen hier?«

Diese Augen. Freundlicher konnte man nicht schauen.

Peggy sah ihn an und überlegte. »Wie lange wollen Sie denn bleiben?«

»Nicht lange, schätze ich. Ein paar Tage.«

Vielleicht sollte sie ihn aufnehmen. Es gab schließlich genügend Zimmer, dachte Peggy. Diese Nora würde es aushalten müssen, diese Nora mit ihrer rabenschwarzen Aura. Sie gönnte es ihr.

»Wenn ich es mir so überlege, dann denke ich, es geht. Kommen Sie mit.« Peggy machte eine einladende Geste und ging mit Professor Quentin hinüber zur Villa.

Als er ins Vestibül trat und den Kronleuchter sah, breitete sich ein Lächeln auf seinem Gesicht aus. »Waren Sie schon einmal hier?«, fragte Peggy.

Er nickte versonnen. »Es könnte sein. Genau weiß ich es nicht.«

Ja, warum sollte sie den Professor nicht als Gast aufnehmen? Für ein paar Tage? Ein Haus, das bewohnt wurde, konnte man nicht abreißen. Jedenfalls nicht so leicht. Diese Nora war zu einer ihrer stundenlangen Wanderungen aufgebrochen, und wenn sie wieder da wäre, sollte sie es erst einmal schaffen, einen so feinen alten Herrn hinauszuwerfen.

Peggy zeigte ihm das Zimmer mit dem Erkerfenster. Sie dachte, dass er Meerblick bevorzugte. Und wenn sie schon einen Gast hatten, einen einzigen, warum sollte er dann nicht das schönste und prächtigste Zimmer haben?

Wieder das stille Lächeln, von einer Zufriedenheit, die Peggy berührte. Was er hier wollte, lag ihr auf der Zunge, was er ausgerechnet hier wollte, wo der nächste Ort doch weit entfernt war. Wie er überhaupt hierhergekommen sei. Aber er wirkte so in Gedanken, dass sie ihre Fragen nicht stellte. Was sollte er hier schon wollen. Sich erholen, vermutlich.

Peggy streckte die Hand aus. »Ich bin Peggy. Ich bin Künstlerin und arbeite dort hinten in der Scheune. Herzlich willkommen am Meer!«

»Sag mal, bist du wahnsinnig geworden?!«

Nora hatte sie in der Küche abgefangen. Offenbar war sie schwimmen gewesen, denn ihr Haar war noch nass. Ihre dunkelblauen Augen funkelten zornig.

Peggy richtete sich zu voller Größe auf. »Nicht mehr als du.«

»Wie bitte?«

»Ich habe das Recht, hier zu sein, auch wenn du so tust, als wäre es allein deine Villa. Es ist ebenso gut meine.«

»Was?! Ich glaube, ich habe mich verhört. Es ist nicht deine Villa. Und auch nicht meine. Diese Villa ist abbruchreif, und ich werde demnächst den Rückbau durchführen. Du kannst hier nicht einfach Gäste unterbringen!«

»Und wer schläft hier? Wer bewohnt die Villa, als ob es ihre eigene wäre, obwohl sie angeblich nicht bewohnbar ist? Wer führt sogar Reparaturen durch in diesem Haus?!«

Peggy sah, wie Nora zusammenzuckte.

»Wie auch immer, wir hatten uns geeinigt: du die Scheune, ich das Haupthaus. Du hast hier nichts zu suchen.«

»Es geht aber nicht um mich oder dich, sondern um den Professor. Der sucht hier seine Vergangenheit.«

»Welche Vergangenheit?«

»Ich weiß es nicht, aber ich bin sicher, er hat einen Grund, hier zu sein. Ich kann das spüren.«

»So etwas spürst du.«

»Stell dir vor, ich spüre mehr, als du denkst.«

Peggy war es leid, dass diese Nora hier hauste wie eine Vogelscheuche. Es würde ihr noch gelingen, das Haus allein durch ihre düsteren Schwingungen zum Einsturz zu bringen.

Und letzte Nacht war ihr bewusst geworden, dass sie sich gegenüber Nora behaupten musste. Sie hatte wach gelegen und nicht wieder einschlafen können, schließlich hatte sie sich vor die Tür gesetzt und den Sternenhimmel betrachtet. Unendlich war er hier, ein Leuchten, dicht an dicht.

Peggy hatte ihre lange Strickjacke um sich geschlungen und nach oben geschaut, bis ihr schwindelig war. Dann hatte sie einen Blick zur Villa geworfen, die ruhig dalag. Sie hatte gemeint, ein Schnarchen zu hören, das ja wohl nur von dieser Tante kommen konnte, die auf Alleinresidenz im Haus bestand, obwohl sie es abreißen wollte.

Da war etwas in ihr geplatzt. Solch ein Mensch, der dieses Haus nicht wertschätzen konnte, hatte gar kein Recht darauf. Was bildete Nora sich eigentlich ein? Tat, als gehöre ihr die Villa, dabei war sie bereit, sie zu vernichten! Und sie, Peggy, hockte in der Scheune. Zugegeben, als Atelier toll, aber das Schlafen im Gartenhaus? Immer dieses Gefühl, nur geduldet zu werden, wenn sie das Haupthaus betrat. Sosehr sie das mit Efeu bewachsene Häuschen, wenn sie ehrlich war, mochte.

So konnte es nicht weitergehen. Die Villa musste bewohnt werden, belebt, das war Peggy klar geworden. Nur dann gäbe es eine Chance, sie vor dem Abriss zu bewahren.

»Es ist alles bestens mit unserem Gast. Er ist wie vom Himmel gefallen, und es gefällt ihm hier, davon bin ich überzeugt. Und wir werden ja sehen, wer hier am Ende länger bleibt: ich oder du. Wenn es dir nicht passt, kannst du ja im Auto schlafen.«

Diese Nora hatte sich tatsächlich ins Auto gesetzt und war abgedüst. Sie hatte wohl ins Schwarze getroffen, dachte Peggy mit einer gewissen Befriedigung. Ihren Hund allerdings hatte sie dagelassen. Wenn das nicht Absicht gewesen war.

Peggy versuchte Hugo nicht zu beachten, denn ihr rutschte immer noch das Herz in die Hose, wenn ihr Blick auf ihn fiel. Doch als Nora auch nach drei Stunden noch nicht zurück war, überwand sie sich und sprach das Tier an. »Na«, sagte sie zu Hugo, der vor dem Scheunentor lag und sie die ganze Zeit nicht aus den Augen gelassen hatte. Hugo seufzte vernehmlich und ließ einen Sabberfaden ziehen. Diese mächtige graue Dogge. Dann legte er die Schnauze wieder auf den Boden und sah sie von unten an. Peggy blickte zurück und spürte das Zittern in ihrem Körper. Den Schwindel. Die Angst.

Hugo jaulte auf und sprang auf sie zu.

Peggy blieb fast das Herz stehen. Als nichts passierte, sank sie zu Boden. Ihre Nerven.

Eine Hundezunge fuhr ihr über das Gesicht.

Die Dogge schüttelte die Lefzen, dann legte sie sich vor sie und den kantigen Kopf auf ihren Füßen ab.

»Nee, oder?«, sagte Peggy mit kratziger Stimme. Ihre Hand schwebte über Hugos Kopf.

Langsam ließ Peggy sie sinken.

Das Hundefell war glatt und weich. Peggy spürte die Wärme, die Muskeln unter dem Fell, sie spürte dem Körper nach. Der Hund war außer sich vor Entzücken. Er schloss die Augen, er grunzte, schließlich drehte er sich auf den Rücken. Peggy überlegte, ob sie jemals gesehen hatte, wie Nora ihn streichelte. Sie konnte sich nicht erinnern.

Ab da schlief Hugo bei Peggy im Gartenhaus. Nora schien gekränkt, auch wenn sie so tat, als ob es ihr nichts ausmachte. »Dann kannst du Hugo ja auch füttern«, bemerkte sie bissig.

Dass Peggy kein Fleisch aß, hatte sie sehr wohl mitbekommen. Hugo allerdings fraß nichts anderes, davon schien sie überzeugt. Umso überraschter war sie, als Peggy zerstampfte Möhren und gekochtes Ei in Hugos Napf gab. Sie erwartete sichtlich, dass der Hund dieses Futter verschmähen würde, aber Hugo schlabberte alles weg. Dass dies auf Dauer nicht reichte, war Peggy durchaus klar. Doch der Hund hatte Besseres verdient als Dosen, fand sie. Beim Metzger besorgte sie

Reste. »Hier, für dich.« Innerhalb einer Minute war der Napf leer, und Hugo wich ihr nicht mehr von den Fersen.

Nora fühlte sich verraten, das war unschwer zu erkennen. Hugo schien ihre Ablehnung zu spüren, denn er hielt Abstand und kam nicht mehr mit, als Nora das nächste Mal schwimmen ging. Bisher hatte er ihre Kleidung immer bewacht und am Ufer gewartet.

11

Am nächsten Morgen traf Peggy in der Küche auf Mister Quentin. Er öffnete suchend eine Schranktür, ohne ihre Anwesenheit zu bemerken, dann eine weitere.

»Nicht erschrecken. Guten Morgen! Suchen Sie Kaffee?«

»Ah, guten Morgen. Tee, wenn möglich. Und vielleicht ein bisschen«, er suchte nach dem richtigen Wort, »Getreide für Porridge?«

»Gute Idee. Haferflocken sind da, es gibt allerdings keine Milch.«

»Man kann heißes Wasser nehmen.«

»Das geht auch. Was brauchen wir noch, Äpfel?«

Er lächelte. »Äpfel wachsen hinter der Scheune. Es gibt einen Apfelbaum. Sie sind nicht reif. Aber dort ist auch ein Strauch mit, *how do you call them, red currants*.«

»Johannisbeeren? Wunderbar, mögen Sie welche pflücken? Hier ist eine Schüssel. Und ich bereite uns einen großen Topf Porridge zu.«

Endlich jemand, mit dem man vernünftig zusammenwohnen konnte.

Peggy zog einen Topf hervor, erhitzte Wasser, rührte Haferflocken hinein. Um den Porridge zu verfeinern, griff sie nach Nüssen. Schon am ersten Tag hatte sie die Regale, Schübe und Nischen erkundet, und es war erstaunlich gewesen, was dort alles zu entdecken gewesen war. Peggy hatte die Vorratsgläser geöffnet, geschnuppert, die Fingerspitze hineingestippt und beschlossen, dass mancher Inhalt noch brauchbar wäre. Alte Weinflaschen gab es, Einmachgläser, Apfelsaft, sogar ein paar Flaschen mit Hochprozentigem. Hier hatte jemand gewirtschaftet und Gäste versorgt. Vor allem aber duftete es in der Speisekammer, die Wandborde, die Schütten aus Holz. Es duftete, und Peggy hatte gedacht, dass vom Apfelbaum im Garten sicher die Äpfel für den Apfelsaft gekommen waren.

Peggy hackte die Nüsse. Sie liebte es zu kochen. Es beruhigte sie. Sie würde heute einfach später an die Arbeit gehen. Sie hatte sich zwar einen strengen Zeitplan verordnet, um in diesen Wochen kreativ und produktiv zu sein, aber das Versorgen ihres Gastes war jetzt wichtiger.

Dieser war wieder hereingekommen. »Es duftet himmlisch.«

»Ja, das tut es, nicht wahr?« Peggy strahlte. »Setzen Sie sich in den Speisesaal, ich bringe Ihnen Ihr Frühstück.«

Als sie mit dem dampfenden Teller und dem Löffel auf einem Tablett hereinkam – sie hatte noch ein paar Gänseblümchen gepflückt und sie als Dekoration daneben gelegt –, saß der Professor am Fenster und sah hinaus. Er wirkte so einsam, dass es Peggy das Herz zusammenzog. Als das Frühstück vor ihm stand, nahm er eine Serviette, entfaltete sie und legte sie sich auf die Knie. Es war eine Stoffserviette, bei der Peggy sich fragte, wie staubig sie sein mochte, aber den Professor schien es nicht zu stören.

»Lassen Sie es sich schmecken.« Erwartungsvoll blieb Peggy neben dem Tisch stehen und beobachtete, wie er den ersten Löffel nahm.

»Tastes lovely. Is this eatable, too?« Er drehte ein Gänseblümchen zwischen den Fingern und schob es in den Mund. *»Good. Tastes like flower.«*

Sie lachten beide.

Gänseblümchen essen. Na, da war doch einiges möglich.

Wenn Peggy nicht in der Küche war oder am Strand, um Material zu sammeln, arbeitete sie in ihrer Scheune, das Tor stand weit offen. Es war das perfekte Atelier, sie war ungestört und konnte nach Herzenslust herumprobieren. Sie war fasziniert von den Dingen, die sie am Meer fand, und versuchte herauszufinden, was sie damit machen könnte. Dass es mit Wasser zu tun haben sollte, stand für sie fest. Damit würde sie sich dann an der Kunsthochschule bewerben. Ja, sie wollte etwas Besonderes schaffen, etwas, das jeden davon überzeugte, dass sie für diesen Studiengang geeignet war.

Etwas herstellen aus dem, was das Meer mit sich brachte. Das war nicht neu, aber das machte nichts, denn es wäre ihre Arbeit und damit einzigartig. Sie musste nur daran glauben.

Wasser. Irgendetwas mit Wasser. Vielleicht einen Wal.

An einem der Nachmittage saß Peggy mit Mafalda vor der Scheune, der Hund lag zwischen ihnen. Er sabberte umso mehr, je mehr er gestreichelt wurde. Jede streichelte ihn mit einer Hand, Hugo verging vor Wonne.

»Warum heißt du eigentlich Mafalda?«, wollte Peggy wissen.

»Weil meine Mutter Comics mag. Kennst du nicht Mafalda, das Mädchen mit den schwarzen Haaren? Meine sind braun.«

»Und dein Vater?«

Das Mädchen zog an seinem Stofftier herum, einem verblichenen Oktopus, den es immer dabeihatte. Zu kräftig, denn auf einmal war ein Arm abgerissen.

Mafalda starrte entsetzt darauf.

Peggy streckte die Hand aus. »Gib her, ich nähe ihn dir an. Ich hab Nadel und Faden dabei, das geht schnell.«

Mafalda ließ sie nicht aus den Augen, folgte ihr aber nicht ins Innere der Scheune. Peggy holte ihr Nähzeug nach draußen und befestigte den siebten Arm mit geübten Stichen.

»Die Farbe passt nicht«, sagte Mafalda.

»Das sieht man gleich nicht mehr.« Peggy machte einen Knoten und biss den Faden ab. »Hier.«

Das Mädchen presste das Plüschtier an sich.

»Du magst deinen Oktopus.«

»Natürlich mag ich ihn.«

»Und dein Vater?« Peggy hielt es nicht aus, wenn sie keine Antwort erhielt.

»Ist weg. Schon lange.« Damit stand Mafalda auf und hüpfte davon.

~

Liebes Tagebuch, in der Scheune liegen Dinge vom Strand. Sogar Seetang hängt dort und Muscheln natürlich. Auf dem Boden liegt immer Sand. Die andere, die jetzt auch da ist, Peggy, ist wirklich nett. Aber manchmal ist in ihren Augen so ein merkwürdiger Glanz, dann starrt sie irgendwohin, aber sie sieht gar nichts. Na ja. Zum Glück gibt es Hugo, der ist immer nett. Und meine Mäuse. Ich glaube, Hugo mag Mäuse. Bis morgen. Deine Mafalda

12

Ein Sturm toste ums Haus, wie Nora ihn selten erlebt hatte. Am Abend hatte es erste Böen gegeben, später waren sie heftiger geworden, und jetzt, gegen Mitternacht, brauste es, als ob die Welt unterginge. Nora schlief sonst immer und überall, nun war sie hellwach. Es ächzte, polterte und knarrte.

Es hatte keinen Sinn, im Bett liegen zu bleiben. Nora stieg in ihre Hosen, streifte einen Pullover über. Dachpfannen konnten weggerissen werden, ganze Dachstühle plötzlich frei liegen, Nora kannte die Anatomie eines Hauses wie ein Arzt den menschlichen Körper.

Sie hatte sich in diesen Tagen so frei gefühlt. Warum hatte sie geglaubt, dass dieses Sommerwetter ewig währte, welcher Illusion war sie da nur aufgesessen? Warum, verdammt, hatte sie sich nicht um die Wettervorhersage gekümmert?

Das ganze Haus schien wie ein Schiff zu schaukeln. Nora stieg auf den Dachboden. Federn flogen ihr entgegen, der Wind fegte durch die Ritzen. Die jungen Schleiereulen sahen sie mit ihren schwarzen Augen in den hellen Gesichtern an, sie drängten sich dicht aneinander. Schäden konnte Nora, zumindest von innen, nicht erkennen. Sie drückte die Tür zu und ging hinunter in den Speiseraum. Dort peitschte Regen gegen die Scheiben, in einer Stärke, die Nora befürchten ließ, dass sie barsten. Dahinter war es schwarz.

Anschließend ging sie ins Vestibül und sah von dort nach draußen. Die Scheune lag da wie ein dunkler Schatten, dahinter das Gartenhaus. Nora fragte sich, wie es Peggy erging, ob sie sich fürchtete. Sollte sie nachschauen? Nein, Peggy war zäh, sie würde sich um sich selbst kümmern und auch um Hugo. Das Gartenhaus war stabil.

Und wenn nicht?

Nora saß auf der Treppe und sah durch die Türscheibe. Auf den Regen, der schräg auf die Veranda schlug, das Wasser, das aus allen Richtungen zu kommen schien.

Sie saß und schaute. Spürte das Haus um sich herum wackeln.

Vom Professor, der oben schlief, sah und hörte sie nichts.

Irgendwann flaute der Sturm ab. Er war nur noch ein Wind, stark, aber die orkanartigen Ausmaße waren vorüber.

Nora taumelte nach oben, fiel wie ein Stein ins Bett und schlief, bis die Sonne hoch am Himmel stand.

Auf dem Platz vor der Villa standen Wasserlachen. Der Himmel war strahlend klar und wolkenlos. Nora ging langsam durch das nasse Gras, direkt zur Abbruchkante, sie vermaß die Strecke mit ihren Schritten. Hundertfünfunddreißig.

Das letzte Stück Wiese fehlte. Das Steilufer war auf einem Stück von etwa vierundzwanzig mal fünfunddreißig Metern einfach weggebrochen. Ein Erdrutsch, der sogar einen Baum und Sträucher mitgerissen hatte.

Nora spürte, wie ihr Herz pochte. Sie zwang sich zu einem nüchternen Blick. Das hier waren Fakten. Sie besah die Lage, so nah wie möglich am Rand.

Ob es möglich wäre, die Steilküste zu befestigen? Oder war das hier Teil eines Naturschutzgebiets? Man könnte Wellenbrecher einsetzen, einen Damm bauen, der die Wellen abfing, die gegen die Küste prallten. Die Abbruchkante mit Platten sichern. Es gab solche Projekte, die meisten wurden von Umweltschützerinnen kritisiert, und die Kosten waren gigantisch. Aber wenn es nützte? Noch ein paar solcher Stürme, und die Villa wäre weg.

Die Ziegel zermahlen, die Fenster zerborsten, die Balken irgendwann glatt gespült vom Meer. Man würde sie abtransportieren, die Reste, so gut es eben ging.

Wurde sie jetzt zur Hausschützerin? Nora biss sich auf die Lippe.

Der Boden, auf dem sie stand, schien zu federn. Die Sträucher und Gräser, die hier wuchsen, hatten kein Gewicht. Vorsichtig trat sie zurück.

Zurück am Haus, hörte Nora Peggy vergnügt lachen. Sie schien von dem Sturm gar nichts mitbekommen zu haben, zumindest hatte er sie nicht nachhaltig beeindruckt. Das Fenster der Küche stand offen, sie plauderte mit diesem Engländer. Komischer Kauz. Es duftete nach warmem Haferbrei. Noras Füße trugen sie wie von selbst zur Küchentür.

Als sie eintrat, erkannte sie, wie Peggy in ihren Bewegungen innehielt. Hugo presste sich an Peggys Bein, sie schob ihn mit der Hüfte beiseite.

Der Professor blieb ganz ruhig. Er betrachtete Nora, dann nahm er seine Brille ab, um sie sorgfältig zu putzen. Einen Moment sagte niemand etwas. Dass das Gespräch zwischen den beiden verstummt war, als sie eintrat, auch Peggys Lachen, fiel Nora erst jetzt auf.

Sie waren zu zweit. Sie brauchten sie nicht.

Es war eine Erinnerung, die sie tief in sich vergraben geglaubt hatte, auf einmal war sie wieder da: wie sie – sie musste sechs oder sieben Jahre alt gewesen sein – auf dem Schulweg ein Mädchen aus ihrer Klasse abgeholt hatte. Wie ein weiteres Mädchen dazukam. Wie beide miteinander flüsterten, die Riemen ihrer Ranzen fester packten und plötzlich davonliefen. Wie Nora allein zurückgeblieben war. Um das Haus des

Mädchens hatte sie künftig einen Bogen gemacht, auch wenn der Weg zur Schule weiter gewesen war.

Erlebnisse wie diese hatten sich wiederholt, mit jedem Umzug ging es von vorne los, das Danebenstehen, das Nicht-Dazugehören. Es hatte sie begleitet wie ein Schatten. So lange jedenfalls, bis Nora es zu vermeiden begonnen hatte, einen ersten Schritt zu tun. Und ablehnte, wenn jemand anderes ihr die Freundschaft anbot. Sicherheitshalber.

Nora wollte gerade umkehren – sie würde später Kaffee trinken –, als der Engländer sagte: »Dieser Porridge, den Mrs Peggy zubereitet, ist ausgezeichnet. Er schmeckt am besten in Gesellschaft. Wenn Sie mir den Gefallen tun würden?«

Nora schüttelte den Kopf. Und verließ das Haus.

Die Feder kratzte auf dem Papier. Es war ein altmodischer Federhalter, mit dem er schrieb, Buchstabe für Buchstabe, Wort für Wort. Zahlen und Formeln. Ein Fässchen mit Tinte stand bereit. Für die Zeichnungen nahm er seinen Bleistift, er spitzte ihn sorgsam mit dem Messer – seine Finger zitterten, aber es gelang –, die Schale kringelte sich zu Boden. Das hatte er als Kind gelernt, als sein Großvater ihm einen tannengrünen Bleistift und ein Oktavheft geschenkt hatte, ganz für ihn allein. Sein Großvater hatte ihn dabei beobachtet, wie er mit einem Stock in den Sand gemalt hatte, einen Kiefernzapfen oder ein Schneckenhaus, das er gefunden hatte. Sein Großvater hatte also einen Bleistift hervorgezogen, einen tannengrünen Bleistift. Die Spitze rund. Und ein Oktavheft. »Für dich. Damit kannst du besser zeichnen.«

Quentin hatte diesen Schatz in seiner Tasche verborgen und fortan immer dabeigehabt. Das Heft schlug er auf, wenn er allein war. Er zog Linien und weiche Bögen. Er entdeckte, dass man das Innere einer Muschel schraffieren konnte, Licht und Schatten, sodass man ahnte, wie perfekt geformt dieses Gewölbe war, das sich fortsetzte bis zur punktgenauen Spitze.

Es war sein erster Stift gewesen, der erste von vielen, die folgen sollten. Sie mussten immer grün sein, irgendwann kannte er all ihre Eigenschaften, die Härtegrade.

Mit einem Kartoffelmesser, das er seiner Mutter entwendete, spitzte Quentin seinen grünen Bleistift. Er zeichnete Muscheln, Steine und Seetang, später, als sie an der Küste lebten. Die Rillen im Sand, nachdem das Meer sich zurückgezogen hatte, bei Ebbe. Er erkannte Muster in allem. Es gab eine schier unendliche Vielfalt an Formen, und doch ähnelten sie sich.

Sein Blick verlor sich beim Blick aus dem Fenster. Hellgrau war das Meer, hellgrau und dunstig der Himmel, Meer und Himmel verschmolzen.

Irgendwann pochte es an die Tür. Exakt dreimal. Eine Frauenstimme sagte: »Professor, kommst du? Das Frühstück ist fertig.«

13

»Leider nein.« Die Frau auf der anderen Seite des Schreibtischs legte ihre Hände wieder auf die Tastatur. Ihre Fingernägel waren lila und schwarz lackiert.

Nora war in den Ort gefahren, um im Rathaus herauszufinden, wie es um die Abrissgenehmigung stand. Vielleicht genügte eine bloße Absichtsanzeige, dann ginge es schnell. Vielleicht war der Denkmalschutz im Spiel, dann konnte es kompliziert werden. Außerdem wollte sie wissen, wie man die geologische Lage der Villa von behördlicher Seite aus einschätzte.

»Die Villa da draußen, am Steilufer, ich muss wissen, wem sie gehört, ich brauche Kontaktdaten«, wiederholte sie.

Zu tun, als ob sie nicht wüsste, in wessen Besitz die Villa sich befand, schien ihr der sicherste Weg, sich nicht zu verraten.

»Ich kann Ihnen keine Auskunft geben.« Auch die Kleidung der Frau war schwarz. Nora nahm ein eigenartiges Parfüm wahr, leicht staubig, es kam ihr vor wie Weihrauch.

»Man hat mich kontaktiert, ich soll dort tätig werden.«

Wie ausführlich durfte sie werden? Kein Wort, hatte ihre Auftraggeberin gemahnt, zu niemandem. Nora war es egal gewesen, sie sprach sowieso nicht über ihre Jobs. Dieses Mal jedoch war es anders, dieses Mal war sie in gewisser Weise betroffen.

»Tätig werden? Das kann ich mir nicht vorstellen.«

»Also wissen Sie, wem die Villa gehört?«

»Kann sein. Das ist für Sie aber gleichgültig, das kann ich Ihnen versichern.«

»Eine Telefonnummer, eine E-Mail-Adresse, irgendein Kontakt wäre gut.«

»Die Kontaktdaten wollen sie alle. Und wenn Sie dann so nett wären.« Sie wandte sich ihrem Bildschirm zu und tippte weiter.

»Hören Sie, es ist dringend.«

»Na, dann erzählen Sie mir mal, warum!« Der Bürostuhl drehte sich, die Frau sah sie herausfordernd an. Hinter ihr im Regal, zwischen Aktenordnern, ragten Stricknadeln aus einem Korb mit Wolle hervor. Die Farbe: Schwarz. Hexe, dachte Nora.

»Ich bin Handwerkerin.«

»Aha. Sie möchten an der Villa also herumwerken? Sie schick machen? Auch das möchten sie alle. Aber da wird nichts draus. Unklare Besitzlage, es gibt sogar ein Betretungsverbot.«

»Betretungsverbot?«

»Schilder kommen demnächst.«

»Es gibt eine junge Frau, die hat ein Stipendium. Für diese Villa.«

»Kann sein.«

»Das passt nicht zusammen. Entweder man darf die Villa betreten oder nicht. Wenn man sie nicht betreten darf, dann kann es nicht sein, dass jemand die Erlaubnis bekommen hat, dort Kunst zu machen. Ganz offiziell, mit Unterschrift hier aus dem Rathaus.«

»Möglich.«

Nora war sich auf einmal sicher, dass diese Hexe alles wusste, was nötig gewesen wäre, um die Lage zu klären.

»Gibt es hier so etwas wie einen Bürgermeister oder Ortsvorsteher?«

»Gibt es, er ist aber nicht da. Auswärtig.«

»Und wer wäre das?«

»Auswärts unterwegs, sagte ich doch.«

»Kommt er heute noch?«

»Ich denke nicht.«

Nora verschränkte die Arme und sah aus dem Fenster. Nur das Klappern der Tastatur war zu hören.

»Übernachten wir hier?«, fragte die Dame in Schwarz irgendwann.

»Wenn es sein muss.«

Die Hexe zog die Augenbrauen hoch, dann widmete sie sich wieder ihrem Bildschirm. Ein junger Mann mit dicker Brille sprintete vorbei, Aktenordner auf dem Arm. Schon war er hinter einer Tür verschwunden. Der Flur war menschenleer.

Nora erhob sich. Im Flur studierte sie die Aushänge. Werbeflyer lagen herum, Eintrittsgutscheine für ein Marionettentheater, das hier ein Jahr zuvor aufgetreten war, auch ein Plakat davon hing an der Wand. Hinweise, wo man welches Anliegen erledigen konnte. Zimmer 1, alles Zimmer 1.

In einem Halter steckte eine Wanderkarte für Touristen, Nora faltete sie auseinander. Ein Küstenweg war mit einem roten Kreuz handschriftlich durchgestrichen. Vorsicht, hatte jemand daraufgeschrieben, Lebensgefahr.

Es war der Weg, der an der Villa vorbeiführte, Nora war sich ganz sicher, sie wurde plötzlich hellwach. Sie entfaltete die Karte weiter, doch die Villa war nicht mehr verzeichnet. Genau in dem Bereich, in dem die Villa sich befand, endete sie. Oder war dieses letzte Stück der Karte abgeschnitten? Es gab die schmale Landstraße, die durch den Wald führte, dann war Schluss.

Die Hexe schob die Papiere auf dem Schreibtisch zu einem Stoß zusammen. Fuhr den Computer herunter, gönnte der Zimmerpflanze noch einen Schluck Wasser und verließ das Büro.

»Schönen Abend noch.«

Draußen, das sah Nora durch die Glastür, schloss sie ein rotes Fahrrad auf. Eine Krähe flog heran. Die Hexe warf ihr etwas zu, dann fuhr sie davon.

Hinter den Türen war es still. Nora ging hinaus und um das Gebäude herum. In einem erleuchteten Raum hatte der junge Mann von vorhin die Füße auf den Schreibtisch gelegt. Er fuhr sich durch die Haare und starrte auf den Bildschirm vor sich. Klickte mit der Maus. Was auch immer er dort tat, vermutlich zocken.

Nora klopfte ans Fenster. Der junge Mann fuhr zusammen. Mit einer Miene, als ob man ihn bei etwas ertappt hätte, öffnete er das Fenster. Seine Brillengläser waren wirklich stark, er sah fast aus wie eine Eule.

»Mahlzeit. Die Villa draußen an der Steilküste, auf der Landzunge. Ich sollte da was abgeben, aber es war keiner da. Wie kann ich die Leute, die da wohnen, denn am besten erreichen?«

»Kannst du hierlassen.« Er streckte gleichgültig die Hand aus und warf einen Blick zum Bildschirm.

»Ist zu groß, ich muss hinfahren.«

»Ich schließ vorne auf, dann kannst du es in den Flur stellen.«

»Wer bringt es den Leuten später?«

»Na, die Post.«

»Die Post kommt da vermutlich nicht hin«, sagte Nora. »Weißt du überhaupt, welche Villa ich meine?«

»Ist doch egal, oder? Du willst doch nur was abgeben.«

»Es geht um eine Seebad-Villa, unbewohnt, ein ganzes Stück entfernt von hier, auf einer Landzunge.«

»Ja, da steht ein Haus. Sonst noch was?« Er wollte wieder an den Bildschirm. Nora konnte nicht erkennen, was er da so interessiert betrachtete. Ein Computerspiel? Zahlenreihen? Vielleicht spekulierte er mit Aktien.

»Also, du kennst diese Villa am Strand? Sie steht vermutlich sogar unter Denkmalschutz.«

»Nee, ich geh nicht spazieren. Und das Amt für Denkmalpflege ist in der Kreisstadt.« Damit hob er entschuldigend die Hand und schloss das Fenster.

Als er beiseite trat, meinte Nora, auf dem Bildschirm Landschaftsbilder zu sehen. Und Vögel, sie war sich fast sicher.

Als Nora zurück an der Villa war, erblickte sie durch die offene Tür zum Speisesaal eine Frau um die vierzig, die sie nicht kannte. Sie unterhielt sich mit dem Professor und gestikulierte lebhaft, Nora hörte jedoch kein Wort.

Peggy kam aus der Küche, mit Topflappen und einem Ofenblech, darauf Kartoffeln, die nach Salbei und Rosmarin dufteten.

»Das sieht gut aus«, sagte Nora.

»Es ist genug da, tu dir keinen Zwang an«, sagte Peggy reserviert. Sie brachte das Blech zum Tisch und setzte sich zu den anderen. Der Professor blickte in Noras Richtung, er sagte etwas zu der Frau, die Nora erwartungsvoll entgegensah.

Warum war es so schwer? Nora ging hinüber. Ihr Mund war wie zugeklebt, eine Begrüßung wollte ihr nicht über die Lippen kommen.

Die Frau lächelte Nora zu und gestikulierte wieder.

»Das ist Agneta, sie ist Sängerin«, erklärte der Professor. »Sie bedankt sich, dass sie hier wohnen darf.«

Eine weitere Bewohnerin, dachte Nora. Sie wäre am liebsten sofort schlafen gegangen.

»Agneta ist gehörlos. Sie möchte hier eine Gesangspartie einstudieren.«

»Und der Professor, stell dir vor, beherrscht die Gebärdensprache«, ergänzte Peggy aufgeregt.

Agnetas Mimik zeigte, dass sie gern lächelte, sie studierte Nora jedoch prüfend, als wolle sie hinter ihrem Gesichtsausdruck lesen, was sie dachte. Sie trug einen fröhlichen Haarknoten mit einer roten Stoffblume darin.

Nora hatte das Gefühl einer umfassenden Kapitulation.

Sie ergriff Agnetas Hand und öffnete den Mund. Und dann sprach sie es aus: »Herzlich willkommen.«

An diesem Abend blieb Nora bei den anderen sitzen. Sie entkorkte eine Flasche Wein aus der Speisekammer. Der Professor und Peggy verzichteten, aber Agneta, die Sängerin, nahm gerne ein Glas, der Wein funkelte rot in den geschliffenen Gläsern, die sie in einem der Küchenschränke gefunden hatte. Nach dem Hauptgang hatte Peggy Käse und Oliven gereicht, außerdem hatte sie Kerzen in Leuchter gesteckt und sie auf dem weißen Tischtuch verteilt.

Nora stützte den Kopf auf die Hände. Der Abend war kühl, deshalb saßen sie hier im Speisesaal, allerdings bei geöffnetem Fenster. Ein Nachtfalter flatterte herein. Peggy hatte gerötete Wangen, Agnetas Frisur hatte sich gelöst, Haarsträhnen fielen ihr ins Gesicht. Sie war den Gesprächen angeregt gefolgt, dabei las sie die Worte von den Lippen, zwischendurch machte sie Gebärden, und der Professor übersetzte. Peggy probierte die Gebärdensprache aus, was Agneta zum Lachen brachte, Peggy aber auch ein Lob eintrug.

»Und jetzt erzähl mal, Agneta«, wollte Peggy wissen, »was wirst du hier singen?«

Die Arie *Musettas Walzer* sei es, erklärte die Sängerin, aus Puccinis Oper *La Bohème*, die sie mit einem Gehörlosen-Ensemble aufführen würden, ein paar Hörende seien auch darunter.

Eine Gehörlosen-Oper. Einmal mehr hatte Nora das Gefühl, von eigenartigen Menschen umgeben zu sein. Aber was war schon normal?

Sie spürte, wie ihre Koordinaten ins Wanken gerieten. Sie hatte sich einen Platz in der Welt geschaffen, der immer abseits war. Sie hatte sich, so gut es ging, außerhalb von Gemeinschaften eingerichtet. Hier funktionierte das nicht mehr. Eine gehörlose Sängerin. Ein zerstreuter Professor. Ein Kind, das nur barfuß lief. Eine vernebelte Künstlerin, die Seetang sammelte. Nicht zu vergessen Hugo, der vor lauter Angst, zurückgelassen zu werden, auch jetzt unter dem Tisch lag, sodass man ihn aus Versehen ständig mit den Füßen berührte.

»Soll ich euch vielleicht etwas vorsingen?« Agneta hatte sich erhoben. Sie lächelte, stellte sich in Positur.

Und sang.

Es war schräg und eigenartig. Die Kerzen flackerten, und nur die Brandung rauschte, sonst war es mäuschenstill. Agnetas Mund öffnete sich, ihr ganzer Körper war in Bewegung, ihre Hände formten Worte und Melodien, ihre Mimik sprach. Man hörte keinen Ton und hörte doch alles.

Nachdem Agneta geendet hatte, applaudierten sie begeistert. Der Professor leuchtete, Peggy sprang auf. »Das war großartig!«

Auch Nora stellte fest, dass sie berührt war. Mit welcher Hingabe Agneta gesungen hatte. Sie hatte ihnen etwas vorgetragen, mit vollem Leib und aus ganzer Seele. Nora hatte nicht gewusst, dass gehörlose Menschen Musik empfinden und darstellen konnten. Aber was wusste sie schon.

In der Konzertsituation würden sie mit einem elektrischen Stimmverstärker arbeiten, erklärte ihnen Agneta, nachdem sie den Applaus entgegengenommen hatte. Die Sänger trügen Geräte um den Hals und Kopfhörer in den Ohren, die ihnen helfen würden, sich selbst zu hören.

Nora empfand es auf einmal als Versäumnis, solche Aufführungen nie besucht zu haben. Für Kunst und Kultur hatte sie sich nicht besonders interessiert. Sie war manchmal ins Kino gegangen, zu Sercans Konzerten, das war alles. Und jetzt Agneta.

Peggy fragte die Sängerin, warum sie hierher an die Küste

gekommen wäre. Zum Singen bräuchte sie Raum, erklärte Agneta, Luft und Weite. Und das Meer, der Rhythmus des Meeres, gäbe ihr einen Impuls, der ihr helfe. Außerdem wolle sie vollständig gesund werden, ihre Bronchien seien lange entzündet gewesen, sie müsse sich auskurieren.

»Die Luft ist hier besonders gut. Salzhaltige Luft heilt.« Sie lächelte und sah dabei ausschließlich Nora an.

Nora hatte das Gefühl zu fallen.

»Und warum ausgerechnet die Villa?«, hörte sie Peggy sagen.

»Es gibt Dinge, die kann man nicht erklären. Es schien mir der beste Ort. Ich sah sie dort oben liegen, ging hinein und wusste, hier bin ich richtig.«

Auch das verstand Nora wie im Nebel. Dann rannte sie hinaus.

»Sie hat ja doch Gefühle«, sagte Peggy nach einem überraschten Moment der Stille.

»Natürlich hat sie die«, sagte der Professor.

14

»Das passt doch mit uns«, hatte Daniel gesagt und zärtlich eine von Noras dunklen Locken gezwirbelt.

Nora hatte seine Hand weggeschoben. Nein, nichts passte. Sie dachte, er hätte es endlich begriffen. Es schien nur passend, so sehr, dass auch sie sich manchmal verleiten ließ von diesem Gefühl.

Daniel betrachtete fragend seine Hand.

Nora musste lächeln, obwohl ihr nicht zum Lächeln zumute war. Sie mochte es, dass Daniel nicht leicht kränkbar war. Er nahm die Dinge mit Humor, er hatte ein unerschütterliches Selbstbewusstsein. Sie holte Luft, wollte etwas sagen – und konnte es nicht.

Er hatte vorgeschlagen, mit ihr zusammenzuziehen.

»Wenn du nicht bei mir wohnen willst, was ich verstehen kann, könnten wir eine Wohnung mieten, wir könnten es einfach ausprobieren.«

Seine hellen Augen. Die halblangen Haare. Er sah gut aus, zumindest in den Augen der meisten, wirkte kräftig, ein bisschen verwegen. Er passte zu ihr und sie zu ihm. Bis auf die Tatsache, dass sie elf Jahre älter war. Bis auf den Umstand, dass sie sich an niemanden binden wollte. Auch nicht an Daniel. Das hielt ihn letztlich, sie wusste es. Sie blieb eine Herausforderung für ihn, und er genoss es.

Diesmal allerdings schien er es ernst zu meinen. Da war etwas in seinem Blick, das neu war. Und als er mit ihr auf ihren Geburtstag anstieß, erwähnte er den Jahrestag ihres Kennenlernens. Er hatte doch nicht etwa was für Jubiläen übrig? Nora wurde kalt. Wenn sie sich auf Daniel eingelassen hatte, dann auch, weil er sein eigenes Leben führte. Mit einem Kumpel klettern ging und allein auf Segeltour. Er brauchte sie nicht, das hatte ihr immer Sicherheit gegeben.

Erneut spürte sie seine Hand an ihrem Haar und schüttelte unwillig den Kopf. Jetzt war er doch gekränkt, sie sah es.

Sie zwang sich zu einem »Vielleicht«.

»Und, Nora, du bist ja jetzt …«

Nora erstarrte. Nein, das war nicht sein Ernst. Wieso wusste er überhaupt davon? Das hätte sich demnächst erledigt.

»Ich meine«, er fuhr sich durch die eigenen Haare, »das ist ein schwieriges Thema, ich weiß. Aber ich könnte mir vorstellen, dass … Also, ich hätte Lust dazu.« Sie spürte seine Hoffnung.

»Nie im Leben. Vergiss es.« Nie hatte sie einen Satz härter gesagt.

Daniel hatte einen Moment dagestanden, dann war er gegangen. Hatte seine Lederjacke genommen und die Tür hinter sich offen stehen lassen.

Nora zerriss eine plötzliche Gewissheit. Es war endgültig, das spürte sie. Solche Abgänge waren nicht seine Art. Sie öffnete das Fenster. Vielleicht würde er noch einmal hinaufschauen, dann könnte sie ihm ein Zeichen geben, ihm zurufen, dass sie es sich überlegen würde. Vielleicht würde er ihr glauben.

Und da hatte sie es gesehen.

Wie er auf die Straße trat, nachdem er flüchtig nach links geschaut hatte, wie der Stadtbus, der von rechts kam, auf die Gegenfahrbahn wechselte, um die Baustelle zu umrunden, die sich dort seit mehreren Tagen befand.

Bremsen, Blaulicht. Blut.

Sie hatte ihn nie wiedergesehen.

Nora war später zum Hergang des Geschehens befragt worden, Daniels Eltern waren bei ihr aufgetaucht, seine Schwester, die Polizei. Der Unfall hatte sich schließlich vor ihrem Haus ereignet. Ja, er hätte sie besucht, sie hätten auf ihren 42. Geburtstag angestoßen, sich unterhalten, bis er losgewollt hätte. Worüber sie gesprochen hatten, hatte Nora nicht gesagt. Dass Daniel Alkohol im Blut gehabt hatte, hatte man bemerkt. Er hatte an dem Abend sogar noch eine Verabredung gehabt, wie sich herausstellte, Nora hatte es nicht gewusst.

Alles passte. Tragischer Unfall mit Todesfolge, man hatte sie nicht weiter behelligt, zur Familie hatte sie sowieso keinen Kontakt, die Sache war klar. Nur Nora, die verzieh es sich nicht.

Sie hatte den Tod eines Menschen auf dem Gewissen.

Irgendwann hatte Sercan sie eingesammelt, Sercan, der Sozialarbeiter. Sercan hatte ein großes Herz, in dem vermutlich mehr als eine Frau Platz fand, aber das störte Nora nicht.

Sercan fragte nicht, er sah sie nur mitleidig an, als er sie nach einem Konzert in der Ecke sitzen sah. Nora war einfach hineingegangen in dieses Kulturzentrum, in dem sie keiner kannte, es hatte diese Trommelrhythmen gegeben, orientalisch, und für zwei Stunden hatte sie sich betäuben lassen von der Musik. Sercan hatte sich einfach zu ihr gesetzt, auf den Boden, nachdem er sie schon von der Bühne aus beobachtet hatte, und Nora hatte es zugelassen. Sercan konnte sie aushalten, vielleicht, weil er taktvoll blieb, Distanz wahrte, trotz allem. Sercan wusste, was es bedeutete, Menschen zu verlieren, eine Heimat. Er hatte seine eigenen Sorgen.

Nora fühlte sich geborgen bei ihm, und trotzdem war es nicht mehr als eine Linderung, es machte den Alltag lediglich erträglich.

Der Unfall. Drei Jahre war das her, aber irgendwie war Nora seitdem nicht wieder auf die Beine gekommen.

15

Am nächsten Tag entdeckte Nora den Riss. Er zog sich an der Außenwand des Speisesaals entlang, und sie war sich sicher, dass es ihn am Abend zuvor nicht gegeben hatte. Nora flog der Gedanke an, dass Agneta das Haus mit ihren Tönen zum Beben gebracht haben könnte, aber das war natürlich Unsinn. Hatte sie die Bausubstanz falsch eingeschätzt?

Sie betrachtete den rauen Putz.

Dieses Haus war von so großer Schönheit. Mit dem Finger fuhr Nora dem Riss nach, strich mit der flachen Hand über die Wand. Das Haus war wie ein Körper, gleichzeitig kühl und warm, frisch und alt, lebendig.

Etwas schmerzte. Es war, als wäre dieser Riss in ihr.

Peggy kam dazu, als Nora mit einem Spachtel und einem Eimer mit Mörtel hantierte.

»Was machst du da?«

»Spachteln. Es gibt einen Riss in der Mauer.«

»Nützt das was?«

»Nein. Es ist eher optisch, was ich hier mache.«

»Müssen wir den Raum sichern?«

»Wir können ihn nicht einfach sichern. Wir bräuchten Stahlstützen, das wäre eine richtige Baumaßnahme.«

»Kann die Villa über uns zusammenbrechen?«

»Nein, das wohl nicht.«

»Was passiert schlimmstenfalls?«

»Ich weiß es nicht. Das ist das Merkwürdige. Vielleicht sackt das Haus hier ab. Obwohl ich kein Anzeichen dafür sehe. Außer diesem Riss.«

»Meinetwegen kann das Haus zusammenkrachen. Aber erst, wenn ich weg bin.« Peggy klang, als wäre sie persönlich beleidigt.

Nora kam zu dem Schluss, dass der Riss die Standsicherheit nicht beeinträchtigte. Sie würde ihn beobachten. Möglicherweise gab es Setzungen im Untergrund, Erschütterungen, die mit dem Abbruch der Steilküste zusammenhingen. Dann musste man sich Sorgen machen.

Die Elektrik, der Riss. Sie lebten hier auf Zeit. In einer Blase, fern von allem und gleichzeitig nah an allem Wesentlichen. Und – Nora gestand es sich ein – sie hoffte, dass es so bleiben würde, wenigstens noch ein paar weitere Tage.

Als ihr Telefon das nächste Mal klingelte, schob sie es weg. Und als die Eigentümerin sie in einer Nachricht fragte, ob sie verlängern könnte, um eine weitere Woche, dachte sie erleichtert: unbedingt.

Liebes Tagebuch, hinter der Scheune, unter dem Holunderbusch, wo das verrottete Holz liegt, wohnt ein Igel. Ich habe ihn nicht gesehen, aber ich weiß es genau, Igel machen große Haufen. Man darf sie nicht mit Milch füttern, das hat Jonas mir erklärt, davon bekommen sie Bauchweh. Jonas ist der, der weggezogen ist. Aber das habe ich ja schon geschrieben. Fido habe ich nicht gesehen. Ich frage mich, ob er noch lebt. Mach's gut. Deine Mafalda

Liebes Tagebuch, es gibt eine schlechte Nachricht: Igel fressen Mäuse. Mafalda

16

Agneta hatte eines der oberen Zimmer bezogen. Oft hatte sie Notenblätter in der Hand und ging damit durchs Haus oder durch den Garten. Manchmal stellte sie sich auch an den Rand des Steilufers und sang. Sie wirkte so zufrieden, immer fröhlich. Ja, sie käme voran, bestätigte sie, und Nora stellte überrascht fest, dass sie sich durch die Sängerin nicht gestört fühlte. Agneta war präsent und rücksichtsvoll zugleich.

Der Professor saß in seinem Zimmer und schrieb. In seinem Rucksack trug er ein fleckiges Heft mit sich herum, in seinem Zimmer lag ein Buch mit leeren Seiten, daneben ein Füllfederhalter und Tinte. Manchmal saß er dort über Stunden, das bekam Nora mit, aber was er aufschrieb, wusste sie nicht. Als Peggy ihn danach gefragt hatte, hatte er sie so lange angeschaut, dass Nora überlegt hatte, ob er die Frage überhaupt verstanden hatte.

»Ich beobachte das Meer. Ich studiere seine Gesetze.«

Mehr hatten sie nicht aus ihm herausbekommen. Manchmal sah Nora ihn am Strand eine Muschel aufheben, manchmal schrieb er mit einem Bleistiftstummel umständlich etwas in sein Heft, manchmal blickte er nur reglos über das Wasser, als nähme er jede Welle in sich auf. Er wirkte auf unbestimmte Weise abwesend, so als bewege er sich gedanklich in einer anderen Dimension. Durch die Farbe seiner Kleidung war er zwischen den Steinen und vor der Steilwand kaum zu erkennen.

Peggy arbeitete in ihrer Scheune, sie baute aus Treibholz und anderen Fundstücken einen Wal. Nora verstand nicht wirklich, was sie dort tat. Kunst, dachte sie. Wer braucht schon Kunst. Ein Sammelsurium vom Strand heranzuschaffen und es zusammenzustecken, das schien ihr keine große Bedeutung zu haben. Vermutlich hat sie wohlhabende Eltern, dachte Nora, sonst könnte sie sich so etwas nicht erlauben. Ihr konzentrierter Blick, nach innen gerichtet, ihre ungeheure Ernsthaftigkeit. Und dann kam dabei nichts anderes heraus als – ein Wal.

Über Stunden widmete sie sich ihrem Werk, mit einer Falte auf der Stirn. Hugo lag ergeben daneben. Trotzdem erschien es Nora wie etwas, das man sich eigentlich nicht leisten konnte, und sie dachte, dass Peggy nicht wirklich in der Welt angekommen war.

Für Nora hatte früh festgestanden, dass sie einer selbstständigen Arbeit nachgehen wollte. Für die Baubranche hatte sie sich schon als Jugendliche entschieden. Als eines der Heime, in dem sie zuletzt gewohnt hatte, abgerissen worden war, hatte sie davor gestanden und gefragt, was man tun müsse, um so etwas machen zu dürfen. Der Baggerführer hatte wohl Mitleid mit ihr gehabt, dabei gab es keinen Grund dafür. Das Wohnheim war umgezogen, und Nora war zurückgekehrt, um einen Blick darauf zu werfen. Sie hatte sich in den Bus gesetzt und war ein Stück über Land gefahren, weil sie es wissen wollte. Sie hatte wissen müssen, was mit diesem Haus geschah, mit all den Erinnerungen, die es barg, den Gefühlen, den Tränen, all dem Schrecklichen. Der Mann hatte sie mit in die Kabine genommen, und sie war dabei, als er die Abrissbirne schwang.

Nora hatte Befriedigung empfunden. Dass das Heim dem Erdboden gleichgemacht wurde, war ihr richtig vorgekommen. Auch der Baggerführer hatte zufrieden gewirkt, als er den Abriss vornahm. Hier wäre dann Platz für Neues, hatte er verkündet. Dann war der leitende Ingenieur aufgetaucht, hatte den Baggerführer angeschrien und Nora erbost weggeschickt.

Nach der Schule hatte Nora also den Weg ins Baugewerbe eingeschlagen. Am Anfang war sie belächelt worden, hatte sich in der Männerwelt aber schnell durchgesetzt. Sie hatte sich hochgearbeitet, hatte erst eine Ausbildung gemacht, Bauwerksmechanikerin für Abbruch und Betontrenntechnik, dann den Meister, sich in Sprengtechnik fortgebildet und alles Fachwissen erlangt, das man brauchte, um erfolgreich im Rückbau tätig zu sein. Sie hatte sich einen Ruf erworben als taffe, vor allem unbestechliche Spezialistin, man hatte sie empfohlen, sie war deutschlandweit und europaweit unterwegs gewesen, hatte ihrerseits Leute angelernt und ausgebildet.

Ja, sie war unbestechlich. Das gab es immer wieder, dass ihr Geld angeboten wurde, damit sie als Sachverständige ein Gebäude als abbruchreif einschätzte. Das tat Nora nicht. Aber sonst hielt sie sich in jeder Hinsicht heraus. Für die wirtschaftlichen Interessen und Konflikte um eine Immobilie war sie nicht zuständig. Sie baute zurück. Sie war Fachfrau. Wenn sie wieder weg war, gab es das Gebäude nicht mehr, dann war es bis auf die Grundmauern verschwunden.

Und jetzt saß sie hier am Meer. Wohnte in einer verlassenen Villa. Irgendwo gab es einen Imbiss und eine Tankstelle. Und sie hatte das erste Mal in ihrem Leben das Gefühl, dass Abreißen nichts besser machen würde.

Und das Überraschende war: Es fühlte sich gut an.

17

Am nächsten Abend machte Nora sich auf den Weg zu *Hagens Kombüse*. Sie brauchte Dorsch, Schnaps oder ein Bier und vielleicht auch einfach diesen Riesen, der ihr nicht aus dem Kopf gegangen war. Elf Kilometer, das war nicht mehr als zehn Minuten mit dem Lieferwagen, wenn man zügig fuhr. Nora schnitt die Kurven. Auf dieser Straße war sowieso nie jemand unterwegs.

Als sie geparkt hatte und auf den Imbiss zuging, kam ihr die Schlangenfrau von der Tankstelle entgegen. Ohne zu grüßen, startete sie einen Motorroller und brauste davon.

Nora betrat das Lokal.

Hagen lächelte ihr zu, als sie sich auf einen der Barhocker schob. »Ich habe mich schon gefragt, wo du bleibst.«

»Warst du dir so sicher, dass ich herkomme?«

»Ich habe mir gedacht, dass du vielleicht ein paar Fragen hast.«

»Dann weißt du bestimmt auch, welche.«

Er lachte, der mächtige rote Bart bebte. »Sagen wir so, ich kann es mir denken.«

Auch Hagens Tätowierungen waren bemerkenswert. Nora war der Wunsch, sich tätowieren zu lassen, fremd. Nichts an ihrem Körper wollte sie präsentieren. Und auch sonst: keine Frisur, kein Make-up, keine elegante Kleidung. Obwohl sie, wie Daniel anspielungsreich bemerkt hatte, enorm attraktiv aussähe in High Heels. Stattdessen: Jeans, T-Shirt, Turnschuhe. Nein, keine Tätowierung.

Hagen schob ihr ein Bier hinüber, dann brachte er den Männern, die an den Tischen saßen, die bestellte Runde.

Auf Hagens Unterarm war ein Schriftzug tätowiert, ein Name, Malve. Daneben eine Schwalbe, ein durchstochenes Herz. Warum wirken Tätowierungen eigentlich immer pathetisch, dachte Nora. Und wie unangenehm es sein musste, wenn man sich von der dazugehörigen Person längst getrennt hatte.

Hagen sagte nichts, obwohl er bemerkte, dass sie den Schriftzug betrachtete. Er zapfte ein weiteres Bier. Ließ sich Zeit. Irgendwann war die Schaumkrone perfekt.

»Meine Tochter«, sagte Hagen.

»Leukämie«, sagte er als Nächstes.

Nora öffnete den Mund und schloss ihn wieder.

Sie hätte es besser wissen müssen.

Nora saß an der Bar und trank, Hagen zapfte, bediente die Gäste und trank mit ihr. Sie sprachen kein Wort. Wenn ihre Gläser leer war, füllte Hagen sie neu.

Nach fünf Bieren und ebenso vielen Schnäpsen erhob sich Nora.

»Gästezimmer?«, fragte Hagen.

Nora schüttelte den Kopf.

Schlangenlinien konnte sie auch im Dunkeln.

~

Der Lichtschein seiner Taschenlampe wanderte über das Heidekraut. In den ersten Nächten war Konrad weiter südlich unterwegs gewesen, dann war er auf die Idee gekommen, bis zur Landzunge zu fahren, wo er den Vogel eigentlich nicht vermutete, weil die Wiesen dort nicht besonders feucht waren.

Es war die richtige Idee gewesen, denn jetzt, hier, ertönten die erhofften Rufe. Laut, unüberhörbar. Das typische Schnarren.

Der Vogel fühlte sich offenkundig ungestört. Wenn ihn nur die Frauen in der Villa nicht aufscheuchten. Und dieser riesige Hund. Er war jetzt schon öfter vorbeigefahren, um zu sehen, was sie dort machten. Es schien, als würden sie sich vom Haus nicht weit entfernen, und wenn, dann gingen sie an den Strand, das Steilufer entlang. Er war darauf bedacht gewesen, dass sie ihn nicht bemerkten. Er wollte niemanden auf seine Spur bringen, er war in geheimer Mission unterwegs, sozusagen.

Da, wieder ein Ruf. Im Frühjahr grenzten die Männchen ihr Revier ab, in windstillen Nächten konnte man sie hören. Konrad horchte ehrfürchtig. So lange schon hatte er darauf gewartet, es gehofft, entgegen aller Wahrscheinlichkeit. Und jetzt war er sich sicher. Nun galt es, den Nachweis, die Sensation zu dokumentieren. Drei Männchen mussten es mindestens sein.

Der Wachtelkönig, fast ausgestorben, brütete hier auf der Landzunge.

~

Die Bäume, erfasst vom Scheinwerferlicht, reihten sich an der Straße wie Gespenster. Kein Auto kam ihr entgegen. Das Kreisen in Noras Kopf fügte sich bestens zu den Kurven.

Nora dachte an Hagen. Sie wusste nichts über ihn und wusste gleichzeitig alles. Über die Villa hatten sie nicht mehr gesprochen. Er war mit den Männern beschäftigt gewesen, die an den Tischen gesessen und immer weitere Runden bestellt hatten. Fangquoten, hatte Nora aufgeschnappt, Überregulierung, EU-Wahnsinn.

Nora legte den Ellbogen auf dem Fensterrahmen ab, die Nacht war mild, und lenkte mit einer Hand. Der Wagen fuhr wie von selbst.

Bis plötzlich ein Rennradfahrer im Scheinwerferlicht erschien, und zwar in einer Kurve. Er befand sich auf der richtigen Seite, sie sich auf der falschen.

Nora war schlagartig nüchtern.

Für Bruchteile von Sekunden sah sie das Gesicht unter dem Helm, sie meinte den jungen Mann aus der Gemeindeverwaltung zu erkennen. Er trug einen Rucksack, aus dem ein länglicher Gegenstand hervorragte.

Der Lieferwagen schlingerte, sie lenkte gegen und konnte dem Baum am Straßenrand gerade noch ausweichen.

Dann landete sie im Wassergraben, der den moorigen Bruchwald von der Straße trennte.

Die Vorderräder sanken ein. Sie musste raus aus dem Auto. Der Wagen rutschte langsam tiefer. Es gluckerte.

Die Türkante war bereits unter Wasser.

Nora löste den Gurt und wand sich aus dem Fensterrahmen.

18

»Sie schläft noch.«

Mafalda hüpfte, zeichnete Kästchen, warf ein Steinchen. An diesem Vormittag hatte das Mädchen sich außerdem zu einer Art Botschafterin gemacht und wechselte zwischen Villa und Scheune hin und her.

Konzentriert klebte Peggy eine Muschel auf den Korpus ihres Wals. Seitdem Peggy ihren Oktopus geflickt hatte, hielt Mafalda sich erst recht auf dem Platz vor der Scheune auf, wenn sie da war. Peggy störte es nicht. Zu ihrer eigenen Überraschung, denn normalerweise hatte sie, während sie künstlerisch arbeitete, gern ihre Ruhe. Zum Spielen benutzte Mafalda das Material, das Peggy ihr überließ. Manchmal verschwand sie hinter dem Haus, dann war sie wieder da, ohne Erklärung, und spielte weiter. Versuche, aus ihr herauszubekommen, wo sie wohnte, waren fehlgeschlagen. Mafalda antwortete nicht, und irgendwann hatte Peggy es aufgegeben.

Wie es denn mit Schule aussähe, hatte Nora sie einmal gefragt.

»Sind bald Ferien«, hatte Mafalda wegwerfend geantwortet.

»Und deine Mutter, wo arbeitet die? Oder ist sie tagsüber zu Hause?«

»Meine Mutter ist Meerjungfrau.«

Peggy und Nora hatten sich einen Blick zugeworfen.

Sie ließen sie in Ruhe. Dass sie nicht weit entfernt wohnte, hatten sie erfahren, dass sie keine Geschwister hatte. Manchmal war sie weg, dann war sie wieder da. Sie hatten sich an sie gewöhnt.

»Schläft immer noch«, berichtete Mafalda, als sie von einem erneuten Gang zur Villa zurückkam. »Das Fenster ist offen. Man hört sie atmen.«

»Ach, Maffi.« Der Lieferwagen war nicht da, also war auch Nora nicht da, und dadurch fühlte Peggy sich gleich viel wohler. Wobei – vielleicht fand sie sie nicht mehr ganz so schlimm. Inzwischen aß Nora sogar mit ihnen und war überhaupt etwas freundlicher geworden.

Der Professor und Agneta waren schon am Strand. Ein Rennradfahrer war vorbeigekommen und hatte auf dem Platz vor der Scheune eine Runde gedreht, verwundert, als hätte er sich verfahren, und dabei zur ihr herübergeschaut. Nett sah er aus, fand Peggy, doch bevor sie ihn ansprechen konnte, war er wieder verschwunden.

Peggy ließ den Pinsel mit Leim sinken und betrachtete ihren Wal. Vielleicht war der Wal gar kein Wal, sondern ein Seeungeheuer? Peggy umrundete ihn kritisch. Zuletzt hatte sie Rippen gebogen, eine Flosse geformt.

Mafalda hüpfte immer noch vor der Scheune herum.

»Maffi, was meinst du: Der Kopf, ist das ein Wal?«

Mafalda hatte einmal einen toten Wal am Strand gesehen, das hatte sie ihr erzählt. Zusammen mit ihrer Mutter. Sie hätte ihn berühren wollen, aber ihre Mutter hätte es ihr verboten, der Wal könnte explodieren. Sie wäre heimlich noch einmal mit dem Fahrrad hingefahren. Sie hätte wissen wollen, was mit einem Lebewesen passierte, das zu groß war für das Meer. Denn das hatte ihre Mutter ihr erklärt, er sei zu groß gewesen für dieses Meer. War er deshalb an Land gekommen? Doch da war nur noch eine Mulde gewesen. Der Wal wäre jetzt im Meeresmuseum, dort würde sein Skelett ausgestellt, hatte ihre

Mutter gesagt. Aber Mafalda war insgeheim fest davon überzeugt, dass er davongeschwommen war.

»Maffi, sag mal, was meinst du, Wal oder nicht Wal?«

Aber Mafalda war nicht mehr zu sehen und kehrte an diesem Tag auch nicht mehr zurück.

Der Traktor tuckerte. Hagen beugte sich aus dem Seitenfenster nach hinten. »Klappt's?«

»Noch ein Stück!« Nora kontrollierte das Manöver von der anderen Seite des Grabens aus, während Hagen ihren Lieferwagen, an dem sie ein Abschleppseil befestigt hatten, rückwärts aus dem Graben zog.

Fast eine Stunde hatte sie letzte Nacht gebraucht, um zurück zur Villa zu kommen. Mit nassen, scheuernden Schuhen.

Nora hatte eine große Wut auf sich selbst erfüllt. Wie, bitte schön, konnte man so vernebelt sein, dass einem so etwas passierte? Wenigstens hatte sie den Rennradfahrer bei diesem Fast-Zusammenstoß nicht gestreift, dessen war sie sich sicher. Der war unbeirrt weitergefahren.

Hatte er denn nicht gemerkt, dass sie ins Schleudern geraten war? Hätte er nicht Erste Hilfe leisten, einen Notruf absetzen müssen? Wahrscheinlich war er schon hinter der nächsten Kurve gewesen, als sie von der Straße abkam, sein Tempo war beachtlich gewesen. Aber den Aufprall im Wasser, hatte er den nicht gehört? Vielleicht der Fahrtwind in den Ohren. Außerdem war sie eher langsam, aber unaufhaltsam hineingerutscht, als mit einem lauten, klatschenden Geräusch eingetaucht.

Wie durch ein Wunder war der Graben zwar morastig, aber nicht allzu tief gewesen, das Heck war an der Böschung hängen geblieben. Glück im Unglück, sie hasste Sprüche. Die nassen Füße waren am unangenehmsten gewesen.

Am Vormittag, nachdem sie endlich aufgewacht war, hatte

sie Hagen angerufen. Er war der Einzige von den Ortsbewohnern, den sie näher kannte, und der Einzige, zu dem sie Vertrauen hatte. Die Nummer der *Kombüse* hatte sie über die Auskunft erhalten, und gegen Mittag ging auch jemand ran.

»Dazu braucht man wohl schweres Gerät«, hatte Hagen festgestellt. Und: »Nett, dass du mich anrufst.«

Nora hatte nichts gesagt. Nicht dass er etwas dachte. Er schien ihren Gedanken zu spüren.

»Ist jedenfalls kein Problem, ich ziehe dich raus.«

»Ich weiß nicht, ob ich mich revanchieren kann.«

»Weißt du was? Ich mache Sachen nur, wenn ich sie machen will. Sonst lasse ich sie bleiben. Ganz einfach. In zwei Stunden bin ich da.«

Nora hatte Peggy um ihr Fahrrad gebeten.

»Nimm halt«, hatte Peggy abwesend gesagt, die Haare irgendwie am Kopf festgesteckt, ihre Wangen waren gerötet, sie war ganz in die Arbeit vertieft. Sie sieht schön aus, wenn sie ihre Kunst macht, hatte Nora gedacht. Dann waren ihre Bewegungen ruhig und fließend, ihre Hände wussten ganz offensichtlich, was sie taten, es war, als führten sie Regie über den Rest des Körpers. Von ihrer sonstigen Sprunghaftigkeit keine Spur.

Nora hatte sich auf das alte Fahrrad gesetzt und war losgefahren. Das Rad hatte keine Gangschaltung und quietschende Sattelfedern, die Kette war rostig; Nora nahm sich vor, sie später zu ölen. Sie trat kräftig in die Pedale.

Etwa einen Kilometer entfernt von der Stelle, an der sie von der Straße abgekommen war, war die Kette gerissen. Nora hatte das restliche Stück geschoben, und als sie angekommen war, hatte Hagen bereits mit dem Traktor hinter der Kurve gewartet, die Nora ihm beschrieben hatte.

Der Traktor, auf dem Hagen saß, fuhr erneut an.

Die Hinterreifen des Lieferwagens waren bereits auf der Straße. Zug um Zug folgte der Rest.

Sitze und Lieferfläche waren durchnässt, der Motor blieb wie erwartet stumm.

Hagen sah Nora fragend an. »Soll ich den Wagen zu dir bringen?«

»Zur Villa?« Sie konnte vieles selbst machen, aber mit Autos hatte sie sich nie beschäftigt. »Gibt es hier nicht irgendwo eine Werkstatt?«

»Karsten hat die Tankstelle. Und an Fahrzeugen schraubt er bei sich auf dem Hof herum. Da hat er genügend Platz.«

Karsten. Nora erinnerte sich an den Mann, der sich ihr an ihrem ersten Abend in *Hagens Kombüse* vorgestellt hatte. Sie nickte. »Klingt passend.«

Karsten rieb sich die Hände, als sie bei ihm eintrafen. »Immer rein in die gute Stube!« Auf seinem Hof ein Gerümpel aus Autos – die meisten ohne Kennzeichen –, Ersatzteilen und Reifen, dazwischen ganze Haufen von Schrott und Metall. Karsten konnte offenbar nichts wegwerfen. Ein kleiner Wohnwagen, ein Oldtimer, oval wie ein Ei, war von Brennnesseln fast überwuchert. Aber es gab auch eine Rampe, die Nora Hoffnung machte, ein selbst errichteter Ersatz für eine Hebebühne.

Karsten umrundete den Lieferwagen wie ein Arzt den Patienten, öffnete die Motorhaube, beugte sich darüber.

Hagen nickte Nora zu. »Sieht gut aus. Er macht das. Jede Wette. Und wenn Karsten etwas macht, dann wird es auch was.«

Nora dachte an den fehlenden Finger.

Karsten richtete sich auf. »Hast du genug Kohle?«

Wollte er wirklich wissen, ob sie ihn bezahlen konnte?

Er gluckste. »Scherz. Was es kostet, sehen wir dann. Wann brauchst du ihn denn wieder?«

»Am liebsten so bald wie möglich. Schreib mir eine Nachricht. Hier ist meine Nummer, anrufen bringt nichts, ich hab keinen Empfang«, sagte sie.

»Nee, Empfang haste hier in der Gegend nicht. Ist der Arsch der Welt. Vielleicht sieht man sich ja mal in der *Kombüse.*« Er grinste.

Nora tippte sich an den imaginären Hut.

»Was ist eigentlich damit«, wollte Karsten noch wissen und zeigte auf Peggys Fahrrad, das Nora in den Lieferwagen geladen hatte. »Kann ich das haben, oder wird es noch gebraucht?«

»Das wird noch gebraucht. Habe ich mir nur geliehen und repariere ich später.« Nora grüßte erneut und kletterte zu Hagen auf den Traktor.

Der bog auf die Straße ein. »So, Frau Abrissunternehmerin, und nun bringe ich dich wieder ans Meer.«

19

Einfach loszuschwimmen – so schwer konnte es doch nicht sein. Peggy stand bis zur Hüfte im Wasser, bewegte die Hände hin und her, schnupperte den Duft der Ostsee. Algig, salzig, steinig. Konnte man Steine riechen? Jeden weiteren Tag, den sie hier verbrachte, verlangte es sie mehr nach diesem Geruch. Sie war regelrecht süchtig nach der Luft, dem Licht, der Brandung. Den Möwen, die über ihr segelten, den Schwalben.

Sie fühlte sich unbeschwert, frei. Ganz bei sich. Und bei ihrer Kunst.

Du und deine Spielereien. Ihr Vater. Der nicht akzeptieren konnte, dass sie nichts Vernünftiges tat, nichts Handfestes. Eine Banklehre, die hätte er sich für seine Tochter gewünscht, oder ein Betriebswirtschaftsstudium, er sah sie als Geschäftsführerin, wenn schon nicht als seine Nachfolgerin in der Fleischerei. Jedenfalls nicht als Künstlerin, die mit dem, was er unnütz nannte, sinnlos Zeit vertändelte.

Du bist doch robust. Wie oft hatte sie das gehört. Sie war groß, man traute ihr die Dinge zu. Schon im Kindergarten hatte sie beim Krippenspiel den Josef spielen müssen. Dabei wäre sie so gerne Engel gewesen, wenigstens ein einziges Mal.

Ihre Schwester war Anwältin geworden, das gefiel ihrem Vater. Ihr Bruder verkaufte Autos im Luxussegment. Etwas undurchschaubar zwar, aber er verdiente Geld. Nur sie, Peggy, brach alles ab. Wurde weder Lehrerin noch Buchhändlerin. Es ging einfach nicht vorwärts. Bei Peggy ging es zwei Schritte voraus und drei zurück. Dann einen zur Seite. Und schließlich stellte sie alles in Frage, am meisten sich selbst.

Nun setz dich doch mal durch! Im schroffen Ton geäußert, als sie ihre ersten Reitstunden hatte. Sie hätte so gern reiten gelernt. Aber es fing schon damit an, dass sie für jedes Pony zu groß war. Dass sie Angst hatte vor Hufen und Gebissen. Die mitleidigen Blicke der anderen Reiterinnen. Zum Fegen der Stallgasse war sie gut genug, für ein Lob nicht. Gelobt wurden die anderen Mädchen, die zarten, die wie angewachsen im Sattel saßen und ihre Pferde mit leichter Hand führten.

Irgendwann blieb Peggy dem Reitstall fern. »War sowieso zu teuer«, war der Kommentar ihres Vaters. Warum sie nicht mehr hinging, danach fragte keiner.

So ging es weiter. Die Überforderung bei den Abiturklausuren, der Schwindel, der sie urplötzlich erfasste, weshalb sie nur leere Seiten abgab. Die Klausuren: mühsam nachgeschrieben.

Das Gefühl des Scheiterns auch beim Praktikum an der Grundschule. Die Schulleiterin, die sie unwirsch belehrte, dass sie die Pause schon pünktlich beenden müsste, um dann festzustellen, dass die Kinder sich um den Unterricht drücken würden, weil Peggy mit ihnen Schiffchen aus Holz und Blättern bastelte, die sie auf Pfützen schwimmen ließen. Ans Lehramtsstudium: nicht zu denken.

Anschließend doch die Banklehre, ihrem Vater zuliebe. Sie verrechnete sich ständig, und der Ausbildungsleiter legte Peggy nahe, sich etwas anderes zu suchen, es sei vielleicht nicht das Richtige für sie. Die Panikanfälle, von denen keiner wusste. Die Luftnot, der Hals, der sich zuschnürte. Nicht einmal die Führerscheinprüfung bestand sie.

Verkehrt in der Welt.

Beherzt ging Peggy ein Stück tiefer ins Wasser. Keine Chance. Wenn sie keinen Boden unter den Füßen spürte, bekam sie bodenlose Angst, buchstäblich. Also blieb sie im Flachen.

Wenn sie nur so sein dürfte, wie sie war.

Oben am Steilufer, ein weites Stück entfernt, sah sie Agneta. Ihr Kleid flatterte im Wind, sie breitete die Arme aus und sang. Auf der anderen Seite stand, ebenfalls weit entfernt, der Professor, die Hosenbeine hochgekrempelt, auch er im Wasser, den Blick auf den Horizont gerichtet.

Dass sie Kunst machen wollte – wann war es Peggy klar geworden? Es hatte sich einfach so ergeben, das Basteln, Werken, Ausprobieren. Wenn sie ihre Hände gebrauchte, wurde sie ruhig. Wenn sie ihren Gedanken folgen konnte, ohne etwas leisten zu müssen. Abbilden durfte, was auf unbestimmte Weise in ihr war. Es kostete sie Mut, aber nach dem Abbruch ihrer Banklehre hatte sie den Plan gefasst, sich an einer Kunsthochschule zu bewerben. Das erste Mal war sie abgelehnt worden. Jetzt war sie hier, um etwas Neues zu erschaffen, anschließend wollte sie es ein zweites Mal versuchen.

Der Aufenthalt in der Villa war ein Segen. Sie hatte die Verwaltungen an der Küste angeschrieben und gefragt, ob sie nicht eine Künstlerin fördern wollten, sie bräuchte ein Atelier auf Zeit, ein altes Haus wäre ihr recht, Hauptsache, sie hätte genug Platz.

Zunächst war nichts passiert, doch dann hatte sie ausgerechnet von der kleinsten Gemeinde eine Antwort erhalten, die Erlaubnis, in einer leerstehenden Villa zu wohnen, das offizielle Schreiben war an eine E-Mail angehängt gewesen. Peggy hatte die Zeilen nicht besonders genau studiert, sie hatte vor allem nachgeschaut, wo diese Villa lag, und ihr Herz hatte gehüpft, als sie entdeckt hatte, dass es direkt an der Küste war. Eine grobe Wegbeschreibung war als Skizze beigefügt gewesen sowie der Hinweis, dass man sich nicht um sie kümmern, sondern darauf setzen werde, dass sie als Künstlerin die Einsamkeit brauche. Im nächsten Ort gebe es einen Supermarkt. Der Schlüssel sei im Anbau hinterlegt, hatte es geheißen, aber dann war diese Nora da gewesen, und die Türen waren nicht abgeschlossen gewesen. Sogar die Betten waren bezogen gewesen. Und nun war sie hier, fertig.

Gute Dinge hinterfragte man besser nicht.

Abends saßen Nora, Peggy, Agneta und der Professor zusammen am Feuer. Peggy hatte auch Hagen dazu eingeladen, als er Nora bei der Villa abgesetzt hatte.

»Wir machen Picknick am Strand. Es gibt vegane Würstchen, Gemüse und Schafskäse. Nur Hugo bekommt einen Knochen. Seid ihr dabei?«

Nora hatte zunächst abgewehrt. Für Gruppenunternehmungen hatte sie nichts übrig. Abgesehen davon: Wer aß schon vegane Würstchen? Doch Hagen hatte sie so fragend angesehen, dass Nora sich einen Ruck gegeben hatte. Er hatte wirklich etwas gut bei ihr. »Magst du vegane Würstchen?«

»Unbedingt.« Damit war die Sache entschieden.

Peggy hatte Holz zusammengetragen, trockene Blätter und Zweige und das Feuer entzündet. Es knisterte, die Flammen loderten, gelegentlich sprühten Funken.

»Darf man das hier überhaupt?«, wollte Nora wissen.

»Das fragst ausgerechnet du?« Peggy schob einen weiteren Baumstamm heran, damit sie im Halbkreis sitzen konnten. Blank und hell war er, vom Meer geglättet.

»Der Wind kommt von der Landseite«, bemerkte der Professor, »die Gefahr von Funkenflug ist gering.«

Er stand in der Gegend herum wie nicht abgeholt, bis Peggy ihn sanft am Arm fasste und zu seinem Sitzplatz führte.

Der Himmel war klar, bald wurden die ersten Sterne sichtbar. Der Professor zeigte ihnen den Kugelsternhaufen im Sternbild Herkules. Nora war wieder einmal überrascht über seine Ausführungen, die so exakt waren, voller Wissen, und so sehr im Gegensatz standen zu der Verlorenheit, mit der er manchmal selbst alltägliche Dinge nicht zu begreifen schien.

Nora legte den Kopf in den Nacken. Versehentlich berührte sie dabei Hagens Arm. Kurz darauf lehnte sie sich erneut gegen ihn. Nora hatte das lange nicht gespürt. So eine Anziehung. Sie hatte etwas übrig für diesen Wikinger.

Sie tranken Bier und Limonade aus Flaschen, Hugo hatte sichtlich Respekt vor Hagen und hielt sich die ganze Zeit an Peggy. »Himmel, Hugo«, sagte die und gab ihm einen zweiten Knochen.

Agneta hatte die Hände um die Knie geschlungen, der Feuerschein ließ ihr lebendiges Gesicht noch jünger wirken, Peggy drehte Gemüsespieße.

Die Wellen glänzten dunkel, sacht rollten sie an den Strand.

Auf einmal verspürte Nora das Verlangen, ihnen nahe zu sein. Sie erhob sich und zog ihre Hose aus.

»Was wird das?«, fragte Peggy.

»Keine Sorge. Ihr bekommt nichts zu sehen.«

Am Wasser legte Nora den Rest ihrer Kleidung ab, sie watete hinein und kraulte los. Über ihr die Sterne. Am Strand das Feuer. Um sie herum das Meer. Dass man nachts nicht schwimmen sollte, war eine Erfindung. Nachts war es besonders schön.

»Nora!« Hagens Stimme.

Sie hob beruhigend die Hand. Keine Sorge. Kraulte weiter, Richtung offenes Meer. Hörte Peggys Stimme von fern. Tauchte unter.

Und plötzlich spürte sie es: Es war nicht richtig. Sie machte ihnen Angst. Nora kehrte um und schwamm zurück.

Liebes Tagebuch, in die Villa kommen immer mehr Menschen. Aber ich darf ja nicht hinein. Wenn ich in ein fremdes Haus gehe, reißt sie mir den Kopf ab, hat Mama gesagt. Sie denkt, ich bin bei Jonas. Aber die beste Nachricht weißt du noch gar nicht: Fido läuft mir über die Hand! Ich muss nur aufpassen, dass Hugo nicht dabei ist und dass es auch sonst keiner merkt. Die Frau, die Nora heißt, mag nämlich keine Tiere. Menschen mag sie auch nicht. Obwohl, vielleicht doch, denn inzwischen spricht sie manchmal mit Peggy und den anderen. Die Villa ist jetzt wie ein normales Haus. Das finde ich schön. Deine Mafalda

20

Nora saß mit nassen Haaren am Frühstückstisch. Sie hatte nicht lange überlegt, sondern war nach dem morgendlichen Schwimmen direkt auf den Speiseraum zugesteuert. Es duftete herrlich nach Kaffee und frischem Brot. Agneta hatte Brötchen gebacken, weich und hell. Alle sahen müde aus, aber zufrieden.

Hagen war noch am Abend wieder gefahren. Er würde dann mal den Traktor zurückbringen, hatte er gesagt und Nora dabei angeschaut. Sie hatte nur genickt und dem leiser werdenden Tuckern gelauscht.

Peggy gab einen großen Klecks Marmelade auf ihre Brötchenhälfte. Sie schien angestrengt nachzudenken, während sie kaute. Dann sagte sie: »Und wenn es so bleibt?«

Nora brauchte nicht zu fragen, was sie meinte.

»Nora, du kennst dich doch aus. Das Haus muss doch gar nicht …« Bisher hatte Peggy immer so getan, als würde sie der bevorstehende Abriss nicht interessieren. Als hätte sie Sonderrechte. Als könnte sie bestimmen, was hier passierte, einfach dadurch, dass sie dieses merkwürdige Schreiben hatte, ausgestellt von der Gemeinde, unleserlich unterzeichnet, im Auftrag des Bürgermeisters.

Nora nickte. Ja, natürlich kannte sie sich aus. Hier brauchte nichts abgerissen zu werden. Es gab diesen Riss, den sie täglich begutachtete. Doch er verbreiterte sich nicht. Also keine Setzungen im Boden, keine Spannung im Mauerwerk. Die Villa war alt, zeigte aber keine tiefer gehenden Schäden.

»Und wenn du … also, wenn du dich weigerst?«

Alle sahen sie an. Agneta mit ihrer Stoffblume im Haar, der Professor, nachdenklich. Und Peggy.

In diesem Moment erschien Mafalda vor dem Fenster. Hugo bellte und sprang hinaus.

Nora schloss die Augen.

»Du musst es nicht tun«, hörte sie Peggy sagen. »Du machst ja auch nur deinen Job.«

Ihr Job. Was war ihr Job? Ihr Job, das waren Staub und Beton, das waren abgerissene Rohre und Deponien. Das war recycelbares Material, aber das war auch Restmüll und Sondermüll, der zerkleinert wurde und verbrannt, der giftige Rückstand schließlich vergraben, in andere Länder verbracht, nicht immer auf legale Weise. Zig Millionen Tonnen gefährlicher Abfälle, Jahr für Jahr.

Ihr Job. Wozu brauchte sie ihren Job? Sie brauchte nichts. Was brauchte sie schon. Sie könnte bei Hagen im Imbiss bedienen oder neben der Schlangenfrau an der Tankstelle sitzen. Es war egal.

Nora schlug die Augen wieder auf.

»Ich tu's. Ich lehne den Auftrag ab.«

Nora schrieb ihrer Auftraggeberin eine Nachricht und erklärte, dass sich der Rückbau nicht lohne, dass dieses Objekt es wert wäre, ein Gutachten einzuholen. Vermutlich wäre es ein Fall für den Denkmalschutz, damit verbunden wären sicherlich Fördergelder. Dass der Denkmalschutz von den meisten Gebäudebesitzern verflucht wurde, weil er strenge Vorgaben auferlegte, was die Sanierung betraf, und diese Vorgaben durch den finanziellen Zuschuss alles andere als wettgemacht wurden, verschwieg sie. Sie musste den Rückbau aufhalten. Mehr zählte im Moment nicht.

Schon als Nora zur Villa zurückging, klingelte ihr Handy. Die Verbindung war außergewöhnlich gut. Ihre Auftraggeberin. Ihre tonlose Stimme, der englische Akzent, der ihr schon beim ersten Gespräch aufgefallen war.

»Sie möchten vom Auftrag zurücktreten?«

»Ich halte den Rückbau nicht für nötig. Das Haus ist stabil, die Substanz ist gut. Hier und dort bröckelt vielleicht etwas, es ist aber nicht relevant für die Standsicherheit.«

»Aber für die Optik?«

»Die Optik ist nicht wichtig, das ist eine Sache der Sanierung, und außerdem, auch optisch ist dieses Haus ... Es ist einfach wunderschön.« Noras Stimme war leiser geworden.

»Da kommt etwas schönes Neues hin«, sagte die Frau. »Glauben Sie mir. Aber zuerst muss das Alte verschwinden. Man muss nach vorne schauen, das kann ich Ihnen versichern. Sonst erreicht man nichts. Niemand interessiert sich für so ein altes Haus.«

Ein Loch in der Zeit tat sich auf.

»Nicht zurückschauen, Norakind, nicht wahr? Wir schauen schön nach vorn, schön nach vorn. Wir werden etwas sehr schönes Neues erleben.« Das Zwitschern ihrer Mutter. Ihr entschlossenes Packen. »Hier sind wir nie gewesen. Diese Leute kennen wir gar nicht!«

Nora erfuhr nie, was vorgefallen war. Sie war zu jung, sie konnte es nur erahnen. Hildas Tränen, der heftige Streit mit den anderen Bewohnerinnen und Bewohnern, anklagende Wortwechsel. Konflikte hielt ihre Mutter nicht aus. Wenn es Probleme gab, beendete Hilda die Freundschaft, und zwar umgehend, dann machte sie sich auf den Weg. Und ihre Tochter nahm sie mit.

»Soll ich jemand anderen beauftragen, möchten Sie Ihren Aufenthalt abbrechen?«

Nora kam wieder in der Gegenwart an. Sie sagte nichts.

»Ich erhöhe den Vorschuss. In Ordnung? Leider bin ich zu

weit weg, um einzugreifen. Das Amt dort in der Provinz ist unendlich langsam. Der Antrag zieht sich, ich verstehe nicht, was dort los ist. Eigentlich hatte man mir signalisiert, dass es schnell gehen würde. Ich bin aber davon überzeugt, dass der Abriss sich lohnt.«

Die Frau war zu weit weg. Der Vorgang zog sich. Geistesgegenwärtig begriff Nora, was sie sagen musste. Alles, was den Rückbau verzögerte, gewährte ihnen Aufschub.

»Ich bleibe. Es war eine rein fachliche Überlegung. Sie entscheiden natürlich selbst, was Sie mit dem Haus machen.«

Sie beendeten das Gespräch. Nora fragte sich das erste Mal, ob diese Frau überhaupt die wahre Eigentümerin war.

Wie konnte man sich so ohnmächtig fühlen. Verdammt. Sie wünschte sich weit, weit weg.

21

Kannst dein Auto abholen, hatte Karsten geschrieben und angeboten, ihr den Lieferwagen zu bringen, aber Nora hatte das unbestimmte Gefühl, dass es besser wäre, die Villa vor seinen neugierigen Blicken zu schützen. Nicht dass er sie noch als Quelle für sein Ersatzteillager entdeckte.

Also hatte sie ihre Wanderschuhe geschnürt und war losgegangen. Fast drei Stunden durch den Wald, doch Nora machte es nichts aus, sie ging gerne weite Strecken.

Karsten hatte seinen Hof aufgeräumt, Nora bemerkte es überrascht. Zumindest einen Teil des Grundstücks hatte er von herumliegendem Schrott befreit und diesen in einer anderen Ecke ordentlich gestapelt. Ihr Lieferwagen stand an der Ausfahrt bereit, er wirkte sauber und glänzte.

»Sag mal, hast du den etwa gewaschen?«

»Bisschen abgerieben mit 'nem Lappen.« Karstens Stirn glänzte ebenfalls, er lächelte stolz.

»Sieht aus wie neu.«

»Ist auch wie neu. Alles durchgetrocknet, Motor läuft tadellos. Willste gucken?«

»Glaub ich dir.«

»Doch, probier mal!«

»Ich fahre gleich los. Wenn ich auf der Strecke liegen bleibe, gibst du mir einen aus.«

Karsten gluckste. »Das passiert nicht. Wetten?«

»Werde ich sehen. Was ergibt denn die Rechnung?«

»Wenn du 'nen Fuffi übrig hast, geht das in Ordnung.«

Das war nun wirklich nicht viel. Nora fühlte sich entwaffnet.

»Bierchen?« Ehe sie etwas sagen konnte, verschwand Karsten und schlug, als er kurz darauf zurück war, die Kronkorken zweier gekühlter Flaschen an einer Steinkante ab.

»Schmeckt gut«, sagte Nora. Ein Etikett gab es nicht.

»Selbst gebraut. Ist das beste.«

Hier machte man offenbar alles selbst. Vielleicht stellte man sich auch selbst seine Abrissgenehmigungen aus. Nora war hauptsächlich in Städten beauftragt, bei ihr ging es meist um größere Objekte, um Industriebauten, Brücken. Die ländlichen Gegenden waren anders strukturiert. Und hier, in dieser Gegend, schien ihr sowieso alles anders zu sein.

Vielleicht konnte sie von Karsten mehr über den Ort erfahren. Seine Stirn glänzte immer noch, er zog ein Taschentuch hervor. Immer wieder streifte sein Blick sie neugierig.

»Bist du eigentlich gelernter Automechaniker?«

»Nee, ich mach das eher privat.«

»Also keine offizielle Werkstatt?«

Glucksen. »Offizielle Tankstelle.«

»Dann ist die Schlangendame deine Angestellte?«, entfuhr es Nora.

Karsten sah sie verständnislos an.

»Dann lässt man sich hier bei euch also eher in Ruhe«, verbesserte Nora sich.

»Kann man so sagen.«

»Und euer Bürgermeister?« Nora wusste, sie stach damit ins Ungewisse.

»Ja, der. Macht halt sein Ding.«

»Kann man ihn mal sprechen?«

»Was willst du denn von ihm?«

Nora fragte sich, ob es eine gute Idee wäre, Karsten einzuweihen. Die Villa im Dornröschenschlaf – wollte sie wirklich, dass Leute aus dem Ort auf die Villa und ihre Gäste aufmerksam wurden? Das wollte sie bestimmt nicht, aber sie wollte wissen, ob es eine Abrissgenehmigung geben würde.

»Ich brauch einfach mal eine Auskunft. Ich bin nämlich auch Handwerkerin. Bauunternehmerin sozusagen. Ich mache vor allem Abrisse.«

»Ach nee.« Karsten strahlte. Schon hatte er ihr die nächste Bierflasche in die Hand gedrückt.

Nora nickte. Sie war keine gute Schauspielerin. »Ja, genau. Und ich frag mich halt, ob hier in der Gegend auch mal was für mich zu tun wäre.«

»Na, 'ne Menge ist hier zu tun. Kann im Grunde alles weg. Auch das hier.« Karstens Geste umfasste das Grundstück und dazu sein Wohnhaus, das von außen nicht weniger chaotisch aussah als der Rest. »Muss ich allerdings noch drin wohnen, hab gerade kein Geld für was Neues. Und außerdem, ist wirklich wahr: Ich mag das so haben.«

Nora nahm einen Schluck. »Gibt es hier jemanden, der Geld für Neues hat? Und der es auch neu haben mag?«

»Na, der Herr Bürgermeister. Mit dem würdest du dich verstehen. Der will alles neu machen.«

»Alles?«

»Die ganze Gemeinde. Prost.«

»Da hat er sich ja viel vorgenommen.«

»Ist nicht ganz leicht. Die Leute hier sind nicht so, wie soll ick ditte sagen, vorwärts gerichtet.«

»Nein. Ist ja auch besser, einfach mal zu behalten, was man hat.«

»Genau. Sag ich auch immer. Muss ja nicht gleich alles weg, nur weil es mal nicht funktioniert. Guck dich hier um, sieht alles schrott aus, krieg ich aber alles wieder hin.«

»Nur der Bürgermeister will das anders haben.«

»Ja, der träumt. Von einer Ferienanlage am Meer. So mit Privatflugplatz und so, für die reichen Leute. Wenn man hier zu lange lebt, fängt man, wie soll ick ditte sagen, fängt man an zu träumen.«

»Karsten, kommst du eigentlich aus Berlin?«

»Nee, wieso? Weil ick ditte sage und so?«

»Genau.«

»Nee. Ich bin quasi, wie heißt ditte, interkulturell.« Er stieß seine Flasche gegen ihre.

»Wo ist er überhaupt? Euer Bürgermeister?«

»Der? Ist unterwegs. Kümmert sich um seine … wie sagt man das auf Hochdeutsch? Projekte.«

Nora fuhr winkend vom Hof. Der Lieferwagen fuhr eins a. Karsten hatte irgendeinen künstlichen Duft versprüht, wahrscheinlich gegen den Schlammgeruch. Nora ließ das Fenster herunter. Und er hatte noch etwas getan. Er hatte ihr nämlich erklärt, dass sie den Bürgermeister bereits kannte.

»Ah«, er hatte sich vor den Kopf geschlagen, »den hast du doch selbst gesehen. In *Hagens Kombüse*, vor drei Wochen oder so, mit mir zusammen.«

In Noras Kopf arbeitete es. Ja, Karsten hatte, als sie das erste Mal da gewesen war, mit einem anderen Mann am Tresen gesessen, aber sie konnte sich beim besten Willen nicht erinnern, wie der ausgesehen hatte. Durchschnittlich. Mittelalt, mittelblond, mittelgroß. Ähnlich wie Karsten, nur besser gekleidet. Er hatte sie nicht weiter beachtet, Karsten hatte das Wort geführt, und Noras Aufmerksamkeit war auf Hagen gerichtet gewesen.

Dass man den Bürgermeister selten treffen würde, hatte Karsten erklärt.

»Und die Gemeinde, wer verwaltet die?«, hatte Nora gefragt.

»Na, die anderen. Sind ja auch noch Mitarbeiter da, ne?«

»Haben die Kompetenzen? Also, dürfen die was entscheiden?«

»Nee, die dürfen nix, aber die haben Einblick in die Akten.« Karsten gluckste so sehr, dass Bier an seinem Kinn entlangrann. Er wischte es weg.

»Sind sie bestechlich? Die Mitarbeiter, meine ich?«

»Nee, bestechlich sind die nicht, bestechlich ist hier keiner.«

Plötzlich wirkte er misstrauisch.

»Natürlich nicht, sorry, hab nichts gesagt.« Nora erhob sich.

»Kiek mol wedder in.« Auf Noras erstaunten Blick hatte Karsten noch mal die Flasche gehoben. »Ich bin mehrsprachig.«

Eine Ferienanlage für reiche Leute. Irgendetwas stimmte nicht mit dem selbst gebrauten Bier, Nora war leicht übel.

Das Fahrrad hatte Karsten ihr noch mitgegeben, es blitzte regelrecht. Die Kette war neu, auch einige Schrauben hatte er ersetzt. Peggy würde sich freuen. Nora hatte einen Zehner draufgelegt, mehr wollte Karsten nicht haben. Einen ausgeben könnte sie ihm ja, wenn man sich mal wieder sähe, hatte er vorgeschlagen.

Eine Ferienanlage. Mit Privatflugplatz. Es war nicht gesagt, dass dies etwas mit der Villa zu tun hatte, aber Nora verspürte eine gewisse Unruhe. Da stimmte doch was nicht. Sie saß hier auf Abruf, in einer stilechten Zwanzigerjahre-Villa, die sie bald abreißen sollte. Bagger würden gestellt, auch ein Hilfsarbeiter. Nora sollte im Prinzip alles allein machen. Ihre Auftraggeberin kannte sie nicht, auch im Internet war nichts über sie zu finden gewesen, ein offizielles Dokument hatte sie bisher nicht gesehen.

Man nutzte sie aus. Nora fiel es wie Schuppen von den Augen. Ihre fachliche Kompetenz. Die Bereitschaft, alles zu tun. Nora wurde schlecht. Vielleicht war es auch der künstliche Duft. Sie bremste am Straßenrand, sprang aus dem Auto und übergab sich.

»Herrlich!« Peggy klingelte übermütig, während sie mit dem Fahrrad auf dem Vorplatz der Scheune im Kreis fuhr. »Jetzt kann ich wieder in den Ort fahren und auch größere Touren machen.«

Nora hielt sich den Kopf. Ihr war immer noch abgrundtief übel, sie wusste nur nicht, was sie Peggy und den anderen erzählen sollte.

Nichts. Am besten nichts.

Nichts war gesichert, vielleicht hatte die Ferienanlage gar nichts mit der Villa zu tun, vielleicht gab es gar keine Pläne für eine Ferienanlage. Etwas sagte Nora jedoch, dass Karsten gut informiert war. Sie musste mit Hagen sprechen, vielleicht wusste er mehr. Den Mitarbeitern des Gemeindeamts würde sie jedenfalls nichts entlocken. Die Hexe würde eher ihre Stricknadeln verschlucken, als ihr entgegenzukommen. Und dieser bebrillte Nerd – auch er würde vermutlich nichts preisgeben. Der war möglicherweise als Spion unterwegs. Hatte sie nachts nicht den Schein einer Taschenlampe gesehen, auf der Wiese vor dem Bruchwald? Sie hatte es ignoriert, jetzt schien es ihr verdächtig. Er war neulich nachts auf der Landstraße gewesen. Dieser Typ war der Grund dafür, dass sie in den Graben gerauscht war. Er hatte sich nicht einmal umgeschaut. Sie hätte ertrinken können.

Nein, hätte sie nicht. Der Graben war zu flach, wahrscheinlich wusste er das. Trotzdem. Auf einmal schien ihr diese ganze Gegend verdächtig. Von wegen allein stehende, verträumte Villa. Irgendetwas ging hier vor sich. Sie wusste nur noch nicht, was.

22

Ein Vogelschwarm. Der Professor sah nach oben. Er erinnerte sich. Immer waren die Kraniche im Frühjahr und Herbst über das Land gezogen, ihre trompetenartigen Laute hatten die Luft erfüllt. Er holte sein Notizbuch aus dem Rucksack und den Bleistiftstummel aus der Jackentasche.

Keilformation. Sorgfältig zog er das ›n‹ nach. Dann rutschte der Bleistiftstummel ihm aus den Fingern. Die Haut seines Daumens war rissig, es gab eine Stelle, die nicht mehr verheilte, sie brannte, vom Wind oder vom Salzwasser, wenn er das Heft hervorzog.

Er brauchte eine Weile, bis er den Riemen am Rucksack durch die Schnalle geschoben hatte, den Bleistift steckte er zurück in die Jackentasche. Darin befand sich auch ein Stofftaschentuch, das man nicht nur benutzen konnte, um die eigene Nase zu putzen, sondern ebenso, um etwas von Sand zu reinigen, eine interessante Muschelschale oder einen Bernstein mit Einschluss. Donnerkeile oder versteinerte Seeigel, alles, was er fand, wurde hineingesteckt, an den Nähten sammelten sich Sandkörner.

Auch ein Kompass war in der Jackentasche. Man wusste ja nie.

Die Kraniche waren nicht mehr zu sehen, ihre Rufe nicht mehr zu hören. Plötzlich war er sich nicht mehr sicher, ob sie wirklich da gewesen waren. Die Brandung rauschte an die Steilküste, sie übertönte alles, hüllte alles ein, es war ein Gleichklang des Beständigen, eine Sinfonie der Ewigkeit.

Vogelflug. Da war etwas. In seinem Kopf krümelten die Gedanken wie der Sand in seiner Tasche. Keilformation. Aber dann. Schließlich hatte er den richtigen Begriff gefunden: thermischer Auftrieb.

Auf einmal fügten sich die Einzelheiten zu einem Ganzen.

Eine Weile gelang es ihm, seine Beobachtungen hin und her zu bewegen wie mit einem Kaleidoskop. Immer wieder fielen sie in eine andere Form, und immer wieder passten sie zusammen. Er glaubte nicht an göttliche Fügung, auch wenn es einem so vorkommen mochte. Er glaubte an Kurven und ihre Berechnungen. Aber daran, dass dies alles einen Sinn ergab, daran bestand kein Zweifel. Der Professor kicherte in sich hinein. Er stellte sich vor, wie es ihm gelänge, die Löcher in seinem Kopf zu vermessen, festzustellen, ob sie eine ähnliche Regelmäßigkeit besaßen wie die Meereswellen, ihre Ausdehnung zu erfassen – die Formel zu finden für seinen Kopf.

Er war davon überzeugt, dass es eine geben musste. Vielleicht könnte er jemanden um Hilfe bitten, jemanden finden, der ihm erklärte, wie diese Löcher zu berechnen seien, ihre Häufigkeit und Struktur. Welches Muster sie ergaben.

Er war sich sicher, dass es von unendlicher Schönheit wäre.

23

Am Nachmittag graste ein Pony auf der Wiese. Keiner hatte mitbekommen, woher es gekommen war. Es rupfte Gras und legte die Ohren an, als Peggy und Nora sich ihm näherten.

»Ich hab's nicht so mit großen Tieren.« Peggy rieb sich unschlüssig über die Arme.

Auch Mafalda hüpfte umher. »Können wir es behalten?«

»Auf keinen Fall«, sagte Nora.

Ehe sie sie zurückhalten konnten, war Mafalda losgelaufen, ein Büschel Gras in der Hand. Das Pony legte die Ohren an und schnappte blitzschnell nach ihr, ohne sie zu erwischen.

Mafalda erbleichte und brachte sich in Sicherheit, Peggy legte ihr die Hand auf die Schulter. »Bleib besser hier.«

Das Pony war kräftig, die Mähne struppig, es war sandfarben, mit eingetrocknetem Schlamm an der Flanke.

»Es ist mir nicht geheuer. Aber was für eine schöne Fellfarbe«, sagte Peggy.

Nora ging auf das Tier zu.

Das Pony warf den Kopf hoch. Blitzschnell hatte es Nora sein Hinterteil zugedreht und schlug nach ihr aus.

Nora war beiseite gesprungen, bevor das Pony sie treffen konnte. »So nicht, mein Lieber«, knurrte sie. »Gib mir mal einen Strick«, forderte sie Peggy auf.

»Was willst du denn damit machen, ein Lasso knüpfen, oder was?«, fragte Peggy, reichte Nora aber ein Seil aus ihrer Scheune.

Nora gelang es, dem Pony das Seil um den Hals zu legen. Als sie es zum Haus führte, sahen sie, dass es lahmte.

»Und jetzt?«, fragte Peggy.

»Wir bringen es rein«, rief Mafalda aufgeregt. »Es wohnt in der Scheune.«

»Ich weiß nicht«, sagte Peggy.

»Das hier ist kein Tierheim«, sagte Nora. »Wir erkundigen uns, wem es gehört.«

»Ich glaube, es gehört niemandem«, sagte Mafalda.

»Jedes Pferd gehört jemandem.«

»Nein, es gibt Pferde, die gehören niemandem, hier in der Nähe gibt es Wildpferde.«

»Es ist sandfarben«, stellte Peggy erneut fest, als ob das etwas bedeuten würde.

»Es ist vor allem dreckig«, sagte Nora.

»Ich kann es putzen«, rief Mafalda.

»Es ist ein Biest«, sagte Nora.

»Sag das nicht«, Mafalda funkelte Nora wütend an, »es ist kein Biest!«

»Nein, das ist es nicht. Bis wir herausgefunden haben, wem es gehört, könnten wir es auf der Wiese lassen. Wir reparieren den Zaun.«

»Ich muss nach Hause«, stellte Mafalda fest.

»Aha, ein Pferd haben wollen, aber nichts dafür tun.«

Mafalda sah Nora entsetzt an.

»Entschuldige, Mafalda, es tut mir leid.«

»Und wenn es ausreißt?«, wollte Peggy wissen.

»Dann sind wir es wenigstens los.«

»Vielleicht gehört es tatsächlich zu den Wildpferden?«

»Du meinst, es ist von seiner eigenen Herde abgehauen?«

»Möglich.«

»Behalten können wir es jedenfalls nicht. Es beißt. Es lahmt. Es ist zu nichts nütze.«

»Du denkst, ein Tier muss nützlich sein?«

»Man nennt es auch Nutztier, oder?«

»Meine Güte, Nora.«

Nachts stand das Pony auf der Weide wie ein Geisterpferd, ein Schatten im Mondlicht unter dem Weißdorn. Nora meinte, ein leises Schnauben zu hören. Die Schleiereule glitt vorbei. Das Meer rauschte. Ein Geruch nach Salz und Erde. Als etwas am Zaun entlangschnürte, vielleicht ein Fuchs, galoppierte das Pony los. Trommelnde Hufe auf festem Boden, leicht aus dem Takt.

Liebes Tagebuch, heute ist uns ein Pony zugelaufen. Es braucht ein Zuhause, das habe ich sofort gemerkt. Es ist wild und dreckig. Nora hat böse Bemerkungen gemacht, aber ich glaube, sie mag das Pony auch. Außerdem war sie die Einzige, die es zähmen konnte. Am liebsten würde ich das Pony reiten. Aber das verrate ich nur dir. Ich habe es Onno genannt. Bis bald.
Deine Mafalda

Am nächsten Mittag fuhr Hagen mit einem Hänger auf den Hof. »Na, wo ist der Gaul?«

Nora kam aus dem Haus, im Gehen band sie sich die Haare zusammen. Peggy und die anderen, das wusste sie, waren am Strand. »Gut, dass du da bist. Nimm ihn einfach mit. Du kennst also jemanden, bei dem er bleiben könnte?«

»Meine Schwester hat eine Freundin, die hat Pferde. Ist kein Problem, eins dazuzunehmen, sagt sie, wenigstens vorübergehend.«

Das Pferd, vorher damit beschäftigt, Grasbüschel auszurupfen, hob den Kopf.

»Und langfristig? Meinst du, sie behalten den Kerl?«

»Ich weiß es nicht«, sagte Hagen. »Es kommt darauf an, wie er sich benimmt.«

»Dann bleibt er hier.«

»Ich denke, du willst dieses Pony nicht haben.«

»Will ich auch nicht. Nein, verdammt, ich will kein Pony haben, das lahmt und ausschlägt.«

»Das Lahmen geht vielleicht wieder weg«, sagte Hagen.

»Ja, vielleicht. Und mich beißt es auch nicht. Ich beiße zurück, das spürt es.«

»Du beißt?« Hagen klang amüsiert.

»Jedenfalls«, sagte Nora, »wir brauchen hier kein Pony. Das Haus wird abgerissen. Ich weiß überhaupt nicht, wie lange wir überhaupt noch bleiben, es kann jeden Tag vorbei sein. Fällt dir sonst noch jemand ein?«

»Der Schlachter. Tut mir leid, Nora, aber ich muss los, in einer Stunde muss ich die *Kombüse* öffnen.«

Das Pony schlug mit dem Schweif nach Fliegen. Legte plötzlich die Ohren an und schnappte in die Luft.

»Weißt du, wo ich Futter bekomme?«

Am Abend fuhr Hagen erneut auf den Hof und lud einen Sack Getreide vom Hänger, ein paar Heuballen.

»Danke, Hagen«, sagte Nora.

»Diesmal bist du mir etwas schuldig.«

»Hast du einen Vorschlag?«

»Kannst du Fisch braten?«

Nora hob die Augenbrauen.

»Demnächst ist Feuerwehrfest. Die *Kombüse* ist traditionell dabei. Ich könnte Unterstützung gebrauchen. Meine Schwester, die mir sonst hilft, hat keine Zeit.«

Nora nickte. »Plan mich gerne ein.«

Die Steilwand schimmerte rötlich im Morgenlicht. Die Brandung schäumte auf die Kiesel und den Sandstreifen, dort, wo der Felsen eine schmale Bucht bildete.

Konrad mochte die Morgenstunden. Die zartrosa Strahlen, das Leuchten über dem Meer. Um diese Zeit war noch niemand unterwegs, und das war auch gut so. Er holte das Seil heraus und befestigte es an einem Strauch. Das musste reichen. Das andere Ende schlang er sich um den Bauch.

Sein erhöhter Puls, als er sich abzuseilen begann, die Füße gegen die Wand gestützt. Seine Kamera steckte sicher in der Tasche.

Er würde die Jungvögel in ihrem Nest fotografieren. Er wäre vorsichtig, sie würden es verkraften. Eine kurze Störung, ja, aber die Aufnahmen wären es wert.

Es ging um ihren Schutz. Mit guten Bildern konnte man an die Öffentlichkeit gehen. Irgendwelche Schwalben interessierten niemanden, aber Jungvögel machten deutlich, wie dringlich es war, diesen Küstenabschnitt als natürlich zu bewahren. Außerdem gab es zwar viele Aufnahmen von adulten Uferschwalben, die Jungvögel im Nest aber hatte, soweit er wusste, noch niemand fotografiert.

Das Seil spannte sich. Konrad nahm Meter um Meter, die Sohlen gegen die Felswand gestemmt.

Dort waren die Einfluglöcher. Ein zartes Piepen aus den Brutröhren. Sein Herz schlug schneller. Die Altvögel flogen unter lauten Rufen um ihn herum, sie schlugen Alarm.

Noch einen Meter.

Eine Hand am Seil, zog er mit der anderen die Kamera aus der Tasche, sie war mit einem Band an seiner Jacke gesichert. Kompakt, schmal, mit hochwertigem Objektiv.

Das laute Rufen und Zwitschern. Das Rauschen der Brandung.

Er hielt die Kamera dicht an den Eingang der Röhre. Die kleinen Köpfe, die ihm entgegensahen, die großen Schnäbel, auf einmal still, er sah es auf dem Display. Er drückte den Auslöser.

Plötzlich noch mehr Schwalben, die um ihn herum flogen, Konrad zog die Schultern hoch und hob instinktiv den Arm zur Abwehr.

Die Kamera fiel, prallte auf, wurde vom Band gehalten. Dass er sich keinen Helm besorgt hatte, warum eigentlich nicht?, schoss ihm durch den Sinn, als sich das Seil plötzlich löste und er den Halt verlor.

Konrad fiel, rollte, rutschte samt Seil den Abhang hinab, bis er unten aufschlug. Dann verlor er das Bewusstsein.

24

Am Samstag fuhr Nora zum Festplatz. Die anderen hatten nicht mitkommen wollen, und Nora dachte, dass das auch besser so war. Agneta und der Professor – sie hätten zweifellos die Aufmerksamkeit auf sich gezogen, Fragen provoziert.

»Feuerwehrfest, nee, da muss ich ja Wurst essen«, hatte Peggy erklärt. »Du kannst Fisch essen«, hatte Nora gesagt, »oder Pommes frites«, aber es war ihr lieber, wenn Peggy nicht dabei war. Peggy war zu allem fähig.

Die Feuerwehrkapelle spielte, als Nora eintraf, jüngere und ältere Leute hielten sich auf dem Platz auf. Die Jugendfeuerwehr schenkte Getränke aus und bediente den Grill, es gab einen Bierstand und auch ein Festzelt. Nora erkannte die Hexe, diesmal war sie nicht schwarz gekleidet, sondern flammend rot. Den Nerd aus der Verwaltung konnte sie nicht entdecken und auch nicht die tätowierte Frau von der Tankstelle. Dafür winkte Karsten ihr zu.

Hagen nahm sie an der *Kombüse* in Empfang. »Na, komm. Bevor Karsten dich in seine Fänge bekommt, zeige ich dir lieber deinen Arbeitsplatz.«

Die nächsten beiden Stunden verbrachte Nora in der Küche. »Muss alles frisch sein«, hatte Hagen gesagt, »und ausreichend, das erwarten sie von mir.« Die Fenster standen offen, die Dunstabzugshaube lief, und Nora hantierte mit dem Pfannenwender, nahm den Korb aus dem Frittierfett, hängte einen neuen ein. Hagen holte die fertigen Schüsseln ab und brachte leere. Eine ältere Frau spülte und machte keine Anstalten, mit Nora zu sprechen. Nora briet, wendete, frittierte, die Zeit, fand sie, verging schnell.

Hagen kam wieder herein. Er sagte etwas zu der älteren Frau, diese lachte und drohte ihm scherzhaft. Dann wandte er sich an Nora. »Du hast mehr als ein paar Ballen Heu abgearbeitet, würde ich sagen. Pause?«

Nora legte ihre Schütze ab. Im Gastraum zapfte ein junger Mann Bier, Hagen reichte Nora eins davon.

»Du hast ja doch Helfer«, bemerkte Nora.

»Ganz ohne geht es nicht.«

Nora fragte sich auf einmal, ob er sie wirklich gebraucht hatte. Sie gingen hinaus. Aus dem Zelt ertönten Schlager, der Lärmpegel war gestiegen. Karsten kam angewankt. »Ah, die Dame vom Grill!« Er streckte die Arme aus.

Nora wich zurück.

»Nicht anfassen?« Er lallte bereits etwas.

»Nein, Karsten. Auf keinen Fall.«

»Dann nicht, ne? Man sieht sich.« Er verschwand wieder im Zelt.

»Noch eine Runde? Schaffst du das? Die Filets sind sowieso bald weg, die Kartoffeln auch.«

Eine Stunde später räumte Hagen die Küche auf. Die Frau verschwand, nachdem Hagen sich bei ihr bedankt und ihr ein paar Scheine in die Hand gedrückt hatte.

»Genau genommen hast du auch was gut.«

»Quatsch.«

»Gehen wir was trinken?«

Eigentlich hatte Nora direkt zurückfahren wollen, doch Hagens Angebot war verlockend. Sie hatte Lust, mit ihm zum Fest hinüberzugehen. Wenigstens auf ein Bier. »Gern.«

»Geh ruhig los, ich komm gleich hinterher.«

Nora trat hinaus. Vor dem Grill hingen die Jugendlichen herum und wirkten schon recht betrunken. Ältere Leute saßen an den Biertischen und plauderten. Neugierige Blicke streiften sie. Im Festzelt hatte eine Band ihre Instrumente aufgebaut. Kurz darauf traten die Musiker auf die Bühne und spielten einen alten Rocksong. Noras Blick glitt über die Menge. Und auf einmal sah sie ihn. Sie war sich sicher: Es war der Bürgermeister, der Mann, der am Tresen gesessen hatte, als sie das erste Mal bei Hagen gewesen war. Er saß an einem der Biertische, während Karsten daneben stand und ihm etwas erklärte. So unscheinbar war er gar nicht, er sah auf unbestimmte Weise sogar gut aus, trug ein Sakko und einen leichten Schal.

Da hatte Karsten sie schon entdeckt und schob sich durch die Menge. »Du wolltest ihn doch kennenlernen, unseren Herrn Bürgermeister! Ich mach dich mal bekannt.«

Es blieb Nora nichts anderes übrig, als ihm zu folgen.

»Das ist sie«, stellte Karsten sie vor, »die Frau, die alles kurz und klein macht, ich hab dir von ihr erzählt.«

Auch das noch.

Dieser Bürgermeister sah sie abwartend an.

»Du suchst doch Aufträge, oder?« Beifallheischend wandte Karsten sich ihr zu.

»Nicht wirklich, also ich …«

»Mir hast du gesagt, du suchst was zum Abreißen.«

Sie musste etwas sagen. Sie wollte wissen, was dieser Mann mit der Villa vorhatte, gleichzeitig wollte sie die kleine Gemeinschaft nicht verraten.

»Ja, Karsten hat recht«, sie gab sich einen Ruck, »ich bin immer auf der Suche. Ich nehme Rückbauten vor, und hier in der Gegend schien es mir ein paar verlassene Objekte zu geben.«

Seine Stimme war so heiser, dass sie ihn kaum verstand. Deshalb wohl der Schal. »Demnächst gibt es hier was Großes, wir stehen in den Startlöchern.«

Jetzt spielte die Band das nächste Lied, mit viel Schlagzeug, der Sänger gab alles.

»… dann soll sich hier einiges ändern … Aufschwung für den Ort … Konjunktur.«

»Genau.« Karsten rieb sich die Hände. »Der Herr Bürgermeister, der bringt uns nämlich Konjunktur. Braucht man ja, ne?«

Er sprach weiter, Nora vernahm nur Bruchstücke. Die ganze Halbinsel läge im Dornröschenschlaf. Draußen gäbe es Bauland, das würde man dann anbinden. Große Pläne, aber dazu sei er da, das sei sein Job, hier etwas in Gang zu bringen. Sie könnte ihm gerne ihre Karte geben, dann sei sie vielleicht dabei. Wobei, er verfügte über gute Kontakte, vermutlich gäbe er alles in eine Hand. Nora klopfte ihre Hosentaschen ab, hob entschuldigend die Hände. Der Bürgermeister hatte ein eigenartiges Lächeln. Seine Zähne waren schief. Nora verabschiedete sich.

Die heisere Stimme hallte in ihrem Kopf nach. Was war das nur für ein Paar, was erhoffte sich Karsten von diesem Bürgermeister und er sich umgekehrt von Karsten? Sie wollte weg und drängte Richtung Ausgang.

Da stand Hagen vor ihr und reichte ihr das Bier. Nora stürzte es hinunter.

»Das ging aber schnell.«

»Ich hol uns neues.«

Sie stießen an. Tranken.

Die Band startete mit einem weiteren Song. »Komm, wir tanzen einfach«, sagte Hagen. »Du siehst nicht so aus, als hättest du viel Lust zu reden.«

Vor der Bühne drehten sich schon einige Paare. Ein paar junge Frauen hatten einen Kreis gebildet.

Nora legte die linke Hand an Hagens Schulter, sie wurde eingehüllt von Lärm und Festgeruch. Und von Hagen. Schritt, Schritt. Rechts, links, rechts. Nora glitt in einen Zustand, in dem ihr alles egal war. Ihr war, als mustere die Hexe sie aus der Menge heraus. Die Musik wurde lauter. Lichtstrahler warfen bunte Reflexe auf den Boden. Was um sie herum passierte, interessierte sie nicht mehr. Nora lehnte ihre Wange an Hagens Schulter. Rechts, links, rechts. So war es gut. So konnte es bleiben. Ewig.

Der nächste Tag war grau. Das Meer, der Himmel. Nora saß hinter Hagens Haus, einen Becher in den Händen. Hagen hatte Kaffee für sie gekocht, und der Kaffee schmeckte gut.

Hagen. Die Selbstverständlichkeit, mit der sie mit zu ihm gegangen war, nachdem sie das Festzelt verlassen hatten.

Sie passten zueinander. Rücken an Bauch, Bauch an Rücken – Arme, Beine und die ganze Haut. Vielleicht konnte sie ihn auch einfach nur gut riechen. Nora hatte die Nase über Hagens Brust wandern lassen, Hagen hatte gelacht und sie in die Arme geschlossen. Sie hatten nicht darüber geredet, es war einfach passiert. Damit war gleichzeitig nichts passiert, und Nora dankte ihm innerlich dafür. Man musste es nicht komplizierter machen, als es war.

Und nun hockte sie hier auf einem alten Klappstuhl, vor sich das Dünengras. Der Wind war kühl. Wie schmucklos Hagens Häuschen wirkte, es war ihr erst am Morgen aufgefallen. Als fürchte er sich vor Behaglichkeit. Also doch keine Geranien. Aber wie konnte man es sich auch behaglich machen im Leben, wenn man den wichtigsten Menschen verloren hatte?

Sie hätte Hagen fragen können. Wer die Mutter war, wie lang es her war, wie er damit zurechtkam.

Es wäre das Letzte, was sie tun würde.

Als Hagen herauskam und sich zu ihr setzte, sprach sie ihn auf die Villa an. Vielleicht, um das andere Thema nicht zu berühren.

»Was plant der Bürgermeister dort eigentlich? Und seit wann? Es beschäftigt mich.«

»Ja, ich weiß.« Hagen nahm einen Schluck Kaffee. »Das ist alles ziemlich neu und ziemlich verschwommen. Der Rat tagt unter Ausschluss der Öffentlichkeit, viel bekommt man nicht mit. Unser Chef bereitet einen Deal vor, den will er aber wohl erst präsentieren, wenn alles spruchreif ist. Die Villa soll jedenfalls weg, um Platz für Neues zu schaffen.«

»Gibt es Gründe?«

»Sie ist zu teuer. Eine Sanierung rentiert sich nicht, sagt er. Vielleicht passt es auch nur der Entwicklungsgesellschaft nicht in den Kram. Er hat da irgend so eine Firma im Hintergrund, die die Kosten übernehmen will.«

»Kosten übernehmen?«

»Für die Erschließung, für den Neubau.«

»Und was soll da gebaut werden?«

»Etwas Exklusives. Die Lage ist einmalig, so direkt am Meer. Massentourismus lehnen sie hier ab, aber so ein paar Villen für wohlhabende Leute, Golfplatz dazu, Pools, was man eben so braucht, dagegen hat kaum jemand etwas.«

»Privater Flugplatz.«

»Möglicherweise.«

»Scheiße.«

Hagen zuckte die Schultern.

»Und den Denkmalschutz kennt hier keiner.«

»Man will wohl keine schlafenden Hunde wecken. Es hätte auch keinen Sinn, heißt es, ein Gebäude zu schützen, das möglicherweise bald abstürzt. Die Abbrüche an der Steilküste kommen unserem Bürgermeister sehr gelegen.«

»So nah ist sie nicht.«

»Nah genug.«

»Und wie will man die neuen Villen sichern?«

»Sie weiter zurücksetzen. Das Ufer abfangen. Keine Ahnung.«

»Was macht er eigentlich beruflich, euer Chef?«

»Er ist Zahnarzt.«

»Himmel«, entfuhr es Nora.

Hagen lachte. »Nein. Das war ein Scherz. Er ist Unternehmer, Landmaschinenhandel. Einer der wenigen, die hier überhaupt Geld haben.«

»Und jetzt will er mehr.«

»Du sagst es.«

»Stehen sie hinter ihm, die Leute?«

»Die meisten schon. Neue Jobs, Einnahmen für die Gemeinde, Touristen, das reizt fast alle. Sie wollen das Alte hinter sich lassen. Das, was scheinbar nicht weitergeht. Den Stillstand.«

»Es gibt keinen Stillstand.«

»Nein, natürlich nicht, aber nur, was neu und glänzend ist, zählt.«

Nora schwieg. Sie dachte an all die Gebäude, die sie abgerissen hatte. Sie wären oft ebenso gut zu erhalten gewesen.

»Hagen, ich würde die Villa gerne bewahren. Das ist etwas Besonderes, was ihr da habt. Und ich möchte, dass möglichst niemand erfährt, dass wir dort wohnen.«

»Ich sage niemandem etwas. Aber das weißt du.«

»Ich glaube schon.«

Als Nora zurückfuhr und den Bruchwald hinter sich ließ, lag die Villa vor ihr, als hieße sie sie willkommen. Ein Daheim auf Zeit, es war das erste, das sie wirklich wollte.

Sie musste etwas tun.

Sie wusste so viel über alte Häuser, sie kannte deren Aufbau. Sie würde nachweisen, dass die Villa erhaltenswert wäre. Sie würde selbst ein Gutachten erstellen. Eines, das den Wert der Villa darlegte, auch wenn sie noch nicht wusste, wem sie es anschließend zeigen sollte, weil sie, fachlich gesehen, keine Expertin war.

25

Peggy erwachte früh am Morgen. Sie konnte nicht wieder einschlafen und beschloss, an den Strand zu gehen. Die Sonne schien bereits. Peggy genoss diese friedliche Morgenstimmung, sie ging langsam den Spülsaum entlang, den Blick zu Boden gerichtet, hob hier und da etwas auf. Vielleicht würde sie einen großen Bernstein finden.

Da sah sie in einiger Entfernung etwas liegen, es sah aus wie ein menschlicher Körper. Peggys Herz pochte bis zum Hals, wie ferngesteuert ging sie weiter, auch wenn sie Angst hatte vor dem, was sie dort entdecken mochte.

Am Fuß der Steilwand lag ein Mann. Sie erkannte ihn. Es war der, der auf dem Fahrrad vor ihrer Scheune eine Runde gedreht hatte. Am auffälligsten an ihm waren seine dicken Brillengläser gewesen.

Die Brille war jetzt allerdings weg. Reglos lag er auf dem Rücken, die Augen geschlossen. Um seinen Bauch gebunden war ein Seil. Es schien, als ob er atmete.

Peggy berührte den jungen Mann an der Wange. Atmete er wirklich? Er sah so entspannt aus, aber sie konnte nicht ausmachen, ob sein Brustkorb sich hob.

Liegen lassen konnte sie ihn hier nicht. Peggy zog an seinem Arm. Er reagierte nicht. Also kniete sie sich neben ihn.

Das Herz mit regelmäßigem Druck wieder zum Schlagen zu

bringen, das war wichtig, sie erinnerte sich. Daran, dass man nichts verkehrt machen konnte. Dass man so kräftig pressen musste, dass man jemandem im Zweifel eben die Rippen brach, Hauptsache, er überlebte. Der Erste-Hilfe-Kurs, sie hatte ihn ja gemacht, auch wenn sie anschließend dreimal durch die praktische Prüfung gerasselt war.

Peggy öffnete seine Jacke, schob den Pullover hoch und legte ihre Hände auf seinem Brustbein aufeinander.

Vielleicht zuerst die Luft?

Peggy bog seinen Kopf zurück und holte tief Luft. Dann legte sie ihre Lippen auf die des Mannes, sie waren enorm weich, und ließ ihren Atem in seinen Mund strömen.

Sie musste seine Nase zuhalten, erinnerte sie sich. Holte wieder Luft. Und noch einmal. Dann legte sie beide Hände mit durchgestreckten Armen auf seine Brust und begann, rhythmisch Druck auszuüben.

Plötzlich schlug der Mann die Augen auf. Er sah sie fragend an, wie von weither, wirkte gelöst, als hätte er geträumt.

Sein Blick traf ihren direkt.

»Kennen wir uns?«

»Ich hab dich wiederbelebt«, sagte Peggy.

»Hast du das getan?«

»Ich glaube schon.«

»Das ist nett von dir.«

Er betrachtete sie weiter, runzelte die Stirn. »Jetzt erinnere ich mich. Komisch, ich dachte, ich liege zu Hause in meinem Bett, und du weckst mich. Aber ich bin abgestürzt.«

»Bist du okay?«

Er bewegte leicht den Kopf. »Ich weiß nicht. Mir tut alles weh.«

»Kannst du aufstehen?« Wieder ihre Angst. Die Wirbelsäule, wenn die etwas abbekommen hatte. »Soll ich einen Krankenwagen rufen?«

»Einen Krankenwagen? Nein, bitte nicht. Ich kann bestimmt aufstehen, es geht schon.« Vorsichtig richtete er sich auf, bewegte probehalber Arme und Beine.

»Bist du etwa von da oben runtergefallen?«, wollte Peggy wissen und deutete auf die Abbruchkante.

»Aus halber Höhe.«

»Warst du klettern?«

»Nein. Oder doch, ja.« Er sah aus, als wollte er noch etwas sagen, tat es aber nicht.

Sie mochte seine Stimme. Sie war tief. Und sie mochte den Ausdruck in seinem Gesicht, er sah fröhlich aus, auch wenn er nicht lachte. Er hatte blonde Haare.

»Ich bin übrigens Peggy.«

»Hallo, Peggy. Ich bin Konrad.«

Konrad richtete sich auf. Er war größer als sie, schmal und trotzdem sportlich.

Er lachte verlegen. »Ich sehe nichts. Also, nicht besonders viel, ich habe meine Brille verloren.« Die dicken Gläser, mit denen er aussah wie eine Eule. Seine Hilflosigkeit rührte sie.

»Deine Kamera hängt hier jedenfalls an einem Band. Ich stecke sie in deine Tasche, dann kannst du später sehen, ob sie noch funktioniert. Und deine Brille werde ich jetzt mal suchen gehen.«

»Das wäre nett. Ich würde sie wohl nicht finden.«

Peggy entdeckte die Brille zwischen zwei Steinen. Ein Glas war zerbrochen, das andere zerschrammt. Sie setzte sie Konrad vorsichtig auf. »Soll ich dich begleiten? Dahinten gibt es einen Weg, der hinaufführt.«

»Das wäre wahrscheinlich gut.«

Peggy reichte ihm den Arm, er hakte sich bei ihr ein, und zusammen machten sie sich auf den Weg.

Peggy und Konrad saßen im Speiseraum der Villa und tranken Tee. Peggy hatte darauf drängen müssen, aber dann hatte Konrad eingewilligt. Nun schaute er sich mit seinem einzelnen

Brillenglas neugierig um. Nora war bei diesem Dorffest und immer noch nicht zurück, warum eigentlich nicht? Der Professor und Agneta schliefen.

»Schmeckt dir der Tee?«

»Der Tee schmeckt gut, frisch, nach Kräutern«, sagte Konrad höflich.

»Selbst gesammelt«, erwiderte Peggy stolz, »hier vorne auf der Wiese.« Konrads Augen wurden immer größer, während er sich umsah.

»Alles okay?«

»Alles okay. Ich dachte nur, diese Villa, also … ich dachte, sie steht doch eigentlich leer, und jetzt bist du hier.«

»Ja, lustig, oder? Diese Villa steht gar nicht leer. Wir sind hier zu viert. Zuletzt ist Onno angekommen, ein Pony. Mafalda ist ganz vernarrt in ihn. Mafalda ist ein Kind. Sie ist auch oft hier.«

»Weiß das ihre Mutter?« Konrad klang überrascht.

»Warum nicht? Sie spielt hier. Sie hat hier schon gespielt, bevor wir hergekommen sind.«

Peggy war in Plauderstimmung. Er sprach so wenig. Dabei wollte sie gern mehr erfahren. »Und du, du wohnst im Ort?«

»Nicht ganz, in der Nähe.«

»Und was hast du an der Steilküste gemacht?«

»Einen Ausflug.« Jetzt wirkte er verhalten.

»Und dich an der Steilwand abgeseilt.«

Ihm war unbehaglich, das war zu spüren, aber Peggy ließ niemals nach. »Warum hast du das gemacht?«

Er hob die Schultern.

»Immerhin hab ich dich gerettet. Fair ist das nicht.«

Peggy erinnerte sich daran, wie Nora ihr, kurz nachdem sie angekommen war, erklärt hatte, das Leben sei nicht fair, das Wort könne sie aus ihrem Wortschatz streichen, damit bräuchte sie ihr nicht zu kommen. Nora war regelrecht explodiert.

»Pass auf«, hatte Nora gesagt, »wenn wir uns einig werden,

dann, weil wir das wollen, du und ich. Aber nicht, weil es ›fair‹ ist. Fairness interessiert mich nicht. Wenn du etwas willst, dann sag es einfach. Aber rechtfertige es nicht.«

Peggy war beleidigt gewesen. Typisch für diese Nora, sich so aufzuspielen. Aber die Idee dahinter hatte sie begriffen.

»Okay«, sagte sie, »Fairness hin oder her, sag mir einfach, was du da gemacht hast. Interessiert mich eben.«

»Vögel beobachtet.«

»Vögel?«

Er nickte.

Peggy runzelte die Stirn. »Und das kann man nicht tun, wenn man ganz normal am Ufer steht? Welche Vögel überhaupt?«

»Die Uferschwalben, die dort nisten. Ich wollte die Jungvögel filmen, von Nahem.«

»Darf man das?«

»Nein, das darf man nicht.«

»Und warum machst du es?«

»Das …«, er wurde rot, »das ist geheim.«

Er sagte ihr nicht, was wirklich los war. Vielleicht war er doch nicht so harmlos. Dann wieder dieser Blick aus runden, kurzsichtigen Augen. »Wenn du nett bist, sagst du es niemandem.«

Peggy seufzte. »Natürlich bin ich nett. Und jetzt bringe ich dich nach Hause.«

Sie holten Konrads Fahrrad und seinen Rucksack und fuhren nebeneinander die Landstraße entlang. Wenn ein Auto kam, was nur zweimal der Fall war, warnte Peggy ihn. Er wohnte ein Stück entfernt vom Ort in einem Mehrfamilienhaus.

»Soll ich dich hochbringen?«, fragte Peggy, als Konrad fast gegen eine Teppichstange lief.

»Kannst du.«

Der Wohnblock wirkte merkwürdig leer.

»Wohnt hier keiner?«

»Sie waren alle beim Feuerwehrfest, jetzt schlafen sie aus.«

»Aber du nicht.«

»Nee.«

Konrad guckt sich lieber Vögel an, dachte Peggy. Und sieht selbst aus wie ein zerrupfter Vogel. Aber ein netter Vogel, einer, der nicht zart und knochig war, sondern sich ziemlich gut anfühlte. Das hatte sie gedacht, als er sich bei ihr eingehakt und sie ihn über den Strand begleitet hatte.

»Ich fahr jetzt zurück. Brauchst du noch Hilfe?«

Er schüttelte den Kopf. »Danke.«

Peggy fiel es schwer, sich zu verabschieden. Er hatte lange, dichte Wimpern und wirklich schöne Augen. Grün, stellte Peggy fest, schilfgrasgrün.

»Okay.« Sie zögerte das Weggehen hinaus. »Also, sag Bescheid, wenn du noch was brauchst. Du weißt ja jetzt, wo ich wohne.«

»Mach ich. Und danke noch mal.«

Konrad schloss seine Wohnungstür auf. Dahinter herrschte das pure Chaos. Dinge lagen auf dem Boden. Als hätte er keine Möbel. Und auf einem großen Foto an der Wand: ein Adler.

26

Er sah sie schon über die Wiesen hinweg, als er sich dem Dorf näherte: die Kirche. Sie sah genauso aus wie auf dem Foto, das er bei sich trug, der Turm ragte über die Bäume. Langsam ging der Professor die Dorfstraße entlang. Sie war immer noch gepflastert, es schien sich kaum etwas verändert zu haben in diesem Winkel der Welt.

Dann erhob die Kirche sich vor ihm, sehr hoch für das kleine Dorf, und auch das Schulhaus stand noch daneben. Der Bauernhof ein Stück weiter war verschwunden, durch einen Neubau ersetzt worden, aber der Dorfplatz hatte dieselbe dreieckige Form.

Mit Macht erinnerte er sich an die Sommer seiner Kindheit.

Sie hatten hier gespielt, er und sein Bruder Thaddaeus, der vor sieben Jahren gestorben war. Auf dem Platz, unter den Bäumen und am Bach hinter der Kirche. Im ganzen Dorf hatte man sie gekannt, die Enkel »vunn Lehrer«, denn sein Großvater war hier der Dorfschullehrer gewesen.

Hierher, in ihr Elternhaus, war seine Mutter mit ihm und seinem Bruder zurückgekehrt, nachdem sein Vater als Soldat einberufen worden war. Sie wohnten mit in der Lehrerwohnung, auf der einen Seite des Hauses, auf der anderen war die Schulstube, die die Sommerferien über leer blieb.

Es waren glückliche Tage. An seinen Vater erinnerte er sich kaum, zu selten war er auf Besuch gewesen, aber an den Großvater, der Scherze machte und mit ihnen Hochdeutsch sprach, an die Großmutter, die ihnen abends vorlas, wenn sie in ihren Federbetten lagen, und die mit den Leuten im Dorf Platt redete. Die vor der Haustür Bohnen schnippelte, der sie helfen durften, die ihnen immer etwas zusteckte.

Der Krieg war weit weg gewesen. Bis sein Vater fiel.

Nach Kriegsende lernte seine Mutter einen Engländer kennen und ging mit ihm ins Vereinigte Königreich, ihre Jungen nahm sie mit.

Er hatte ihn noch einmal sehen wollen, diesen magischen Ort seiner Kindheit. Und jetzt stand er hier, mitten auf dem Platz, vor der Kirche, in der der Großvater auch der Küster gewesen war.

Ein Mann, alt wie er selbst, schlurfte heran. Er hielt sich an einem Gehwagen fest und hatte einen großen Schlüssel dabei. Auf seinen Gruß reagierte er nicht, und der Professor bemerkte ein Hörgerät hinter seinem Ohr. Vermutlich hatte er es ausgeschaltet, wie viele alte Leute. Er selbst hörte noch ausgezeichnet, nur in seinem Kopf sah es nicht mehr regelgerecht aus. Er wusste, dass es dafür kein Hilfsgerät gab.

Wortlos schloss der Mann ihm die Kirche auf. Der Professor meinte Ähnlichkeit mit einem der Dorfjungen von früher zu erkennen.

Langsam ging er in der Kirche umher, betrachtete den Lichteinfall, stieg die Orgelempore hinauf. An den Wangen der Bänke gab es Schilder, den Dörfern des Kirchspiels zugeordnet, an der Mauer eine Tafel mit den Namen der Pastoren, die hier gewirkt hatten. Der Professor berührte das Holz, schritt über den Boden. Die Kirche war renoviert worden und trotzdem dieselbe geblieben.

Als er die Kirche wieder verließ, saß der Mann auf seinem Gehwagen und war eingenickt. Als der Professor sich bemerkbar machte, schreckte er auf und schloss die Kirchentür umständlich ab. Sie lächelten einander zu. Es war der kleine Fritz, der Professor war sich auf einmal ganz sicher.

Die Frau, die an der Straße neben einem Auto wartete und ihn in Empfang nahm – sie hatte ihn hergebracht und kurz vor dem Dorfeingang abgesetzt –, kannte er hingegen nicht. Er versuchte, sich nichts anmerken zu lassen.

~

Nora sah, wie der Professor die Kirche betrat. Sie war hinterhergefahren, nachdem sie ihn zunächst vor dem Dorfeingang abgesetzt hatte. Es war ein idyllisches Dorf im Hinterland der Küste, es wirkte, als wäre die Zeit hier stehen geblieben. Einige Neubauten gab es zwar, aber nicht viele, überwiegend die alten Bauernhäuser mit Backsteinen, umgeben von hohen Bäumen. Wiesen dahinter, Gärten.

Der Professor hatte hier seine Kindheitssommer verbracht, seine Großeltern hatten hier gelebt. Das hatten sie gestern Abend erfahren, als sie auf ein paar zerschlissenen Liegestühlen, die Peggy aus der Scheune geschleppt hatte, alle zusammen vor der Villa gesessen und den Sonnenuntergang betrachtet hatten.

Der Professor war sichtlich in eine andere Zeit abgetaucht, als er ihnen von diesem Dorf erzählt hatte. Aber in seiner eigenen Welt befand er sich eigentlich immer. Seine hellblauen Augen sahen sie an, und manchmal wusste man nicht, was er wahrnahm. Was er erkannte und was nicht. Es gab diese Abwesenheiten, diese Irritationen, über die sie hinweggingen.

Es musste eine glückliche Zeit für ihn gewesen sein.

Sie würden ihn hinbringen, hatte Peggy vorgeschlagen, und die Augen des Professors hatten geleuchtet. Nora hatte den Fahrdienst übernommen. Vielleicht, dachte Nora, wollte er den Ort seiner Kindheit sehen, bevor ihm die Gegenwart endgültig abhandenkam. Damit ihm wenigstens das blieb: die Erinnerung an seine Vergangenheit.

Auch dass er selbst eine Tochter hatte, hatten sie bei der Gelegenheit erfahren. Warum er nicht mit seiner Tochter hier wäre, hatte Agneta gefragt. Die müsste die Geschichte ihres Vaters doch interessieren. Das sei nicht so, hatte er erklärt und gelächelt, obwohl seine Augen ernst waren. Ihre Interessen seien anders, er hatte einen Moment geschwiegen und nach dem richtigen Wort gesucht, pragmatischer. Sie würde eher in Kategorien von Nutzen und Verwertung denken. Wo seine Tochter jetzt lebte, hatte Peggy wissen wollen. In England, hatte der Professor geantwortet.

Nora sah, wie ein alter Mann mit einem Gehwagen sich näherte und die Kirche aufschloss. Der Professor verschwand lange darin. Als er wieder herauskam und auf den Dorfplatz trat, offenbar ohne sie zu erkennen, gab sie ihm ein Zeichen. Dann brachte sie ihn zurück ans Meer.

27

»Wie bei Pippi Langstrumpf«, sagte Peggy.

Nora hatte das Pony vor der Veranda angepflockt, es rupfte dort Gras. Mafalda hatte sich gewünscht, dass sie ein Picknick machten, und Peggy hatte einen Kuchen gebacken.

»Wer ist Pippi Langstrumpf?«, wollte Mafalda wissen.

»Du kennst sie nicht?« fragte Peggy erstaunt.

Mafalda schüttelte den Kopf.

»Eine schwedische Verrückte«, ließ Nora sich vernehmen.

»Verrückte mag ich nicht«, sagte Mafalda.

»So verrückt war sie gar nicht«, sagte Peggy. »Pippi Langstrumpf ist eine Kinderbuchfigur. Sie ist ein Mädchen, das allein in einer Villa lebt, mit einem Pferd und einem Affen. Die schwedische Autorin Astrid Lindgren hat sie erfunden. Sie hat Superkräfte, ich habe vergessen, warum, und ihre Freunde heißen Thomas und Annika.«

»Klingt gut«, sagte Mafalda. Im nächsten Moment sprang sie auf, um Hugo vom Kuchen wegzuziehen.

Mafalda hatte schulfrei und verbrachte den ganzen Tag bei ihnen. Sie hatte einen Rucksack angeschleppt und eine Trinkflasche. Und Oki. Nora rümpfte immer noch die Nase, wenn sie ihn sah. Zum Glück roch man ihn draußen nicht.

»Hat deine Mutter dir das auch wirklich erlaubt?«, hatte Nora streng gefragt. Mafalda hatte genickt und ihr ein Papier hingehalten. »Hier.« Darauf in Krakelschrift die Erlaubnis, dass Mafalda bei Nora und Peggy bleiben durfte, und eine unleserliche Unterschrift.

»Das reicht mir nicht«, hatte Nora gesagt, »ich möchte mit ihr sprechen.«

Mafalda hatte kein Handy, Nora konnte es nicht glauben.

»Hier ist sowieso kein Empfang«, erklärte das Mädchen.

Nora versuchte es noch einmal, strenger: »Mafalda, weiß deine Mutter Bescheid? Ich liefere dich nachher bei ihr ab, und wenn es nicht stimmt, dann kriegst du Ärger.«

Mafalda zuckte zusammen.

Nora war wütend auf sich selbst. Was waren das für Sprüche. Drohungen waren immer das Leichteste. Dass sie das, was sie früher zu hören bekommen hatte, nun selbst wiederholte, es war unfassbar. Sie entschied sich, dem Mädchen zu glauben.

Peggy klopfte sich die Kuchenkrümel ab. »Wollen wir an den Strand gehen? Alle zusammen?«

»Ja!« Mafalda sprang auf. »Mit Onno?«

»Onno lassen wir hier, wir drehen nachher eine Runde mit ihm.« Mafalda liebte es, das Pony über die Wiese zu führen, zusammen mit Nora.

Sie machten sich auf den Weg zum Strand.

Mafalda lief zwischen ihnen, darauf hatte sie bestanden. Es war, als würde sie aus dem Konzept gebracht, wenn die Dinge nicht die richtige Anordnung hatten. Sie arrangierte immer alles sorgfältig.

»Was hast du hier eigentlich gemacht, bevor Peggy und ich da waren?«, fragte Nora.

»Fido besucht.«

»Wer ist Fido?«

Mafalda schwieg.

»Und wo wohnst du, Mafalda?«

Es war nicht aus ihr herauszubekommen.

Nora hatte sich noch einmal vorgenommen, ihr zu folgen,

doch jedes Mal, bevor man es richtig mitbekam, war sie verschwunden. Ein Geisterkind, dachte Nora; wenn dieser verdammte Oktopus nicht so höchst real gewesen wäre.

Hintereinander stiegen sie den Pfad zum Strand hinab. Nora überkam auf einmal die Vorstellung, dass sie Mafalda bei den Händen fassen und zusammen ins Wasser laufen könnten. Peggy musste Ähnliches gedacht haben, denn auch sie griff nach Mafaldas Hand. Zu dritt rannten sie los.

Plötzlich blieb Mafalda abrupt stehen.

»Was ist?«, fragte Peggy atemlos.

»Ich darf nicht ins Wasser.«

»Wir sind ja dabei!«

»Nein, ich darf nicht.«

»Komm schon, nur bis zu den Knien. Ich gehe auch nicht weiter hinein.«

Aber Mafalda riss sich los. Blitzschnell war sie den schmalen Weg, der zum Ufer hinunterführte, wieder hinaufgeklettert.

Nora und Peggy sahen sich ratlos an.

»Ich geh hinterher«, sagte Nora.

Sie traf Mafalda an der Villa wieder. Das Mädchen sah verstört aus. Es dauerte, bis Nora aus ihr herausbekommen hatte, was das Problem war.

»Wenn ich ans Wasser gehe, lässt sie mich nicht mehr aus dem Haus, hat meine Mutter gesagt.«

Mafalda weigerte sich, noch einmal mit an den Strand zu kommen.

»Glaubst du, es stimmt?«, fragte Peggy, als Nora zurück war, allein.

»Was?«

»Wird Maffi eingesperrt, wenn sie an den Strand geht?«

Nora zuckte die Schultern. »Kinder erzählen leicht etwas.«

»Aber du hast sie doch gesehen. Sie wirkte verstört.«

»Kann sein.«

»Kann sein? Ich finde, wir müssen uns um sie kümmern.«

»Quatsch, sie kümmert sich selbst um sich.«

»Wie bitte? Was für einen Blick hast du denn auf Kinder?«

Nora presste die Lippen zusammen. Gar keinen. Oder erst recht einen. Einen Blick für Traurigkeit und Angst, einen Blick dafür, ob jemand wirklich unterging oder zurechtkam mit der Welt, irgendwie.

»Ich finde, wir haben Verantwortung. Ich meine, sie ist jeden Tag hier.«

»Jeden zweiten«, sagte Nora.

Peggy sah sie an, als wäre sie nicht bei Sinnen. »Gut«, sagte Nora, »was willst du tun?«

»Zu ihrer Mutter gehen.«

»Und dann?«

»Sie zur Rede stellen.«

»Und du glaubst, sie hört uns zu?«

»Natürlich tut sie das.«

»Ja, das wird sie. Und ich sage dir, was dann passiert: Sie verbietet Mafalda den Umgang mit uns. Sie wird dafür sorgen, dass sie nicht mehr zur Villa kommt, und wir sind Maffi los.«

In Peggy arbeitete es sichtlich.

»Oder sie zeigt uns an. Weil wir das Kind hier haben spielen lassen.«

»Aber Eltern können doch nicht alles machen.«

»Sie können eine Menge«, sagte Nora bitter. »Am Ende müssen Kinder sich selbst retten.«

Mafalda blieb zwei Tage verschwunden.

Dann war sie wieder da. Sie lief herum und fütterte das Pony, das ihr inzwischen friedlich entgegentrottete, und setzte ihren Oktopus dabei auf den Zaun.

»Weißt du, was, Nora? Ich brauche keinen Affen, ich habe Oki.«

Auch Peggy schwamm nicht. Es war der sprichwörtliche Einbruch gewesen in ihrem Leben. Sie war bald jugendlich, als sie mit den anderen Mädchen im Freibad auf den Sprungturm gestiegen war, auf den Fünfer. Herumgealbert hatten sie: Wer traut sich? Dabei hatten sie verstohlen auf die Liegewiese geschaut, wo alle anderen waren, die aus ihrer Klasse.

Jemand hatte Peggy geschubst. Ob mit Absicht oder aus Versehen. Sie hatte sich gerade noch von der Kante abdrücken können.

Der Fall schien ihr endlos.

Sie konnte nichts mehr tun, um dem unter dem Turm schwimmenden Jungen auszuweichen.

Schmerzhaft war sie auf dem Wasser aufgekommen. Es war nicht ihre Schuld, der Bereich unter den Sprungtürmen war unbedingt frei zu halten. Wahr war jedoch auch, dass der Schwimmmeister durch sein Megafon gerufen hatte: »Runter vom Fünfer, immer nur einer zurzeit!«

Es war eine Verkettung unglücklicher Umstände gewesen. Doch das änderte nichts daran, dass es diesen Aufprall gab und gleichzeitig das Berühren eines anderen Körpers, das Sinken, das Schlucken von Wasser, die Panik, es nicht an die Oberfläche zu schaffen, den anderen Körper, hell, klein, der ebenfalls unter Wasser war, bis der Schwimmmeister ihn herauszog.

Der Junge wurde gerettet, Peggy hatte ihn nur mit dem Arm berührt, es war nichts Schlimmes passiert, und trotzdem: Das Gefühl, nicht mehr nach oben zu kommen, blieb. Keiner beachtete sie, nachdem sie aus dem Becken geklettert war. Um den vielleicht zehnjährigen Jungen hatte sich eine Menschentraube gebildet. Sie selbst war dreizehn und groß, schon damals. Ihre Freundinnen waren verschwunden. Wer sie geschubst hatte, fand sie nie heraus.

Sie war nie mehr ins Schwimmbad gegangen.

28

Nora kam von einer ihrer Wanderungen zurück und traf Mafalda vor der Villa.

»Irgend so eine Tante ist da, sie ist schlimm.«

Bevor Nora nachfragen konnte, was sie meinte, war Mafalda losgerannt und nicht mehr zu sehen.

Die »Tante« entdeckte Nora sofort, sie stand auf der Veranda. Eine stämmige Frau Mitte fünfzig, mit gefärbten Haaren und einem asymmetrischen Schnitt. Peggy hatte sich ihr gegenüber aufgebaut, als wollte sie der Frau den Zutritt zur Villa verwehren. Vor der Scheune stand ein Mietwagen.

Nora ahnte, wen sie vor sich hatte, und streckte die Hand aus. »Ich bin die Bauingenieurin. Sie haben mich für den Abriss beauftragt.«

»Und die Kollegin hier möchte mich nicht ins Haus lassen.«

»Es ist nicht gesichert, das hast du mir doch immer wieder erklärt.«

»Doch, natürlich ist es gesichert. Gehen Sie ruhig rein.«

Peggy sah Nora wütend an. Im Vestibül machte Nora eine einladende Geste. »Sehen Sie nur. Wie aus den Zwanzigerjahren.«

»Nett, ja.« Ihre eintönige Stimme.

»Waren Sie noch nie hier?«

Die Frau schüttelte den Kopf. Nora fielen ihre durchstochenen Ohrläppchen auf. »Ich lebe in England.«

»Aber Ihnen gehört das Haus.«

»Bald. Bald gehört mir das Haus.«

»Das Haus gehört Ihnen nicht?« Nora blieb stehen.

»Es ist nur eine Frage der Zeit.«

»Sie haben mich beauftragt, obwohl es Ihnen nicht gehört?«

»Ich habe Sie beauftragt, weil es mir bald gehört. Und Sie wohnen hier sogar, wenn ich es richtig sehe.«

Sie brauchte es nicht zu leugnen. Ihre Reisetasche stand mitten im Zimmer, halb ausgepackt, Nora hatte ihre Sachen einfach immer wieder hineingeworfen, nichts in die Kommode geräumt, stets auf Abruf, sie konnte nicht anders.

Ein Sonnenstrahl fiel auf den Dielenboden. Die Frau blieb einen Moment stehen. Dann ging sie wieder ins Treppenhaus.

Nora blickte aus dem Fenster. Peggy wartete mit dem Professor auf dem Vorplatz. Sie sah zu Nora hinauf und legte beschwörend den Finger auf den Mund. Der Professor schien erregt, dann ging er raschen Schrittes davon. Peggy zeigte auf den Professor, legte wieder den Finger auf den Mund, schüttelte wild den Kopf.

Nora gab ihr ein beruhigendes Zeichen, dann begleitete sie die Frau weiter auf ihrem Rundgang. Sie bemühte sich, auf die Vorzüge der Villa hinzuweisen. Doch als wollte die Villa ihre Worte zunichtemachen, wirkte sie auf einmal dunkel und staubig. Verfallen. Ein abbruchreifes Haus.

»Das gedrechselte Treppengeländer. Dort, das ist der Speisesaal. An der Veranda finden sich Holzschnitzarbeiten aus der Entstehungszeit.«

Die Frau strich sich die Haare zurecht. »Kann alles sein. Es interessiert mich, ehrlich gesagt, nicht. Die Gemeinde hat Interesse an diesem Grundstück. Sie will es allerdings erst kaufen, wenn das Haus nicht mehr steht. Ich bin an der Sache dran, ich sehe gute Chancen.«

»Darf ich fragen, warum?«

»War mal Familienbesitz.« Die Frau sah müde aus. »Diese

Villa hier«, sie machte eine Pause und wies an die Decke, »hat einem Onkel meines Vaters gehört. Er ist enteignet worden, ich habe Rückübertragung beantragt. Gemäß Erbfolge gehört sie theoretisch meinem Vater.«

»Warum kümmert sich Ihr Vater nicht selbst darum?«

»Er lebt in einem Heim. Er bekommt nicht mehr viel mit. Ich betreue ihn seit Kurzem.«

Auf einmal war es Nora, als ob die Erde bebte, ganz leicht nur, aber die Wände bewegten sich. Reflexhaft zog sie die Frau unter einen Türsturz.

Von der Decke rieselte es. Obwohl sie eine Weile warteten, geschah nichts weiter.

»Sehen Sie. Das muss alles weg.«

Die Frau verließ das Haus, ohne weitere Zimmer angeschaut zu haben. Draußen sprang Hugo bellend auf sie zu, sie ließ sich von dem mächtigen Tier allerdings nicht beirren.

»Was ist mit Ihrem Vater?«, fragte Nora. »Vielleicht würde er eine andere Entscheidung treffen.«

»Sicher nicht. Er kann nicht mehr klar denken, er hängt in der Vergangenheit fest. Demenz, die Untersuchungen haben das eindeutig ergeben. Diese Villa braucht keiner von uns, auch mein Vater nicht.« Sie sah Nora fest an. »Soll ich jemand anderen beauftragen? Es gab da so einen Schrotthandel an der Straße, vielleicht würden die …«

»Die sind nicht qualifiziert«, unterbrach Nora sie. »Ich krieg das schon hin. Keine Sorge. Ich kümmere mich darum.«

Er war abgehauen. Hatte sich einfach davongemacht. Als er die Frau nahen sah, mit ihren feuerroten Haaren, hatte ein Alarmlämpchen in seinem Kopf geleuchtet. In aller Ruhe, um kein Aufsehen zu erregen, hatte er seinen Rucksack genommen, ein Stück Brot eingesteckt und die Villa durch den Hintereingang, also durch die Küche, verlassen. Die Künstlerin war vorne damit beschäftigt, die Dogge zu bändigen, die die fremde Frau anbellte. Die Frau kümmerte das wenig. Sie bleckte die Zähne und knurrte zurück. Spaßhaft, aber es war ihr trotzdem ernst, er wusste das. Sie fühlte sich schnell provoziert.

Er kannte die Frau. Auch wenn ihm ihr Name entfallen war. Während er sich entfernte, hatte er auch die andere Frau gesehen, die ernste Handwerkerin, die sich der Villa näherte, und das Kind, das wegrannte, um sich zu verstecken.

Die Sängerin war ebenfalls am Wasser. Er liebte ihr Lachen, die Schwingungen, die von dieser Frau ausgingen. Das Unsichtbare, er nahm es immer stärker wahr. Weil es ebenso existierte wie das Sichtbare.

Der Professor war an der Abbruchkante angekommen. Er beobachtete eine Möwe, die ruhig vorbeizog.

Die Frau mit den rot gefärbten Haaren kam ihm wieder in den Sinn. Jetzt fiel es ihm ein. Sie war seine Tochter. Die sich immer gegen ihn gesträubt hatte.

Er wusste nicht, was er falsch gemacht hatte. Seine Frau hatte einen anderen Mann gehabt, so etwas passierte, und ihn sofort verlassen. Er war zu dem Schluss gekommen, dass er nichts daran ändern konnte, und hatte sie ziehen lassen. Menschen waren kein Besitz, an dem man festhalten konnte.

Seine Tochter sah er nur noch selten. Als sie klein war, ging er mit ihr in den Park, sie sammelten Kastanien und bastelten Tiere daraus. Er nahm sie mit in die Natur, bis seine Frau sich beschwerte: Karussell fahren müsste er mit ihr und ihr eine Zuckerwatte kaufen. Er tat es, doch er war nicht gut darin. Kinder waren ein Phänomen, etwas Kostbares, aber nichts, mit dem er umgehen konnte. Manchmal las er ihr vor, aus seinen eigenen wissenschaftlichen Büchern, dabei schlief sie zuverlässig ein. Es gab eine Phase, als sie älter wurde, da zeigte sie Interesse an seiner Arbeit, was sich allerdings schnell änderte. Er sei ein schräger Vogel, hatte ihre Mutter ihr wohl gesagt, sie solle aufpassen, dass er ihr nicht den Kopf verdrehte durch seine seltsame Sicht auf die Welt.

Als Jugendliche rebellierte sie gegen alles, auch gegen ihn. Er sei Vertreter eines konservativen bürgerlichen Systems, warf sie ihm vor. Sie trug zerrissene Kleidung, stach sich die Ohrläppchen ein und bohrte sich eine Sicherheitsnadel in die Wange, sie ging nach London, lebte in besetzten Häusern. Er hörte nichts mehr von ihr. Nur manchmal, da brauchte sie Geld.

Mit ihrer Mutter verstand sie sich augenscheinlich besser, doch auch zu ihr hatte er wenig Kontakt. Das Verhältnis blieb schwierig, auch als sie erwachsen war. Sie fanden den Weg zueinander nicht mehr.

Und nun zeigte sie Interesse an dem alten Haus. War es Sentimentalität gewesen, dass er von seiner Familie erzählt hatte, von seiner Vergangenheit? Oder hatte er einfach drauflosgeredet, ohne zu bemerken, was er sagte, das passierte ihm jetzt manchmal? Er hatte jedenfalls den Wunsch geäußert, die Landschaft seiner Kindheit wiederzusehen. Das Dorf, die Küste und das Meer.

Seine Tochter hatte diesen Wunsch gar nicht beachtet. Erst als sie mitbekommen hatte, dass die Familie seiner Mutter Besitz in diesem Land gehabt hatte, war sie aufmerksam geworden. Sie hatte nachgebohrt, auf einmal doch interessiert, und von der Villa erfahren. Sie hatte alles wissen wollen, ihn ausgefragt, sich Notizen gemacht. Sie hatte ihn angewiesen, ihr die Orte zu nennen, hatte ihm eine Karte vorgehalten, auf der er ihr die Häuser zeigen sollte, an die er sich erinnerte.

Dann hatte sie seine Entmündigung beantragt.

Er selbst hatte der Leitung des Pflegeheims, in dem er lebte, angekündigt, dass er drei Wochen Urlaub nehmen würde. Die Unterschrift seiner Tochter hatte er sorgfältig nachgezogen.

Dann hatte er gepackt und war einfach losgefahren, an die Küste des baltischen Meers, um die Orte seiner Kindheit zu besuchen, auch die Villa seines Onkels Heinrich. Und sie war wunderbarerweise immer noch bewohnt, oder auch wieder, er konnte dort übernachten. Ihm war ein Zimmer zugewiesen worden, man hatte Porridge für ihn gekocht. Er hatte beschlossen zu bleiben, so lange es eben ging. Er war am Ziel.

Ob es den beiden Frauen, die in der Villa wohnten, gelang, der Frau mit den roten Haaren die Stirn zu bieten? Seiner Tochter? Jetzt fiel es ihm wieder ein. Sie hatten sie nach seiner Mutter benannt. Isabella.

~

Der Professor stand an der Abbruchkante. Dicht. Viel zu dicht. Peggy war ihm hinterhergegangen, nachdem die rothaarige Tante abgefahren war. Er blickte aufs Meer, wie so oft, doch diesmal befanden sich seine Zehenspitzen fast in der Luft.

Ich kann keine Leute retten, dachte Peggy. Ich kann das einfach nicht. Sie wollte allerdings auch nicht zusehen, wie er abstürzte, und außer ihr war keiner da.

Während sie langsam auf ihn zuging, überlegte sie, ob der Professor zusammenfahren würde, wenn sie ihn ansprach. Ein falscher Schritt genügte. Sie redete vor sich hin, um die Panik zu bekämpfen.

Noch wenige Meter.

Da wandte er den Kopf und sah sie an.

Peggy fasste ihn am Arm und zog ihn vorsichtig, aber entschieden zurück.

»Mensch, Professor, hast du mir einen Schreck eingejagt. Ein einziger Schritt, und du wärst abgestürzt.«

Der Professor sah sie an, mit diesen hellblauen Augen, prüfend und trotzdem nachsichtig. Sein Blick kam von weit her. Als wüsste er nicht, wer sie war, und wäre ihr trotzdem freundlich gesonnen.

Peggys Knie waren weich, es drängte sie danach, sich zu setzen. Das erlaubte sie sich jedoch erst, nachdem sie den Professor noch ein Stück weiter auf die Wiese geführt hatte. In ihren Ohren sauste es.

Der Professor wartete geduldig neben ihr, bis der Schwindel nachließ. Dann sah er sie an, auf einmal ganz klar. »Ich könnte ein gutes Mittagessen vertragen.«

War das englischer Humor? Sie hatte ihn gerade vorm Absturz bewahrt. Aber man musste nach vorne schauen. »Du hast recht, Professor. Ich habe auch Hunger. Wir essen, gute Idee. Wie wäre es mit Eiern? Ich mach uns gleich was. Ein schönes Spiegelei mit Zwiebeln und Kräutern!«

»Das würde mir gefallen.«

Gemeinsam gingen sie zurück zur Villa, Peggy achtete darauf, dass er vor ihr ging. Sie mussten ihn im Blick behalten, im Grunde den ganzen Tag.

29

»Was machst du da eigentlich?«

Mafalda hockte vor dem Anbau und wandte sich schnell ab. Aber nicht schnell genug, Nora war mit zwei Schritten bei ihr.

»Ach du Scheiße.« Fassungslos sah Nora auf das Gewimmel. Mit wenigen Schritten war sie im Flur, kam mit einer Schaufel wieder.

Mafalda stellte sich vor sie, breitete die Arme aus, Verzweiflung im Gesicht. »Nein!«

»Wie bitte?« Nora schob sie beiseite.

»Du darfst sie nicht töten!«

Nora stieß die Luft aus, dazu fiel ihr nichts ein. Mäuse im Haus. Die Küche, die Vorratskammer. Die Elektrik, die Wände, alles.

»Geh mal woandershin, spielen.«

Mafalda brach in Tränen aus, sie heulte auf wie eine Sirene. Nora starrte immer noch angeekelt auf die nackten winzigen Leiber.

»Sie leben hier, du darfst ihnen nichts tun, sie leben hier!«, schluchzte das Mädchen krampfhaft.

»Maffi, hör mal zu: Menschen und Mäuse vertragen sich nicht. Das hier ist kein Platz für Mäuse, dies ist ein Platz für Menschen.«

»Aber sie waren zuerst hier! Da warst du noch gar nicht da.

Und du – du kannst hier nicht einfach die Bestimmerin sein!«

»Kann ich nicht?«

Mafalda schüttelte wild den Kopf.

Nora war auf einmal so müde.

»Maffi, die Mäuse fressen alles an, alles. Auch unser Essen. Sie koten hinein, dann ist es nicht mehr genießbar. Mäuse sind quasi giftig.«

»Fido ist nicht giftig, Fido ist sü-hü-hüß«, heulte das Mädchen.

Nora sah, wie das Mädchen der großen Maus die Hand hinstreckte. Eine Erinnerung stieg in ihr auf.

Warum sie ihn Winnie genannt hatte, wusste sie nicht. Es war auf dem Bauernhof bei Siegfried gewesen. Siegfried. Rothaarig und lang. Nora fand seine Muttermale auf Armen und Beinen, auf der weißen Haut eklig. Ihre Mutter offenkundig nicht, denn sie verschwand oft mit Siegfried in der Scheune. Der grinste, wenn sie wieder herauskamen, und legte ihrer Mutter den Arm um die Schultern, bevor er wieder zum Werkzeug oder zur Mistkarre griff.

Der Hof war ein Biohof. Alles war natürlich: der Gemüseanbau, die Kühe, der schlammige Boden. Die Fliegen. Und die Treffen in der Scheune. Nora war zehn, und sie hasste Siegfried. Auf dem Hof gab es eine Hündin, die vier Welpen bekam. Nora war fasziniert davon, die winzigen Wesen zu beobachten, wie sie mit geschlossenen Augen an den Zitzen der Hündin hingen, dunkelbraun, kleine Ohren und kleine Schwänze. Ruten heißt das, sagte ihre Mutter, nicht Schwänze. Zwei der Welpen starben. Sterben noch mehr? fragte Nora, können wir die anderen beiden retten? Das müsse sie selbst hinkriegen, erklärte Siegfried und vergrub die toten Welpen neben dem Misthaufen. Ein weiterer Welpe wurde schwächer. Nora versuchte, ihn mit Milch aus der Milchkanne aufzupäppeln, vergeblich. Sie sah seinem Sterben zu.

Nachdem Siegfried ihn hinter der Scheune vergraben hatte,

hatte sie ein Kreuz gebaut und Winnie Blumen aufs Grab gelegt.

Nora holte tief Luft. »Maffi, wir siedeln sie um, ja? Wir geben ihnen ein neues Zuhause.«

Mafalda sah sie skeptisch an. »Und wo?«

»In der Scheune.«

»Doch nicht bei Peggy, die hat Angst vor Mäusen!«

»Woher willst du das wissen?«

»Weiß ich eben.«

Mafalda hatte Peggy Fido gezeigt. Nora versetzte es einen Stich.

»Und wenn wir sie in den kleinen Schuppen bringen?« Auf dem Gelände gab es dieses winzige Häuschen, von dem niemand wusste, wozu es gut war. Ein ehemaliges Waschhaus vielleicht. Nora sperrte Hugo weg, und dann betteten sie das Mäusenest um, und zwar mit einem Eimer. Fido lockten sie mit einem Stück Apfel hinterher.

Die Schleiereulen hätten das sicherlich bald erledigt, dachte Nora. Aber das brauchte sie Mafalda ja nicht zu erzählen.

~

Liebes Tagebuch! Fido ist umgezogen. Nora hat mir geholfen, ich glaube, er hat es jetzt gut. Der Schuppen ist besser als das Haus, sagt Nora. Hauptsache, er hat ein Dach über dem Kopf. Ich glaube, Nora weiß nicht, dass ich weiß, dass Eulen Mäuse fressen. In der Villa gibt es Eulen, ich habe sie zur Öffnung unter dem Dach fliegen sehen. Mach's gut. Deine Mafalda

30

Am Abend fuhr Nora zu Hagen. Seit ihrer gemeinsamen Nacht nach dem Feuerwehrfest hatte er sich nicht bei ihr gemeldet. Sie sich natürlich ebenso wenig bei ihm. Nora meldete sich nie bei jemandem. Nun allerdings hatte sie Appetit auf Fisch, das war doch mal ein Anlass.

An der Tür des kleinen Lokals hing ein Schild: Ruhetag. Damit hatte sie nicht gerechnet. Vielleicht war es besser so, ihr Magen war während der Fahrt immer enger geworden, und am Ende hatte sie gedacht, dass ein paar Kartoffeln ihr reichen würden.

Während sie unschlüssig dastand, kam die Frau von der Tankstelle heraus. »Du schon wieder.«

Wieso sie schon wieder? Was wollte diese Frau von Hagen? War sie seine Freundin, war Nora ein Seitensprung gewesen? Andererseits: Was hatte sie erwartet?

Sie wollte sich gerade umdrehen, da sagte die Frau: »Mein Bruder ist bei sich zu Hause.«

Bruder.

»Guck nicht so. Ein Stück die Straße runter, dahinten.«

Die Frau fixierte Nora sekundenlang. Dann schnippte sie mit den Fingern. »Ich glaube, er wartet auf dich.«

Sie war schon bei ihrem Motorroller, da drehte sie sich noch einmal um. »Ich würde hingehen an deiner Stelle.«

Was für einen schönen Schwung ihr Mund hat, dachte Nora. Sie würde natürlich nicht hingehen. Selbstverständlich nicht. Doch dann fuhr sie schon die Straße hinunter.

Hagen schloss Nora in die Arme, und sie fühlte sich augenblicklich gut. Als sie am Tisch saßen, nahm Nora sich ein Herz und fragte ihn nach der Schlangenfrau.

»Wer ist sie eigentlich? Ist sie wirklich deine Schwester?«

»Ja, klar. Annabelle ist fünfzehn Jahre jünger als ich und meine Halbschwester. Alleinerziehend. Sie arbeitet an der Tankstelle, das hast du vermutlich mitbekommen. Annabelle hat es nicht leicht. Sie will zu viel und hat eine Menge Energie.« Er lachte.

Ob man zu viel wollen konnte, fragte sich Nora. Auf jeden Fall zu wenig, das war eine Wahrheit, die sie tief in sich trug.

»Als Körperkünstlerin bezeichnet sie sich, sie macht irgendwelche Performances, bei denen ihre Bemalungen eine Rolle spielen. Eigentlich träumt sie von einem Tattoo-Studio. Vielleicht auch schon nicht mehr, ich weiß es wirklich nicht. Die Männer und Frauen in ihrem Leben wechseln schnell. Manche sagen, sie hätte hier mit jedem etwas angefangen.«

Nora zog die Brauen hoch.

»Soweit ich weiß«, sprach Hagen weiter, »hält sie sich eher an Leute von außerhalb. An der Tankstelle hält fast jeder. Und sie kommt mit jedem ins Gespräch. Obwohl sie den Job hasst.«

Nora erinnerte sich an das gelangweilte Blättern in der Zeitschrift.

»Manche verlassen die Kasse nicht ohne ihre Nummer, frag mich nicht, wie sie das macht.«

Nora hatte keine Schwierigkeiten, es sich vorzustellen.

»Eine Circe«, sagte sie.

Hagen lachte. »So ungefähr. Die verzaubert die Männer, richtig?«

Und ihr Kind, wollte Nora wissen, was hält das davon? Aber danach zu fragen, fiel ihr schwer. Sie betrachtete Hagens

Nacken, dessen Haut so verführerisch weich war, zog ihn zu sich und küsste ihn.

Ein paar Tage war alles wie immer. Peggy arbeitete an ihrem Wal, von dem sie meinte, dass er am Ende schwimmen sollte, sie würde das schon irgendwie hinkriegen. Der Professor sprach wenig, doch sie erlebten keine Ausfälle mehr. Agneta sang oft in der Nähe der Stelle, an der er stand und ins Meer schaute, sie hatte ein Auge auf ihn.

Abends aßen sie gemeinsam, manchmal auch mittags. Peggy kochte, es gab Brennnesselsuppe und Löwenzahnsalat. Der Professor zupfte beides, langsam und sorgfältig.

Nora schwamm und wanderte an der Küste, noch einmal besuchte sie Hagen, sie konnte nicht genug bekommen von ihm, und die kleine Gemeinschaft, die sich gebildet hatte, konnte sie aushalten. Sogar Hugo lag entspannt auf dem Hof, er folgte Peggy nicht mehr auf Schritt und Tritt.

Das Haus war groß genug für sie alle. Warum die Betten bezogen gewesen waren, als sie angekommen war, wunderte Nora nach wie vor, aber in dieser Villa schien alles möglich.

Über die Tochter des Professors sprachen sie nicht mehr. Sie hatten sie in die Flucht geschlagen, sie fühlten sich vereint.

Die Villa streckte sich in der Sonne wie eine alte Katze, die Balken knackten, der Sand knirschte, immer war Sand in der Diele, auch wenn Nora beharrlich fegte. Die Disteln wuchsen immer höher, im Efeu am Gartenhaus brüteten die Amseln. Mafalda spielte im Hof oder saß auf der Fensterbank des Speisesaals, alles war wie immer.

Bis die Bagger kamen.

Mit weit geöffneten Greifern standen sie eines Morgens da. Metallene Ungetüme, aufgestellt gegenüber der Villa, wo der Weg aus dem Wald trat. Keiner von ihnen hatte bemerkt, wie sie dort hingebracht worden waren. Die Botschaft war eindeutig.

Peggy hatte Schluckauf vor Aufregung und Empörung, Nora hingegen spürte, wie eine Lähmung sich über sie legte. Sie kannte solche Bagger, sie wusste, wie man sie bediente, natürlich, es war nicht schwer.

Sie konnten nicht mehr lange bleiben. Die Bagger würden der Villa den Garaus machen.

In der Nacht zuvor hatte es gestürmt und geregnet. Nora hatte die Nacht bei Hagen verbracht. Peggy hatte sich die Decke über den Kopf gezogen, und Hugo hätte sich am liebsten unter ihrem Bett verkrochen. Agneta hatte Explosionen gehört, Erschütterungen verspürt, sie sei sich ganz sicher, der Professor sagte nichts, sah nur nachdenklich aus, als blickte er direkt in die Vergangenheit. Der Krieg, sagte er. Da hätte es auch Explosionen gegeben.

Wieder war ein Stück von der Küste abgebrochen, Nora bemerkte es mit Sorge. Ein Haus, dem Abriss geweiht, ein Ufer, das schwand, Menschen dazwischen, denen das alles nicht gehörte, die hier nur Zuflucht gefunden hatten, auf Zeit.

Peggy lief mit einer Falte zwischen den Augenbrauen umher. »Wir müssen etwas unternehmen.«

»Und was?«

»Wir müssen die Villa retten. Du hast doch deine Unterlagen, Nora, du hast doch ein Gutachten erstellt, wir müssen es öffentlich machen!«

»Damit wir hier rausfliegen und noch dazu eine Klage am Hals haben?«

»Ich habe die Erlaubnis, hier zu arbeiten.«

»Aber keine Lizenz zum Vermieten.«

»Es sind nur meine Freunde, die mich besuchen.«

»Also bin ich auch deine Freundin?«

»Stell dir vor, auch du.«

»Dann finde heraus, wer die Bagger hier abgestellt hat und warum. Finde heraus, was man tun kann. Ich glaube, man kann nichts tun, gar nichts.«

»Ich gehe zum Bürgermeister, in die Verwaltung.« Peggy sah immer finsterer aus, wild entschlossen.

Nora dachte an die Hexe. »Viel Glück.«

Peggy steckte sich noch eines der Plätzchen in den Mund, die sie frisch gebacken hatte, dann sagte sie: »Das werden wir ja sehen«, und machte sich auf den Weg.

31

Als sie vom Flur des Verwaltungsgebäudes aus durch die Glastür blickte, sah sie ihn sofort. Konrad zeigte einer schwarz gekleideten Frau gerade ein Papier. Als er Peggy bemerkte, erschrak er so heftig, dass das Papier zu Boden segelte.

Mit Schwung zog Peggy die Tür auf. »Hallo, Konrad.« Den USB-Stick mit den Dateien, in denen Nora ihr Gutachten dokumentiert hatte, hatte sie dabei.

»Nein. So läuft das nicht bei uns. Man wartet draußen.« Die Frau baute sich plötzlich vor ihr auf. Peggy nahm einen harzigen Geruch wahr und hätte sich am liebsten die Nase zugehalten.

»Warum? Ich muss hier was klären.«

»Das sagen sie alle.«

»Na dann.« Peggy ging hinaus und schloss demonstrativ die Tür. Als sie sich umdrehte, war Konrad verschwunden. Nur die Hexe saß wieder am Schreibtisch. Sie war die Tonangebende hier in der Verwaltung, so wie Nora prophezeit hatte.

Aber Nora hatte Peggy auch erzählt, in welchem Zimmer sie Konrad später gesehen hatte. Peggy duckte sich und schlich um die Ecke.

Konrad fuhr zusammen, als Peggy vor seinem Fenster auftauchte. Sie war ihm gefolgt. Dabei hatte er alles getan, um ihr nicht über den Weg zu laufen. Hatte sich im Supermarkt hinter einem Regal versteckt und die Villa gemieden. Seine größte Sorge war gewesen, ihr am Strand zu begegnen, da wäre ein Ausweichen schwierig geworden.

Dabei hatte er gar nichts gegen sie, im Gegenteil, er fand sie sogar ziemlich nett. Aber Konrad wollte nicht riskieren, dass das, was er sorgsam vorbereitet hatte, durch ihre Impulsivität und ihre Ahnungslosigkeit in Gefahr geriet.

»Hallo, das ist ja ein Zufall.« Richtig scharf sah er durch seine alte Brille nicht, die er als Ersatz genommen hatte, bis die andere repariert war. Er bemühte sich um ein Lächeln, spielte den Überraschten.

»Du arbeitest hier, richtig?«

»Ja. Mein Reich, sozusagen.«

»Vor unserer Villa stehen Bagger. Weißt du etwas darüber?«

»Warum sollte ich etwas darüber wissen, ich bearbeite Ausweise, Ordnungswidrigkeiten, was eben anfällt. Angelegenheiten des Bauamts gehören nicht dazu.«

»Und wer macht das Bauamt?«

»Der Chef.«

»Welcher Chef?«

»Na, unser Bürgermeister.«

Peggy runzelte die Stirn. »Konrad, du musst mir helfen. Vor der Villa stehen Bagger. Wir wissen nicht, wer sie da abgestellt hat, aber wir möchten die Villa retten. Irgendjemand muss doch dafür zuständig sein. Man kann hier doch nicht einfach machen, was man will.«

Das konnte man sehr wohl, aber darüber schwieg er besser.

»Nora hält die Villa für erhaltenswert. Sie ist vom Fach. Nora ist zwar keine Architektin, aber sie hat Ahnung. Nora hat alles geprüft und ein Gutachten erstellt. Die Villa muss nicht abgerissen werden. Man kann sie sanieren.«

»Und wer soll das bezahlen?«

Peggy sah ihn erstaunt an. »Na, die Gemeinde.«

»Die hat kein Geld. Es sind Millionen, die man reinstecken müsste. Und auch danach hat man laufende Kosten.«

»Dann vermietet man sie eben, keine Ahnung, man erwirtschaftet das wieder.«

»Aber erst mal müsste man eine große Summe vorstrecken, und das kann die Gemeinde nicht.«

»Dann findet man eben einen Investor, so macht man das doch? Sagt jedenfalls Nora. Der streckt das vor.«

»Der Investor will es auch wieder reinkriegen, und das tut er nicht, wenn er lediglich siebeneinhalb Zimmer vermietet.«

Konrad bemerkte, dass Peggy nichts mehr sagte. Stattdessen betrachtete sie ihn misstrauisch. Natürlich, woher konnte er schon die Anzahl der Zimmer wissen?

Konrad hob die Schultern. »War mal da. Zählen ist so ein Tick von mir.«

»Neulich hast du behauptet, du kennst sie nicht.«

»Jeder kennt sie.«

»Und wem gehört sie dann bitte?«

Er musste die Karten auf den Tisch legen.

»Niemandem, das ist es ja. Unser Chef, also der Bürgermeister, hofft deshalb darauf, sie zu bekommen. Jahrelang hat diese Ruine niemanden interessiert, sie wurde für dieses und jenes genutzt. Als Materiallager, Urlaubsheim, was weiß ich. Zuletzt war sie als Pension verpachtet. Der Pächter war dann pleite und hat sich aus dem Staub gemacht. Dass sie überhaupt noch in einigermaßen gutem Zustand ist, grenzt an ein Wunder.

Kürzlich hat sich jedenfalls ein Investor gemeldet, quasi aus dem Nichts. Und hat einen Plan vorgestellt, ein großes Ding: Ferienanlage für Wohlhabende. Villen, aber neue. Der will das groß aufziehen.«

»Und die alte Villa soll abgerissen werden?«

Konrad nickte.

»Du weißt ja alles.« Wie enttäuscht sie klang. Vorwurfsvoll. Sie würde auch den Rest herausfinden. Besser, er behielt die Fäden in der Hand. »Ich weiß nicht alles, aber vieles.« Konrad beugte sich vor und schaute nach rechts und links. Dann reichte er Peggy eine Hand. »Komm rein.«

Konrad hatte ihr die Hand gereicht, und sie war zu ihm ins Büro geklettert. Bilder von Vögeln hingen auch hier an der Wand. Schräger Typ. Trotzdem niedlich, erst recht mit dieser Brille, noch größer als die alte, seinem verwuschelten Haar.

Es gab Ideen, und der Investor hatte sie dem Bürgermeister vorgestellt. Der Bürgermeister hatte sie wiederum dem Rat vorgestellt, alle waren einverstanden, alle hatten genickt. Und der Rat hatte das, zumindest in Teilen, der Gemeinde vorgestellt.

»Sie fanden das gut. Bis auf Annabelle. Die ist aber immer gegen alles.«

»Annabelle?«

»Sie arbeitet an der Tankstelle. Kommt nicht weg aus der Gegend und regt sich über alles auf. Nervt ein bisschen.«

»Annabelle.«

»Sie und ihr Bruder sind ein bisschen anders als der Rest, wenn du mich fragst. Obwohl, irgendwie ist hier ja jeder anders.« Er versuchte, sich eine Strähne hinters Ohr zu streichen, wieder und wieder fiel sie nach vorne.

»Und was ist mit der Villa?«

»Soll weg. Ist doch klar.«

»Mir nicht.«

»Hab ich dir doch erklärt. Es ist zu kostspielig, sie zu erhalten.«

»Und der Denkmalschutz? Nora sagt, es gäbe einen Denkmalschutz.«

»Eure Villa ist nicht denkmalgeschützt.«

»Wie kann das sein?«

»Gute Frage.« Endlich hielt die Strähne.

»Kann man Denkmalschutz beantragen?«

»Klar. Da musst du zur unteren Denkmalschutzbehörde.«

»Wo ist die?«

»In der Kreisstadt.«

»Dann mache ich das.« Peggy wedelte mit dem USB-Stick, auf dem sich Noras Einschätzung befand.

»Nee, das können nur die Eigentümer. Nur Eigentümer können Denkmalschutz beantragen. Oder eben, in diesem Fall, die Gemeinde.«

»Aber die macht es nicht.«

»Nein, die macht es nicht. Natürlich nicht.«

»Dann muss sie eben jemand überzeugen! Ich erkläre der Gemeinde, dass hier ein Haus erhalten werden muss.«

Konrad schüttelte den Kopf, die Strähne fiel wieder nach vorne. »Ich hab's dir doch erklärt: Die wollen nicht. Zu teuer. Wenn das Gebäude weg ist, kann man an der Stelle was Neues bauen, das ist einfacher.«

»Ich kann es nicht glauben. Diese Villa ist wunderschön, sie ist richtig alt – und das interessiert hier niemanden?« Peggy biss sich auf die Lippe. »Hör mal, Konrad, wir müssen das ändern.«

»Was willst du denn machen?«

»Demonstrieren. Hier im Ort. Wir müssen die Leute informieren, ihnen erklären, welchen Schatz sie besitzen.«

»Die Leute sehen das anders, aber mach, was du meinst. Ich glaube nicht, dass du dir damit einen Gefallen tust, Peggy. Im Gegenteil. Vermutlich beförderst du eher den Abriss.«

»Warum, die Gemeinde hat mir die Villa schließlich zum Arbeiten überlassen, ich habe ein Stipendium, ganz offiziell. Hier!« Sie zog den zerknitterten Brief aus der Tasche.

Konrad sah nur flüchtig hin. »Das Stipendium hast du für fünf Wochen. Wann bist du angekommen?«

Daran hatte sie nicht gedacht. Sie hatte es einfach nicht so genau genommen. »Aber hier steht auch: mit Aussicht auf Verlängerung«, beharrte Peggy.

»Dann stell einen Antrag auf Verlängerung. Ich glaube nicht, dass er bewilligt wird.«

»Wir müssen die Leute jedenfalls informieren. Wir machen eine Aktion hier im Ort! Und zur Denkmalbehörde fahren wir auch.«

»Viel Spaß.« Damit wandte Konrad sich dem Bildschirm zu. Er wirkte plötzlich sehr verschlossen. »Ich muss noch ein bisschen arbeiten.«

»Ich bin gegen so vieles«, sagte Peggy. »Es gibt so vieles, was mir nicht passt. Was ich ungerecht finde.«

»Dann mach was daraus«, sagte Nora.

Peggy streichelte Hugo so mechanisch, dass der begann, sich reflexartig zu kratzen.

Es stimmte. Sie hatte nie den Mut gehabt, sich Widerständen entgegenzustellen, das zu tun, was sie wirklich wollte. Sie hatte Dinge abgebrochen, immer wieder neu angefangen. Und jedes Mal mehr Mühe gehabt, den nötigen Schwung aufzubringen.

Hugo sprang plötzlich auf und knurrte.

»Was hat er?«, fragte Peggy.

»Er sieht Gespenster, und zwar deine.«

Peggy sah Nora an. »Ich will Kunst machen, das weiß ich.«

»Deinen Wal.«

»Ja, genau, meinen Wal.«

»Und was willst du mit deinem Wal erreichen?«

Peggy spürte, wie die Panik anrollte. Wie immer, wenn sie sich in die Enge getrieben fühlte. Sie kam wie eine Welle, man musste hindurchtauchen, das wusste sie inzwischen.

Ja, was wollte sie mit ihrem Wal? Sie wollte etwas erschaffen, das ihre Verbindung zur Natur ausdrückte, zum Meer.

Nora sah sie abwartend an. Und sie wusste es selbst. Der Wal war hübsch, er machte Spaß. Aber er war auf dem Kunstmarkt nichts wert. Was wollte sie wirklich? Nicht mehr diese verdammte Angst haben. Für etwas einstehen. Ungerechtigkeiten aufzeigen. Missstände.

Erneut jaulte Hugo leise, er zog den Schwanz ein.

»Die Bewerbung an der Kunsthochschule mit einem Wal – das ist noch nicht das Richtige, oder?« Noras Stimme klang immer ein wenig rau.

»Man weiß nicht, was letztlich daraus entsteht. Kunst ist dynamisch«, versuchte Peggy sich zu rechtfertigen.

Nora sah sie durchdringend an. »Sicher?«

Sie konnte sich nichts mehr vormachen. Peggy nickte langsam. »Vermutlich hast du recht.« Und trotzdem war es schade. Es war doch ihr Wal.

32

Nora fuhr in die Kreisstadt. Sie hatte kurzfristig einen Termin beim zuständigen Sachbearbeiter in der unteren Denkmalschutzbehörde bekommen. Denkmalschützer waren in der Regel nette Menschen, war ihre Erfahrung, gleichzeitig waren sie Mitarbeiterinnen und Mitarbeiter einer Behörde. Entscheidungen trafen sie nie allein.

Dieser Mitarbeiter war wie erwartet, freundlich. Gepflegter Bart, Mitte dreißig, umgänglicher Typ. Er biss gerade in ein Wurstbrot. Nora wünschte guten Appetit.

Du musst ihm etwas vorspielen, hatte Agneta ihr eindringlich mitgegeben, ihn für dich gewinnen. Damit hatte sie sie erwischt. Wenn Nora etwas nicht konnte, dann war es, andere für sich einzunehmen.

Nora legte ihren USB-Stick mit den Dateien, den Bildern, die sie gemacht, und den Berechnungen, die sie angestellt hatte, neben seine Brotdose.

»Das sind die Fotos dieser Villa, wie ich am Telefon angekündigt habe. Meine Zeichnungen.«

»Wollen wir mal schauen.« Er klopfte sich die Hände ab, nahm den Stick und schob ihn in seinen Rechner.

Nora stellte sich an die Seite, sodass sie ebenfalls auf seinen Bildschirm sehen konnte.

Ihr blieb die Luft weg.

Die Dateien, die sich öffneten, waren Bilder von Vögeln. Schwalben in Nahaufnahme. Nester. Aufgerissene Schnäbel.

Der Mann klickte weiter und strich sich durch den Bart. »Auch nicht uninteressant, aber …«

Was zur Hölle. Wer hatte ihr etwas auf den USB-Stick gespielt?

»Tut mir leid, das ist natürlich nicht die richtige Datei.«

»Ich schließ das?« Mit einem Fragezeichen nach einer Aussage.

Als Nora den Raum verließ, nachdem er den Stick abgezogen und ihr gereicht hatte, sah sie noch, wie er wieder zu seinem Wurstbrot griff.

Nora warf Peggy den Stick hin. »Vögel. Da sind Vögel drauf.«

»Vögel?«

»Schwalben. Nester. Möwen. Was weiß ich.«

»Warum sind auf deinem USB-Stick Vögel?«

»Es ist wohl nicht mein USB-Stick. Du hattest ihn gestern mit im Rathaus.«

»Ich hatte ihn … Ach herrje.«

Konrad. Konrad hatte den Stick genommen und am Rechner eingesteckt, Konrad hatte ihn ihr später überreicht. Sie hatte ihn liegen lassen, er war ihr hinterhergelaufen, hatte sie gerade noch erwischt, weil sie einen Klecks Vogelkacke von ihrem Sattel gerieben hatte.

»Bringt Glück«, hatte Konrad gesagt.

»Wenn du meinst.«

»Ganz bestimmt.«

Sie hatten gelacht, dabei hatte er ihr den Stick in die Hand gedrückt.

Es war der falsche gewesen.

Diesmal spazierte sie direkt in sein Büro. Konrad fuhr zusammen, beugte sich schützend vor seinen Bildschirm.

»Du hast mir den falschen Stick mitgegeben. Und ich habe deinen. Nehme ich jedenfalls an.« Peggy warf ihm den USB-Stick zu.

Konrad wollte nach dem Stick greifen, verfehlte ihn aber. Er rückte seine Brille hin und her.

»Du siehst ja wirklich gar nichts. Die Brillengläser sind noch nicht wieder in Ordnung?«

Er schüttelte den Kopf. »Dauert zwei Wochen.«

»Das tut mir leid. Hier.« Peggy bückte sich und legte ihm den USB-Stick in die Hand. »Ich möchte den wiederhaben, den du behalten hast. Du hast ihn doch noch?«

Konrad nickte. »Ich hätte ihn dir heute Abend gebracht.« Er zog eine Schublade auf. Der Bildschirm auf seinem Schreibtisch zeigte Vögel, Peggy sah es jetzt.

»Na dann.« Unschlüssig blieb sie stehen.

Auf Konrads Schreibtisch lagen eine Tüte mit Süßigkeiten, Unterlagen und Dokumente, alles wild durcheinander.

Konrad war Peggys Blick gefolgt, er nahm die Tüte und hielt sie ihr hin. Rotes und gelbes Fruchtgummi. Peggy liebte Fruchtgummi. Dies enthielt viel Fruchtsaft und keine Gelatine, wie sie laut von der Packung ablas.

»Darf ich wirklich? Woher hast du das bloß? So etwas gibt es hier doch gar nicht. Sag mal, darf ich dich mal was fragen?«

»Kommt drauf an.«

»Warum interessierst du dich eigentlich so für Vögel?«

~

Nora fuhr erneut zur Denkmalschutzbehörde. Der Sachbearbeiter vom letzten Mal war da, sie hatte vorher angerufen, er würde ihr seine Mittagspause widmen.

Als Nora die Tür öffnete, versuchte er gerade, eine Kirschtomate mit einer Gabel aufzuspießen. Neben ihm standen eine Obstschüssel und eine Lunchbox mit klein geschnittenem Gemüse. Es klappte nicht. »Egal.« Er warf die Tomate in die Luft und fing sie mit geöffnetem Mund auf.

»Wie kann ich dir helfen?«, fragte er dann.

»Ich hab die Unterlagen jetzt. Schau sie dir doch bitte mal an.«

Ein Blick auf die Armbanduhr, dann schob er den Stick in den Rechner.

Gemeinsam betrachteten sie die Bilder, und Nora erklärte, was sie notiert hatte und warum sie davon ausging, dass die Villa, die man sah, unter Denkmalschutz stehen sollte.

Der Sachbearbeiter rieb sich das Kinn.

Und Nora sah es selbst. So außergewöhnlich wirkte die Villa auf den Fotos, die sie gemacht hatte, gar nicht. Es war ein altes Haus. Den Charme, den sie entfaltete, wenn man vor ihr stand, gaben die Bilder nicht annähernd wieder.

»Es gibt schöne Elemente. Die Fenster, Türen, Treppen, Fliesen, vieles scheint historisch zu sein. Ich müsste es mir mal angucken. Aber ob die Villa deshalb unter Denkmalschutz gestellt werden sollte, kann ich dir nicht sagen.« Er klickte sich weiter durch die Dateien. »Die Besitzverhältnisse sind nicht eindeutig, sagst du?«

»Der letzte Besitzer ist wohl ohne Erbe verstorben. Einen Antrag auf Rückübertragung gibt es auch. Die Gemeinde hofft, dass sich das bald klärt, und zwar zu ihren Gunsten. Sie will abreißen.«

»Abreißen also.« Er hielt ihr die Schüssel mit der Rohkost hin und nahm selbst noch eine Tomate. Nora winkte ab.

»Aus meiner Sicht wäre das eine Katastrophe«, sagte sie.

»So ein Objekt denkmalgerecht zu erhalten, kostet viel, viel Geld. Neu bauen ist billiger.«

»Natürlich ist neu bauen billiger. Aber nicht schöner.«

»Neu bauen kann auch schön sein.«

»Hör mal, ich bin hier, weil an deiner Tür Denkmalschutz steht. Nicht, um die Vorteile von Neubauten zu diskutieren.«

»Es hängt beides zusammen.« Jetzt griff er nach einer Banane. »Rohkosttag«, erläuterte er. »Das ist der Nachtisch. Du auch?«

Nora lehnte dankend ab.

Er begann, die Schale der Banane in sauberen Teilen abzuziehen. »Bio. Wusstest du, dass man mit Bananenschalen Rosen düngen kann? Es ist viel Kalium drin. Einfach klein schneiden und unterheben, man kann gar nicht zu viel düngen, das bekommt den Rosen gut.« Er legte die Schale sorgfältig neben die Box.

»Ich kann bei Gelegenheit mal vorbeikommen. Ende nächster Woche hätte ich Zeit. Hast du mal mit jemandem von der Gemeinde, dem Bürgermeister zum Beispiel, gesprochen?«

»Nicht zu erreichen.«

»Das Problem, weißt du, ist die Verhältnismäßigkeit. Wenn der finanzielle Aufwand des Erhalts dem Besitzer nicht zuzumuten ist, darf das Gebäude abgerissen werden, selbst wenn es unter Denkmalschutz steht.«

Das war Nora klar. Trotzdem wurden manche Gebäude erhalten und mit öffentlichen Mitteln saniert. »Es gibt Förderungen.«

»Wenig. Hauptsächlich gibt es Vorschriften.«

Er spähte wieder in die Obstschüssel. Nahm diesmal eine Weintraube heraus. »Schmeckt fast wie Fruchtgummi. Kann man sich dran gewöhnen.« Er warf sich die Traube in den Mund.

Dann zog er ein Foto auf dem Bildschirm groß. »Hier. Wenn ich mir das genau anschaue, sind Risse im Mauerwerk. Schlechtes Zeichen. Sieht feucht aus.«

Nora starrte auf den Bildschirm. Diese Risse hatte sie nie zuvor bemerkt. Hatte sie übersehen, was offensichtlich war?

»Es ist keinesfalls feucht, glaub mir das. Komm einfach raus und guck dir das Haus an. Nächste Woche ist allerdings zu spät.«

»Vorher geht nicht. Wir haben da gerade ein Altstadtensemble, Antrag auf Weltkulturerbe und so, Jubiläumsfeier nächste Woche, das hat Vorrang. Ich bin hier ja fast der Einzige.« Er drückte den Deckel auf die Gemüsedose.

Wieder ein Blick auf die Armbanduhr. »Ich müsste dann mal wieder.«

Punkt dreizehn Uhr zeigte die Uhr an der Wand. Er zog den Stick ab und reichte ihn ihr.

»Danke dir.« Nora erhob sich.

Als sie sich an der Tür umdrehte, warf er wieder eine Weintraube in die Luft.

»Ich kann's nicht lassen. Übrigens: Ein Gebäude, das von besonderer regionaler Bedeutung ist, kann schützenswert sein. Finde heraus, ob es etwas in der Historie dieser Villa gibt, das bemerkenswert ist, wäre mein Tipp. Vielleicht hast du Glück. Ansonsten: Nächste Woche wäre ich da. Und, das ist mein ganz persönlicher Tipp: Lern loslassen.«

Nora hob die Hand. »Viel Erfolg mit dem Altstadtensemble.«

»Es hat keinen Sinn«, sagte Nora, »ich reise ab.«

»Wegen so eines Verwaltungsonkels?«, fragte Peggy. Sie saß neben ihr auf der Veranda.

»Mit so einem Verwaltungsonkel, wie du es nennst, hast du doch selbst zu tun. Und, kommt etwas dabei heraus?«

»Konrad ist anders. Er interessiert sich für Vögel, weißt du?«

»Könnte sein, dass ich das weiß«, sagte Nora.

»Ja, aber noch viel mehr. Er hat wirklich Ahnung.«

»Das kann ich mir denken.«

»Du verstehst es nicht. Sie sind sein Leben. Er kennt ihre Bewegungsprofile. Ihre Töne, ihren Gesang. Er weiß, wohin sie ziehen, wie sie ihre Jungen aufziehen, einfach alles. Ich meine, ist das nicht toll?«

»Vögel sind etwas Nettes.«

»Ja, das sind sie nämlich! Was sie alles können, du ahnst es nicht. Die Uferschwalben, zum Beispiel …«

Nora hörte nicht zu. Das alles hatte keinen Sinn mehr. Sie würde fahren. Sollte Peggy sich für Vögel begeistern und für diesen Nerd aus der Verwaltung.

»Ich meine, klar, irgendwann müssen wir sowieso abreisen. Aber doch nicht jetzt«, sagte Peggy, »wir lassen uns doch nicht in die Flucht schlagen!«

Nora reagierte nicht. Die Wellen waren dunkelgrün und dunkelblau, das Farbspiel war immer wieder großartig. So sitzen bleiben, dachte sie, und aufs Meer schauen. Nicht weiterziehen müssen.

Plötzlich berührte Peggy sie vorsichtig am Arm.

Nora zuckte reflexartig zurück.

»Lass mich hier bitte nicht allein.« Peggys Opalaugen.

Hugo betrachtete einen Schmetterling, der über das Gras taumelte. Plötzliche schnappte er nach ihm.

Nora fühlte sich wehrlos. Und vielleicht hatte Peggy recht. Ob sie hierblieb oder nicht, es machte keinen Unterschied.

Sie gab nur ein kleines Zeichen mit dem Kopf, zu mehr war sie nicht in der Lage.

Der Schmetterling flog weiter.

»Gut.« Peggy hob kämpferisch die Faust.

Der Wal hatte gerade so in Noras Lieferwagen gepasst. Die vom Meer gerundeten Glasscherben und die Muschelschalen, mit denen Peggy den Korpus beklebt hatte, glitzerten und glänzten. Jetzt präsentierte Peggy ihren Wal vor dem Verwaltungsgebäude. Sie hatte ein Plakat gemalt: »Villa am Meer erhalten!« Außerdem hatte sie Flyer geschrieben und eine Unterschriftenliste vorbereitet. »Gegen die Zerstörung. Es lohnt sich!« Dass sich etwas lohnen musste, hatte sie begriffen.

Konrad hatte ihr erklärt, dass er sich nicht bei ihr sehen lassen dürfe, sonst würde er seinen Job verlieren. Peggy hatte das schade gefunden, aber auch verstanden. Immerhin hatte er ihr die Erlaubnis besorgt, mit einem ganz offiziellen Stempel.

Nora war wieder weggefahren, aber Agneta hatte ihr versprochen, später vorbeizukommen. Der Platz war leer, ein rotes Fahrrad war einsam vor dem Rathaus angeschlossen.

Peggy trat von einem Bein aufs andere.

Dann schlenderte ein Mann, der eigentlich das Rathaus betreten wollte, auf sie zu. »Wat hebbt ji denn Godes?« Er gluckste, als Peggy ihn irritiert ansah. »Ist Platt.«

Peggy starrte auf die Hand mit dem fehlenden Finger, mit dem er ihr Flugblatt gegen das Licht hielt. »War mal ein Adressbuch«, stellte er fest.

Peggy hatte die leeren Seiten aus einem alten Gästebuch an der Rezeption gerissen, weil sie nicht genug Papier gehabt hatte.

»Ist wohl auch aus der Villa, ne?«

»Kann sein.« Der Mann war ihr unangenehm. Er reichte ihr bis zum Kinn und starrte ihr unverfroren in den Ausschnitt.

Peggy trat einen Schritt zurück. »Wollen Sie unterschreiben?«

»Nee. Warum sollte ich das tun? Ist doch schon durch, die Sache. Ist ’ne schicke Villa, braucht aber kein Mensch mehr.«

Peggys Herz klopfte unangenehm.

Der Mann tippte sich an die Mütze. »Ich geh dann mal da rein, meinen Führerschein abholen.« Er sah vergnügt aus.

Peggy sah ihm erleichtert hinterher. Die Unterschrift dieses Menschen wollte sie gar nicht.

Es kam nur kein anderer. Ein Hund, der allein unterwegs war, schnupperte an ihrem Wal, Ameisen bildeten eine Straße und hoben Sand aus den Fugen des Pflasters, sonst passierte nichts.

Gegen Mittag trödelte Mafalda vorbei und erschrak, als sie Peggy sah. Sie trug einen Schulranzen auf dem Rücken.

»Maffi! Was machst du denn hier?«

»Ich darf nicht mit dir reden.« Mafalda senkte den Kopf und war kurz darauf um eine Ecke verschwunden.

Peggy rieb sich die Stirn. Die schwarz gekleidete Dame aus dem Verwaltungsbüro trat gegen Mittag heraus und beachtete sie nicht, als sie ihr rotes Rad aufschloss. Eine Krähe, die im Baum gesessen hatte, flog heran. Die Frau warf ihr etwas zu, dann fuhr sie davon.

Die Sonne war weitergewandert, der Wal glänzte nicht mehr, sondern gleißte. Peggy hockte auf einem Steinmäuerchen. Auf der Mitte des Platzes wiesen Schilder in verschiedene Richtungen, Melbourne 16.000 Kilometer, Wladiwostok 7.800, Trondheim 1.040, Palermo 1.780. Irgendjemand hatte eines durchgestrichen und darüber geschrieben: Einöde 0. Peggy spürte, dass sie Sonnenbrand bekam. Sie hatte keine Lust mehr. Was für ein Kaff.

Da tauchte Agneta auf.

33

Am Abend fuhr Nora zu *Hagens Kombüse*. Ihr war nach einer kräftigen Portion Bratkartoffeln. Sie war müde. Nachts setzten sich in ihren Träumen die Bagger in Bewegung, und Nora bediente sie eigenhändig. Oft erwachte sie schweißgebadet, immer dann, wenn die erste Schaufel die Villa berührte.

Hagen war von einer Runde Kartenspieler in Anspruch genommen, Männern und Frauen, die ihre Karten auf den Tisch hieben, Blätter aufnahmen, lauthals lachten, sich etwas zuriefen. Und immer neue Getränke bestellten. Er servierte Nora eine Mahlzeit und setzte sich kurz zu ihr, bevor er weiterzapfte.

Vor den Fenstern ein blutroter Himmel, es war schon spät. Nora befreite ihren Dorsch von den Gräten.

Plötzlich klopfte ihr jemand auf die Schulter. »Hallöchen.«

Nora verschluckte sich. Sie hustete, Karsten hieb ihr kräftig auf den Rücken, aber erst als Hagen ihr ein Glas Wasser reichte und sanft, aber nachdrücklich klopfte, löste sich die Gräte in ihrem Hals.

»Danke.« Nora wischte sich die tränenden Augen.

»Na, dann ist ja alles wieder fit.« Karsten grinste.

»Karsten, ich wäre lieber allein.« Das war deutlich. Aber Karsten beachtete ihre Worte gar nicht, sondern stellte sein Glas ab und setzte sich ihr gegenüber. »Ich dachte, ich sollte dir was sagen.«

»Ich will es nicht wissen.« Sie schob den Teller mit den Fischresten von sich.

»Doch, das willst du. Ich habe nämlich«, er beugte sich vor, »mit unserem Herrn Bürgermeister gesprochen.«

Der Abendhimmel war dramatisch. Goldene Strahlen an den Rändern dunkelgrau geballter Wolken.

»Und wenn du willst, vermittele ich dir einen richtigen Termin mit ihm.«

»Das hättest du früher tun müssen.« Nora bestellte noch ein Bier.

»Es ist nie zu spät, sag ich immer, oder: Besser spät als nie.« Er gluckste.

»Karsten, zieh Leine, bitte. Ich muss mal allein sein.«

»Kann auch mal zu viel werden, das mit dem Alleinsein.«

»Wie bitte?«

»Alles Empirie.« Er zeigte auf sich selbst.

»Okay, schieß los, was soll ich bei eurem Bürgermeister?«

»Na, das mit der Villa besprechen.«

»Was, Karsten, was denn? Es ist doch alles geklärt.«

»Na, ich würde sagen, er hat da so seine Pläne.«

»Nichts Neues.«

»Und er hat mir gesagt, wenn ich da die Bagger hinstelle, kriege ich was ab, ne? Dann kann ich da mit einsteigen, sozusagen.«

Das Gold vermischte sich mit tiefem Rot.

»Und was hab ich damit zu tun?«

»Na, du kannst auch mit einsteigen. Du bist ja vom Fach. Wir machen gemeinsame Sache, quasi.«

»Du hast nichts verstanden, Karsten, ich möchte, dass die Villa stehen bleibt. Sie hat einen Wert.«

»Ah, ja.« Karsten schien nachzudenken. »Der ist aber nicht größer als der der Wert, wenn da 'n Ferienresort entsteht, oder?«

Nora schüttelte den Kopf. »Der Wert ist anders. Den kann

man nicht in Geld bemessen. Das Historische hat einen ideellen Wert. Du kannst historische Bauten nicht zurückholen, wenn sie einmal weg sind. Das ist wie mit den Dinosauriern, wenn die weg sind, sind die weg.«

»Verstehe.« Karsten rieb nachdenklich seine Hand an der Stelle, wo der Finger fehlte. »Aber Dinosaurier?«

»War nur ein Vergleich.«

»Also ist die Villa doch wertvoll?«

»Wenn du so willst: ja. Es ist wertvoller, wenn sie stehen bleibt, als wenn man dort etwas Neues baut.«

»Das hat er mir nicht gesagt«, murmelte Karsten. »Er hat zu mir gesagt, dass das eh nur Schrott ist, quasi, und der wegkann. Und er hat mir gesagt, dass ich den Schrott kriege, wenn ich dafür sorge, dass du ihn nicht triffst. Wenn ich dich davon abhalte, einen offiziellen Antrag zu stellen.«

Nora starrte ihn an.

Karsten lächelte schief und hob das Glas. »Hat ja auch geklappt, ne?«

Hagen hatte Karsten hinauskomplimentiert. »Lange dauert es nicht, bis er seinen Führerschein wieder los ist.«

»Warum fährt er überhaupt, wenn er getrunken hat?«, wollte Nora wissen.

»Weil er keine Lust hat, sich von irgendwem vorschreiben zu lassen, was er tun soll. Außerdem wird hier sowieso selten kontrolliert.«

In gewisser Weise konnte sie Karsten verstehen.

Draußen peitschte ein starker Wind die Wellen, es wurde dunkel, das Gold war verschwunden. »Und du lässt ihn fahren?«

»Was soll ich tun? Die Zeit, dass ich ihm den Autoschlüssel weggenommen habe, ist vorbei. Und hier zu übernachten biete ich ihm nicht an.«

Das Übernachten. Das war für sie reserviert. Vielleicht, was wusste sie schon. Hagen und sein Imbiss, in dem sich alle trafen. Auch der Bürgermeister war hier gewesen, hatte sich mit Karsten unterhalten. Und Hagen war immer zugegen.

»Hagen, was hast du eigentlich mit all dem zu tun?«

»Wie meinst du das?«

»Vielleicht bist du ja angeheuert worden, um mit mir Sex zu haben. Vielleicht ist das alles ja ein abgekartetes Spiel.«

Etwas in Nora stachelte sie an. Sie war ungerecht, und sie wusste es. Sie feuerte es einfach heraus. Sie konnte nicht mehr. Alles zum Einsturz bringen. BOOM.

»Kann ja sein, hier in der Provinz. Hier ist ja alles möglich, ne?« Nora äffte Karsten nach. »Hier fragt keiner nach. Alle stecken unter einer Decke, so mehr oder weniger. Kann ja sein, dass es dir Spaß gebracht hat.«

Hagen stand wortlos auf und ging zurück an die Theke.

Die Kartenspieler redeten laut durcheinander, die Rechnung wurde verlangt, gemeinsam noch ein Absacker getrunken.

»Gute Nacht, Hagen, halt dich!« Einer der Männer nahm ihn zur Seite, sagte etwas und zeigte dabei auf Nora. Die drehte sich weg.

Als die Kartenleute gegangen waren, wurde es still.

Hagen war in der Küche, Nora hörte, wie er dort aufräumte.

Sie erhob sich und musste sich abstützen. Hatte sie zu viel getrunken? Sie wusste es nicht, sie konnte die Empfindungen von Schwindel nicht mehr unterscheiden.

»Ich geh dann mal.«

Hagen würdigte sie keines Blicks. Nora wollte eine versöhnliche Geste machen, auf ihn zutreten, aber er wandte sich brüsk ab.

Die Tür fiel hinter ihr zu, ein Windstoß fuhr ihr unter die Jacke.

Der Himmel war jetzt nahezu schwarz.

Alles drehte sich. Fühlte sich an wie Staub und Schutt.

Sich jetzt an Hagen schmiegen, einfach hingehen und ihn um Verzeihung bitten.

Sie wusste nicht, wie das ging.

So unbequem war ihr der Lieferwagen lange nicht mehr erschienen. Neben einem Brecheisen, das sie im Rücken drückte, schlief Nora ein.

Agneta hatte den Wal mitten auf den Platz geschoben, und ob es Zufall war oder nicht, die Leute blieben sofort neugierig stehen.

»Du musst etwas machen«, hatte Agneta zu Peggy gesagt, »du kannst nicht einfach dasitzen und nichts tun, du musst den Leuten eine Geschichte erzählen!«

Und dann hatte sie selbst damit begonnen. Sie tanzte, sang und verneigte sich, sie schien überall gleichzeitig zu sein mit ihrer roten Blume im Haar, ihrer ausdrucksvollen Mimik. Sie sang ein Lied vom Meer. Erzählte eine Geschichte vom einsamen Wal, die Peggy übersetzte, die aber kaum eine Übersetzung zu brauchen schien, denn Agneta war eine Meisterin der Pantomime.

Kinder zeigten auf sie, zogen ihre Eltern zum Platz, Umstehende applaudierten. Agneta feuerte das an, sie dichtete immer neue Kapitel hinzu, erfand aufregende Wendungen und unterstrich das Geschehen mimisch. Die Kinder lachten, sie vergaßen die Eiswaffeln in ihrer Hand, sodass das Eis unbemerkt heruntertropfte. Ältere Menschen lauschten andächtig. Agneta verzauberte den Platz, und Peggy war ihre Übersetzerin, und bald fühlte sie selbst sich als Teil des Märchens, das Agneta erzählte.

Auch die Villa kam darin vor, sie war ein Haus weit oben an der Steilküste, welches der Wal betrachtete, und am Ende drückte Agneta im Umhergehen jedem einen von Peggys selbst gemalten Flyern in die Hand.

34

Es war Morgen, und Nora schwamm auf das Ufer zu. Und obwohl sie ein ganzes Stück entfernt war, erkannte sie sie sofort. Die Frau, die dort an der Steilküste stand und übers Meer blickte. In Weiß gekleidet, mit großer Sonnenbrille, ihr orangefarbener Schal flatterte im Wind. Mareike.

Am liebsten wäre Nora sofort wieder weggeschwommen. Stattdessen stieg sie langsam an Land. Vielleicht hatte Mareike sie nicht gesehen. Was, um Himmels willen, wollte sie hier? Dies war quasi das Ende der Welt, zufällig verschlug es niemanden hierher. Nora nahm ihr Handtuch und rieb sich ab. Dabei nahm sie wahr, wie die Gestalt oben verschwand. Sie stieg in ihre Kleidung. Was war, wenn Mareike auf den Professor und Agneta stieß? Und was, wenn sie die Villa betrat?

Nora spürte plötzlich Kälte in den Gliedern. Mareike war alles zuzutrauen. Wenn es um Immobilien ging, hatte sie einen siebten Sinn, mit untrüglicher Sicherheit spürte sie Besitzerinnen auf und Zuständigkeiten. Die Villa. Nora hatte das Bedürfnis, sich schützend vor sie zu stellen.

Sie stieg den Pfad hinauf und ging auf die Villa zu. Nachts hatte es wieder dumpfe Geräusche gegeben, ähnlich wie von Sprengungen. Nora vermutete, dass es sich um Brandungsgeräusche handelte oder um Steine, die den Abhang herunterrollten und auf andere Steine aufschlugen.

Die Villa leuchtete in der Sonne. Der Professor saß oben an seinem Schreibtisch vor dem Erkerfenster, sie sah es von unten. Gerade zog er seinen Füllfederhalter neu auf, seine Haare standen in alle Richtungen ab.

Nora entspannte sich. Vielleicht war es doch nicht Mareike gewesen. Vielleicht war es nicht ungewöhnlich, dass sich Vorbeireisende hierher verirrten. Einmal bis zur Abbruchkante gingen, so wie sie selbst es bei ihrer Ankunft getan hatte. Ihre Schritte wurden schneller.

Nora hängte ihr Schwimmzeug auf die provisorisch befestige Leine, wie immer. Auch als sie die Stufen zur Veranda nahm, war alles wie immer. Sie hörte Peggy in ihrer Scheune hämmern.

Doch im Vestibül stand Mareike, direkt unter dem Kronleuchter, und betrachtete mit hochgezogenen Augenbrauen die gebärdensprechende Agneta. Nun tauchte auch noch Peggy auf, Holzspäne im Haar, einen Stechbeitel in der Hand.

Mareike lächelte süffisant. »Wie ich sehe, hast du Freunde gefunden.«

Nora machte keine Umschweife. »Was machst du hier?«

»Ich? Interessanter wäre zu wissen, was diese ungewöhnlichen Leute hier machen.«

»Du kennst sie?«, übersetzte Peggy die überraschte Agneta.

Mareike sah sich in aller Seelenruhe um. »Schön hier.«

»Also, was möchtest du?«

»Immer langsam, Nora. Oder ist dies dein Prachtbau?«

Ja, für Nora war es, als wäre dies ihr Haus. Sie hatte die Verantwortung für die Villa übernommen. Es war das erste Haus, das sie vor dem Abriss bewahren wollte. Und überhaupt: Was ging es ihre ehemalige Auftraggeberin an? Die Raten, mit denen sie ihre Schulden abzahlte, wurden überwiesen. Auf unbestimmte Zeit. Wer sie hier beauftragt hatte, war die Tochter des Professors.

Mareike lehnte sich an die Wand und schlug ein Bein über

das andere. Ihre langen Beine, die Schuhe, die für die Stadt gemacht waren.

Oben erschien der Professor, sein wirrer Haarschopf, Einstein persönlich.

Mareikes Lächeln vertiefte sich. »Hier ist ja ziemlich was los.«

»Wo liegt das Problem?«

»Du hast recht, es gibt keins, nur ein paar Leute, die illegal eine Villa besetzen. Richtig: Wo liegt das Problem?«

Agneta, die ihr von den Lippen las, berührte Mareike am Arm, doch Mareike zog ihn mit einem Ausdruck des Abscheus, er währte nur den Bruchteil einer Sekunde, zurück.

»Ein Wohnheim, sozusagen. Das vermutlich du hier eingerichtet hast.«

»Noch einmal: Was willst du?« Es war, als befände sie sich unter Wasser, so dumpf war der Druck auf ihren Ohren.

Mareike lächelte. Eine fast unmerkliche Bewegung mit dem Kinn in Richtung Dachgeschoss.

Nora spürte, wie alles in ihr erstarrte.

Mareike wirkte umso fröhlicher. »Gibt es hier Kaffee? Wenn dies eine Pension ist, gibt es sicher Service.« Sie wandte sich zum Flur, an dessen Ende man den Saal erkennen konnte. »Sieht schon nett aus hier, das gebe ich zu.« Im Vorbeigehen klopfte sie gegen die Wand.

Der Kronleuchter flackerte. Die gläsernen Tropfen begannen leise zu klirren. Das Licht erlosch. Ein Balken knackte.

»Vorsicht!«, schrie Nora. Sie stürzte zu Peggy und Agneta, riss sie mit sich zu Boden, barg ihren Kopf unter den Händen.

Dann krachte der Kronleuchter mit ohrenbetäubendem Getöse herab.

»Und jetzt?« Peggy hörte gar nicht auf zu zittern, obwohl sie in der Sonne standen. Agneta streichelte ihr sanft den Arm.

Die Scherben auf den schwarz-weißen Fliesen waren bis in

jede Ecke gesprungen, der Haken an der Decke war herausgebrochen, dort klaffte ein Loch, man sah die Holzbalken, die das Dachgeschoss trugen. In den Glassplittern brach sich das Licht.

Mareike war abgefahren. Sie war ganz kühl geblieben. »Die Bagger stehen ja schon«, hatte sie nur festgestellt. Und: »Ein Talent, die Dinge zum Beben zu bringen, hast du.«

»Wer, um alles in der Welt, war das?«, wollte Agneta wissen.

»Das war eine, die gerne meine Freundin gewesen wäre. Das war meine ehemalige Auftraggeberin.«

Agneta riss überrascht die Augen auf.

Peggy sah völlig verstört aus. »Ich glaube, das war ein Zeichen.«

»Nein. Es war nur der Kronleuchter. Ich fege das weg«, sagte Nora. Aber sie wusste selbst, dass es mehr als der Kronleuchter war. Es war der Mittelpunkt des Hauses gewesen, und er hatte nicht mehr gehalten. Zeit, die Villa zu räumen, dachte Nora. Mit dem Fuß schob sie ein paar Scherben beiseite.

Einen Moment schwiegen sie alle drei.

»Eigentlich sieht es schön aus«, sagte Peggy schließlich, »es funkelt.«

Dann deutete sie nach oben.

Ein Regenbogen spannte sich über das ganze Vestibül.

Nora lief am Ufer entlang. Sie hatte die Scherben weggefegt, Peggy hatte sich schließlich beruhigt, Agneta sah wieder fröhlich aus. Nur der Professor schien von all dem nichts mitbekommen zu haben. Aber Nora wusste: Mareike war nicht zufällig aufgetaucht.

»Ein Talent, die Dinge zum Beben zu bringen, hast du – ich dachte allerdings, du wärst schon weiter.« In Dauerschleife lief ihr der Nachsatz durch den Kopf, geäußert, als sie bereits an ihrem Porsche angekommen war.

Mareike hatte gewusst, dass sie noch hier war.

Nora versuchte nachzudenken. Ihr Kopf drehte sich wie ein Betonmischer, sie konnte keinen klaren Gedanken fassen. Wer oder was hatte Mareike auf die Idee gebracht, hier vorbeizuschauen? Hatte die Tochter des Professors sie darum gebeten? Warum? Bis auf die Tatsache, dass sie ihr Nora vermittelt hatte, hatte Mareike mit dem Projekt doch gar nichts zu tun. Und sonst wusste niemand von Mareike. Nora war sich sicher, dass sie niemandem hier von ihr erzählt hatte, nicht einmal Hagen. Den Namen der Firma, für die sie gearbeitet hatte, hatte sie nicht genannt.

Aber Mareike war hier gewesen.

Nora hob einen schwarz weißen Feuerstein auf und drehte ihn.

Der Bürgermeister. Der Bürgermeister wollte hier bauen. Die Tochter des Professors reklamierte den Besitz für sich, um das Grundstück an ihn verkaufen zu können. An welchem Punkt kam Mareike ins Spiel?

Nora stockte der Atem.

Sie schleuderte den Stein fort, er beschrieb einen hohen Bogen, bevor er aufschlug und versank.

35

Mit Schwung zog Nora die Glastür auf.

»Na, na.« Die Hexe legte ihr Strickzeug beiseite.

Dieser eigenartige Geruch nach Kräutern. Und die Teekanne, die vor ihr auf dem Schreibtisch stand. Was hing hier in der Luft? Gab es in diesem Amt überhaupt andere Mitarbeiter, bis auf Konrad? Und ganz normale Einwohnerinnen, die gelegentlich hereinkamen, Ausweise verlängerten, Meldeangelegenheiten erledigten, solche Dinge?

»Die Villa«, sagte Nora nur.

»Natürlich«, sagte die Hexe.

»Ich muss wissen, wem sie gehört.«

»War nie anders.«

»Ist jetzt aber anders.«

»Kann ich mir denken.«

»Und was denken Sie?«

Die Hexe sah Nora prüfend an. Dann zog sie einen zweiten Becher aus einem Regal, füllte ihn und reichte ihn ihr.

Anschließend begann die Hexe zu erzählen. Dabei griff sie wieder zu ihrem Strickzeug. Nora sah fasziniert zu, wie dieses Strickwerk wuchs. Kunstvoll, schwarz, mit Lochmuster.

Kein Mensch im Ort hatte sich in den letzten Jahren für die Villa an der Steilküste interessiert. Irgendwann einmal, hieß es immer in der Verwaltung, irgendwann würde man etwas machen. Der Erhalt wäre teuer, das war jedem klar. Das Haus stand dort, es hatte dort schon immer gestanden, es würde dort auch weiterhin stehen. Störte ja nicht. War ja auch ganz nett. Wem die Villa gehörte, wusste man nicht, vermutlich niemandem, nach so langer Zeit. Mit Glück – oder Pech, wie man es nahm – würde sie ohnehin bald abrutschen. Das wäre die einfachste Lösung, dann bräuchte man wirklich keine Entscheidung mehr zu treffen.

Aber dann hatte es einen Anruf gegeben.

»Der kam direkt bei mir an, hier, auf meinem Apparat.« Die Hexe deutete mit der Stricknadel auf das Telefon. »War eine Dame dran, aus Berlin, die wollte den Bürgermeister sprechen, aber zu dem muss ich durchstellen. Ich bin sozusagen die Vorzimmerdame.« Die Nadeln klapperten weiter.

»Sie bestand darauf, den Bürgermeister persönlich. War ziemlich hartnäckig, und irgendwann hab ich sie durchgestellt. hab dann mitgehört, so rein aus privatem Interesse.«

Nora überraschte es nicht wirklich. Aber sie musste mit der Wimper gezuckt haben.

»Na, ist schon alles transparent hier.« Die Hexe füllte Noras Becher ein zweites Mal. Nora trank in großen Schlucken.

»Die Dame hat sich nach der Villa erkundigt. Sie wusste davon, weil sie von einer anderen Frau eine Anfrage bekommen hatte. Da wollte eine wissen, ob sie für sie einen Abriss erledigen könnte. Es ginge es um eine Villa am Meer, ehemaliger Familienbesitz, marode, müsse sicher weg. Da sagte die Berliner Dame, sie macht keine Abrisse von Einzelhäusern, nur Großprojekte. Und dann hat sie zu unserem Chef gesagt, dass sie das zwar gesagt hat, dass es aber ja vielleicht ein Großprojekt wäre.«

Das Zimmer vor Noras Augen verschwamm. Die Hexe löste sich auf. Die Nadeln klapperten, ihre Lider sanken. Nora riss die Augen wieder auf.

»Wann war das, was sagen Sie?«

»Na, lass mal schauen«, die Hexe nahm die Brille ab und studierte einen Kalender, »vor exakt fünf Wochen und vier Tagen.«

Konrad ging langsam den Strand entlang, das Fernglas vor Augen, den Blick auf die Steilwand gerichtet. Die Nisthöhlen der Uferschwalben waren mit dem Erdrutsch weggebrochen, doch ein Stück weiter an der Küste waren die Nester noch intakt, und er wollte keinesfalls verpassen, wie die Jungvögel von ihren Eltern aus dem Nest gelockt wurden und ihren ersten Flug unternahmen.

Es erfüllte ihn mit Freude, dass er die Uferschwalben dieses Jahr schon so genau hatte beobachten können. Vielleicht sollte er in dem Ornithologen-Forum aktiver werden, auf das er kürzlich gestoßen war. Er war gespannt, was die anderen User sagen würden. Dort jedenfalls interessierte man sich dafür.

Die Menschen in seiner Umgebung taten es nicht.

Was hier passierte, nämlich die massive Störung des Brütens einer geschützten Vogelart, musste im Grunde an die Öffentlichkeit. »Gib das mal ruhig an die Zeitung«, hatte Monika ihn ermuntert, »Die Leute müssen das ja wissen.«

Aber Konrad wusste, dass solche Dinge, auch und gerade Berichte über die Natur, keinen Effekt hatten, außer, dass man danach schräg angesehen wurde.

Er hatte es einmal versucht, ein paar Monate war es her. Die Redakteurin war begeistert gewesen – hatte allerdings nicht über die Vögel, sondern über ihn berichtet, über seine Leidenschaft für alles, was flog. Was hatte er sich danach nicht alles anhören müssen. »Bei dir piept's wohl« war noch das Geringste. Vögel, vor allem größere, waren in den Augen der meisten Leute hier Tiere, die störten. Die man am besten vertrieb, mit Stacheldraht und Schreckschuss, Netzen, Gift.

Deshalb würde er gar nichts öffentlich machen. Er sammelte das Material erst einmal nur für sich. Legte Dateien an, wählte die Bilder aus. Audiodateien für die Laute. Sie hatten eine eigene Sprache, er träumte davon, sie zu verstehen. Auch vom Fliegen träumte er, immer wieder.

Hätte er nur das Abitur, dann hätte er Biologie studiert. Aber daran war nicht zu denken gewesen. Zu langsam, zu verträumt. Und seine extreme Kurzsichtigkeit war erst spät erkannt geworden, er hatte die Tafelbilder nicht lesen können.

In diesem Jahr gab es viele Uferschwalben, sie hatten zweimal gebrütet, die Witterung war günstig gewesen. Bis zu der Katastrophe, die der Abbruch der Steilküste für die Vögel bedeutet hatte.

Ein nicht ungewöhnliches Ereignis, es geschah meist nach dem Winter, wenn Stürme und Regenfälle die Küste durchweicht hatten. Im Sommer ereigneten sich solche Abbrüche allerdings selten.

Dass der Abbruch der vergangenen Woche menschengemacht war, hatte Konrad am Morgen zuvor begriffen. Er hatte nämlich ein Stück Sprengschnur und eine Hacke gefunden.

Da hatte sich jemand offenbar abgeseilt, so wie er selbst es getan hatte, aber dieser jemand hatte keine Vögel beobachtet, dieser Jemand hatte Löcher in die Steilwand gehackt und Sprengstoff darin deponiert.

Es hatte ihm keine Ruhe gelassen. Er war die Steilküste erneut abgegangen, mit dem Fernglas, in den frühen Morgenstunden.

Der Jemand war zur selben Zeit unterwegs gewesen. Und dieser Jemand hatte zuerst den Finger auf den Mund gelegt. Anschließend war er sich mit demselben Finger über die Kehle gefahren, als er bemerkt hatte, dass er von Konrad entdeckt worden war.

~

Wie betäubt hatte Nora das Verwaltungsgebäude verlassen. Sie war auf dem leeren Platz stehen geblieben und betrachtete die Wegweiser in alle Himmelsrichtungen, unfähig zu handeln.

Alles, was sie in den letzten Wochen erlebt hatte, beruhte auf einer Täuschung. Sie hatte sich zu Hause gefühlt, das erste Mal, und nun musste sie erkennen, dass nicht sie es gewesen war, die die Entscheidung getroffen hatte, in der Villa zu bleiben. Mareike hatte ihre Fäden gesponnen. Mareike, die Betonbaronin. Mareike, die Korruptionskönigin, die Strippenzieherin, die Frau mit dem unbedingten Willen, es an die Spitze zu schaffen, im Zweifel mit allen Mitteln. Was machte sie überhaupt mit ihrem Geld? Geld wie Heu, Geld wie Sand, dachte Nora. Unterhielt sie heimlich eine wohltätige Stiftung? Nora hätte es zu gern geglaubt. Mareike, die Wohltäterin. Aber dieses Bild stimmte nicht. Ganz im Gegenteil.

In Berlin glaubte sie den Albaner gesehen zu haben, diesen »Bekannten« von Mareike. Er hatte in der Nähe ihrer Wohnung in einem Hauseingang gestanden und sich nicht einmal die Mühe gemacht wegzuschauen, als sie auf die Straße getreten war. Mareike hatte ihn in Stellung gebracht wie eine Waffe. Es war eine Drohung gewesen, unmissverständlich. Nora hatte es verdrängt, jetzt fiel es ihr wieder ein.

Es ging Mareike nicht um das Geld, nicht um die Raten, mit denen Nora den Schaden begleichen würde, um das Finanzielle. Bei ihr ging es um Überlegenheit, um Macht. Und ums Prinzip.

Mareike verzieh es nicht, wenn man ihr zu nahe kam, Mareike verzieh nicht, wenn man sie verließ. Und erst recht nicht, wenn man ihr Schaden zufügte. Mareike rächte sich, sie fügte einem dann den größeren Schaden zu, Mareike machte deutlich, dass sie einen vernichten konnte.

Wie hatte sie es nur nicht sehen können? Mit der Schuhspitze schob Nora eine Zigarettenkippe, die vor ihr lag, zur Seite.

Sie hätte es wissen müssen. Wie blind war sie gewesen?

Nora hatte sich einlullen lassen von ihrem Villenaufenthalt, zu verführerisch war die Vorstellung gewesen: am Ende der Welt, ungestört, einsam. Auf Zeit, das schon, aber trotzdem unbegrenzt in gewisser Weise.

Sie hatte sich zu Hause gefühlt. Und Mareike hatte es gewusst. War es so gewesen? Nein. Mareike war davon ausgegangen, dass Nora klar Schiff machte, Fakten schaffte. Sie hatte darauf gesetzt, dass Nora die Villa abreißen würde, ohne den Auftrag zu hinterfragen, schnell und kompromisslos. Unempfänglich für den Erhaltungswert des Hauses.

Deshalb hatte sie der Tochter des Professors Noras Nummer gegeben. Damit das erledigt wurde. Was weg war, war weg. Und dann würde man weitersehen. Anschließend hatte sie sich an den Bürgermeister gewandt und ihm die Aussicht auf ein Investment geboten. Ihm und der Gemeinde den Mund wässrig gemacht mit dem, was hier alles passieren könnte. Wenn die Villa erst einmal eingeebnet wäre. Wenn man nur eine einzige Mauer stehen ließ, ging das schon als Sanierung durch. Wo die Villa war, war Bauland. Wie praktisch.

Aber Nora hatte es nicht getan. Sie hatte nicht abgerissen. Stattdessen hatte sie sich in das Haus verliebt. Damit hatte Mareike nicht gerechnet. So gut kannte sie sie eben doch nicht.

Mit spitzen Fingern nahm Nora die Kippe auf und brachte sie zu einem metallenen Abfallkorb. *Fuck the Dorf* hatte jemand daraufgesprüht.

Daneben lag ein zerknülltes Flugblatt: *Villa … bleiben …*, war das Einzige, was Nora entzifferte. Auch das beförderte sie hinein.

Nein, Mareike kannte sie gut, aber nicht gut genug. Sie wusste viel von ihr, aber nicht alles. Sie würde diese Villa verteidigen. In Nora reifte ein Plan. Mal sehen, wer den längeren Atem hatte.

36

»Immer noch da?«

Nora schrak hoch. Sie war tatsächlich eingeschlafen, auf dem Stuhl dort im Flur, während sie auf die Hexe wartete, die in der Mittagspause gewesen war. Der Marionetten-Kasper grinste vom Plakat auf sie herab.

Ein stärkerer Weihrauchgeruch als zuvor umwehte die Frau, als sie an ihr vorbei zur Bürotür ging. Und plötzlich begriff Nora. Das waren keine Räucherstäbchen. Es war der Geruch von Marihuana. Sie hätte es von Anfang bemerken können, aber es war ihr wohl zu unwahrscheinlich erschienen. Kiffen in der Amtsstube.

Sie musste deutlich sichtbar geschnuppert haben. Die Hexe machte eine wegwerfende Bewegung. »Hilft bei Schmerzen. Bandscheibe.« Sie zog die Rollläden hoch und ließ sich schwerfällig auf ihren Drehstuhl fallen.

»Was ist mit Physiotherapie?«

»Ja, hilft auch. Aber das hier hilft besser.« Sie deutete auf die Teekanne. Und Nora hatte geglaubt, es wäre Thymiantee.

»Und, wie sieht es aus?«

»Ich heiße übrigens Nora.«

»Hm. Monika.« Monika fuhr den Rechner hoch, schaltete den Bildschirm ein. »Ist mühsam«, sagte sie. »Das Sitzen den ganzen Tag.«

»Wann geht es in Rente?«

»Zwei Jahre noch. Nützt ja nichts. Muss noch 'n bisschen arbeiten.«

Sie setzte ihre Brille auf, dann begann sie zu tippen.

»Wenn du hier noch lange sitzt, hast du auch bald Rücken.«

Nora öffnete den Mund.

»Ja?«

»Die Villa.«

»Immer noch die Villa.«

»Sie soll stehenbleiben.«

»Habt ihr schon gesagt. Es gab sogar Flugblätter und Theater.«

Nora rieb sich die Stirn. Dieser Nebel in ihren Gedanken.

»Auch Tee?«, fragte die Hexe. Nora schüttelt den Kopf. Sie überlegte, wie viel Monika wohl konsumierte. Und woher sie das Zeug bezog.

Was hatte sie hier gewollt? Sie hatte doch einen Plan gehabt. Nicht einmal mehr daran konnte sie sich erinnern.

»Ich tippe hier gerade was ab«, sagte Monika, »das dürfte ich dir gar nicht erzählen. Ist der Entwurf für einen Antrag auf Neubebauung.«

Das Geräusch der Tasten klackerte in Noras Ohren.

»Mit Zufahrtsstraße durch den Wald, breit und zweispurig, all das.« Monika blickte Nora über den Rand ihrer Brille hinweg an.

»Du bist Expertin, oder? Fürs Bauen?«

Nora nickte mit schwerem Kopf. »Fürs Abreißen.«

Die Hexe hob die Augenbrauen.

»Aber ich will das nicht mehr.«

»Pass auf, ich bin hier die Frau für alles, sozusagen. Du kannst mir sagen, was du brauchst.«

»Früher einmal ...« Was hatte der Denkmalschützer gesagt? »Ich brauche Bedeutung«, sagte Nora.

»Bedeutung?«

»Die Villa muss eine Bedeutung haben, damit …« Was hatte sie sagen wollen?

»Na, nun reiß dich mal ein bisschen zusammen.«

Nora richtete sich ruckartig auf. »Historisch. Die Villa braucht eine besondere historische Bedeutung.«

»Historisch ist im Keller.«

»Im Keller?«

Monika hatte Nora aufmerksam beobachtet. »Da ist das Archiv. Ich kann es dir aufschließen.«

Nora nickte. »Ja. Bitte.«

»Musst du allerdings für dich behalten. Vielleicht findest du da unten etwas. Ist ziemlich düster.« Sie drückte ihr eine Taschenlampe in die Hand. »Hier, die kannst du vielleicht brauchen.«

Und dann saß Nora im Archiv. Die Hexe, Monika, hatte ihr einen Kellerraum aufgeschlossen und mit einer Handbewegung auf das Durcheinander an Ordnern, Schüben und Schränken gedeutet. Ein richtiges Archiv gäbe es nicht, hatte sie erklärt. »Wir sind ja schließlich nicht in der Stadt«, aber einen Raum, in dem alles lagern würde, was von Bedeutung wäre. Ob man so etwas nicht in die Kreisstadt bringen müsste, hatte Nora gefragt. Urkunden et cetera gehörten doch sachgerecht gelagert. Theoretisch schon, hatte die Hexe erwidert, aber da müsste sich erst mal jemand drum kümmern.

»Und mit dem Kümmern ist das so eine Sache. Ist hier bei uns, wie soll ich sagen, etwas anders.« Ja, dachte Nora, ja.

Und dann hatte sie Nora allein gelassen.

»Um sechs Uhr gehe ich«, hatte Monika gesagt. »Bis dahin kannst du gucken. Vielleicht findest du was. Sind noch vier Stunden.«

Still war es hier. Und dämmrig, ihre Augen mussten sich erst daran gewöhnen. Ordner, alte Aktenschränke mit Schubladen. Man hatte offenbar immer einfach obendrauf gestapelt. Wo sollte sie anfangen? Nora hatte keinen blassen Schimmer. Die Gemeinde war flächenmäßig groß, die Villa nur ein einziges Haus. In einem Regal waren die Ordner nach Jahren geordnet, wenigstens grob.

Nora öffnete aufs Geratewohl eine Schublade.

Ihr Kopf war immer noch schwer von Monikas Schwaden, aber hier unten, wo es kühl war, wurde er langsam klarer.

Mit der Schreibmaschine getippte Aktenblätter, die Schrift verblasst. Stempel, Bänder zum Zusammenhalten, gewellte Deckel aus Pappe. Standesamtliche Dokumente, Eheschließungen, Geburten. Und die Unterlagen des Katasteramts mit seinen Grundbuchblättern.

Hier wurde es interessant.

Nora schlug eine Akte auf. Ein Bauernhof. Sie blätterte weiter. Dort war eine Villa beurkundet, die der Gemeinde vermacht worden war. 1941, von einer Familie Rotdorn, Nora sog Luft ein. Es war nicht die Villa am Steilufer.

Nora suchte weiter. Sie vertiefte sich, vergaß die Zeit. Sie benutzte die Taschenlampe, um die Schriftstücke zu entziffern. Manchmal klebten Zeitungsartikel zwischen den Urkunden, einmal ging es um die Einweihung der Volksschule.

Etwas war da aus dem Jahr 1881, sie konnte die altertümliche Handschrift nicht lesen. Und noch einmal eine Schenkungsurkunde. Unterschrieben von einem Herrn Dietrich. 1928. Eine Stiftung? Es ging um ein Hotel. Kein Bild.

Nora meinte Schritte zu hören. Horchte. Nichts. Sie suchte weiter.

Und dann fand sie etwas: einen handgeschriebenen Bericht, sie konnte auch ihn kaum entziffern, auch wenn die Schrift der heutigen ähnlicher war, über eine Vermietung an Sommergäste. Und ein Zeitungsartikel: Einweihung der Villa Himmelblau, darin ein schwarz-weißes Foto. Es war eindeutig die Villa an der Steilküste. Wimpel waren zu sehen, Leute in heller Sommerkleidung, einer malte an einer Staffelei und winkte.

Noras Herz klopfte so heftig, dass sie es bis in den Hals spürte. Sie überflog den Artikel: Ein Künstlerhaus sollte hier entstehen, einige bekannte Maler hätten hier den Sommer verbracht, ein großer Anfang sei gemacht. Nora sagten die Namen nichts. Aber es war eindeutig »ihre« Villa. Nora fotografierte den Bericht mit ihrem Handy. Das war mehr, als sie erhofft hatte. Sie dachte daran, wieder hochzugehen und ihn sich dort in Ruhe anzuschauen. Nora sah auf die Uhr: noch eine Stunde. Sie hatte, was sie brauchte. Andererseits war jedes Detail hilfreich.

Das Licht flackerte. Nora stellte den Ordner zurück und schlug den nächsten auf.

Sie brauchte eine Weile, bis sie einen weiteren Hinweis fand. Die Nutzung der Villa als Lagerraum. Später als Hotel. Aber nicht mehr mit Künstlern. Ein Bild zeigte die Villa in deutlich schlechterem Zustand. Und dann, Nora fuhr es eiskalt in die Glieder: als Ferienheim für Kinder.

Der Größe nach hatten sich die Kinder für eine Fotografie aufgestellt. Zöpfe. Kurze Hosen. Jemand hatte sie zum Lächeln aufgefordert, aber Nora erkannte, welche Angst sich dahinter verbarg.

Sie war wie gelähmt. Vor ihr lag eine Nutzungsvereinbarung, sie regelte die Unterbringung von Kindern und Jugendlichen zum Zweck der Erholung.

Die Villa war ein Heim gewesen.

Nora löste sich erst aus ihrer Erstarrung, als jemand sie an der Schulter berührte.

»Ich muss los.« Geübt sortierte Monika die Unterlagen, die Nora um sich herum ausgebreitet hatte. »Muss ja keiner sehen, dass du hier warst.« Sie führte sie nach oben. Den Computer hatte sie schon heruntergefahren, ihre Sachen zusammengepackt. Nora stand dort wie eine Gliederpuppe. Wie der hölzern grinsende Kasper, der an der Wand hing. Ihr war kalt bis ins Mark.

»Der kann eigentlich auch mal weg.« Im Vorbeigehen riss Monika das Plakat ab, zerknüllte es und warf es in einen Papierkorb. Dann sah sie sie an. »Brauchst du noch etwas? Vielleicht einen Tee?«

»Danke. Nein.« Sie konnte ja doch noch sprechen. »Ich komme zurecht, Monika, danke fürs Aufschließen des Kellers.«

»Ich kann dir ja mal die Karten legen.« Bildete sie es sich ein, oder hatte Monika das wirklich gemurmelt?

Draußen sah Nora, wie Monika ihre Krähe begrüßte.

Die Villa. Ihre Villa war ein Ferienlager gewesen. Für Kinder.

Abreißen. Abreißen wäre das Beste.

37

Peggy turnte auf einer der Baggerschaufeln herum und befestigte eine Muschelkette. Das Perlmutt glitzerte in der Sonne. Agneta stand unten und reichte ihr das Transparent, das Peggy schon im Ort dabeigehabt hatte: *Villa muss bleiben!* An einer anderen Baggerschaufel hing bereits eine Girlande aus Wiesenblumen.

Nora konnte den Blick nicht lösen. Peggy, die auf der Schaufel thronte und aussah, als ob es ihr Spaß machte. Agneta in ihrem geblümten Kleid. Blumen über Blumen.

Als ob es die Hotelanlage schon gäbe und die beiden Animateurinnen für die Gäste wären. Aktionskunst für jedermann.

»Nora, komm her!«, rief Peggy, als sie Nora entdeckte.

Nora schüttelte stumm den Kopf.

»Was ist?«, fragte Agneta.

Nichts.

Sollten die beiden sich hier vergnügen. Sie selbst würde aufbrechen. Sie musste sich nur in ihren Wagen setzen. Vorher die Reisetasche holen. Sie hatte so schwere Beine, sie gehorchten ihr nicht mehr.

»Coole Aussicht hier oben, übrigens. Nora, in der Küche ist noch Kuchen übrig.« Peggy kletterte vom Bagger.

»Ich habe etwas Neues ausprobiert. Es sind kleine Sandkuchen.«

Bestimmt mit Blumen verziert, dachte Nora, vielleicht auch mit Muscheln. Mit wie wenig sich die Leute zufriedengaben. Nur hübsch sollte es sein, ihre kleine Welt unbeschadet.

»Du fragst dich bestimmt, was wir hier machen. Wir feiern ein Fest, stell dir vor. Wir laden die Leute aus dem Ort ein, und zwar hierher!« Agnetas vergnügtes, warmherziges Lachen. Was gab ihr die Sicherheit, all das zu tun? Vielleicht war es die Tatsache, dass sie sich durchsetzen musste mit ihrer Gehörlosigkeit, immer einen Weg hatte finden müssen, um mit der Welt umzugehen.

Auch Agneta hatte hier ihr Paradies gefunden.

Reingehen, die Tasche nehmen.

Warum fiel es ihr so schwer?

Sie musste den Badeanzug von der Leine nehmen, den ausgeleierten Badeanzug, der gerade eben am Körper hielt, immer wieder schob sie den Träger über die Schulter, und ihr Handtuch.

Sie hatte nicht viele Dinge dabei. Sie musste sie nur das Wenige, was sie verteilt hatte, zusammenpacken, in die Reisetasche stecken, mit der sie gekommen war, den Reißverschluss zuziehen, fertig.

Ihre Beine waren wie Blei.

Nora sagte immer noch nichts, hörte kaum, was Agneta und Peggy miteinander sprachen.

Sollten die anderen bleiben, sich den Baggern entgegenstellen, wie Peggy gerade schwärmte, sie selbst würde abreisen. Sie wusste ja, was am Ende passierte. Die Abrissbirne schwang, die Bagger schoben alles zusammen. Wenige Stunden, und es wäre erledigt. Dann kam die Planierraupe.

Die Vorstellung der Planierraupe rastete in Noras Kopf ein. Das Bild schaffte Ruhe, schaffte Sicherheit. Hinter sich das Nichts, eine leere, glatte Fläche.

»Schön nach vorne gucken, Mäuschen, das, was hinter uns liegt, interessiert uns nicht.« Die angespannte Miene ihrer

Mutter, die schlanken Finger, die das Lenkrad umklammert hielten, ihre silbernen Indien-Ringe, dann das plötzliche Bremsen, das Halten am Straßenrand, ihr Verschwinden in einem Waldstück, über Stunden, so erschien es Nora, bis sie zurückkam und wieder starr nach vorne sah.

Irgendwie musste sie die Abreise organisieren, dachte Nora, ohne dass die anderen etwas bemerkten.

»Ich fahr noch mal los. Zu Hagen. Peggy, kümmerst du dich bitte um Hugo?«

»Warum das denn jetzt? Bleib doch hier, wir könnten deine Hilfe gebrauchen. Und um Hugo kümmere ich mich im Übrigen immer, falls du das noch nicht bemerkt hast. Seit wann fragst du?«

»Hab jedenfalls was mit Hagen zu klären.«

Dass Hagen der Letzte wäre, den sie jetzt besuchen würde, brauchte sie ihnen ja nicht zu sagen. Bloß den Abschied vermeiden.

Das Werkzeug, sie brauchte ihr Werkzeug. Nora wickelte es so unauffällig wie möglich in ihr Handtuch.

Als sie zum Auto ging, sah sie den Professor. Er kam gerade vom Wasser. Augen, weit wie der Himmel über dem Meer.

Hugo lief ihr hinterher, als ahnte er, dass sie verschwinden wollte.

»Platz!« Der Hund legte sich auf den Boden, die Ohren nach hinten geklappt, und ließ Nora dabei nicht aus den Augen.

Der Professor kam näher. Seine Tweedkappe, auch im Sommer. Eine Erscheinung wie aus einer anderen Zeit.

»Wir sind aus solchem Stoff wie Träume sind, und unser kleines Leben umgibt ein Schlaf.«

Was ist hier bloß los, dachte Nora. Höchste Zeit zu fahren.

Agneta hingegen klatschte begeistert in die Hände.

»Ja, es ist Shakespeare«, bestätigte der Professor lächelnd.

Ein Irrenhaus, dachte Nora. Nichts wie weg.

Bis später, wollte sie sagen, und konnte es doch nicht. Sie

hob nur die Hand. Die anderen beachteten sie nicht, sie flochten schon die nächste Blumenkette. Hugo machte einige Sätze hinter dem Auto her, Nora gab Gas. Im Rückspiegel sah sie eine Staubwolke.

Nora war zehn Minuten gefahren, als sie an einer Stelle am Wasser vorüberkam, an der sie bisher nie gewesen war. Sie stieg aus dem Auto, um noch einmal aufs Meer zu schauen.

Alles lag hinter ihr. Die Villa, die Leute, die ungewisse Situation. Wie hätte sie in einem Haus bleiben können, in dem Kinder gequält worden waren? Auch die anderen, Peggy, Agneta, der Professor, sie alle würden bald in ihr eigenes Leben zurückkehren. Nora hatte mit Sercan telefoniert, ihm Peggys Nummer gegeben und ihn gebeten, den Hund bei ihr abzuholen.

Warum fühlte es sich verkehrt an? Weil sie sich weder Peggy noch Agneta an einem anderen Ort vorstellen konnte, erst recht nicht den Professor. Weil sie an diesem Haus hing.

Es nützte nichts. Was dort in Zukunft geschah, lag nicht in ihrer Verantwortung, es war nicht ihre Villa. Sollte der Bürgermeister dort ein Hotel bauen, eine Ferienanlage, dann hätte wenigstens Hagens Schwester an der Tankstelle genug zu tun.

Windgebeugte Bäume wuchsen hier dicht am Strand, gebleichte Äste lagen herum wie prähistorische Knochen, es war wild und menschenleer.

Nora kannte diesen Strand bisher nicht, sie war nie abgebogen, wenn sie in den Ort oder zurückgefahren war. Weit weg sah sie im dunstigen Licht die ins Meer ragende Steilküste.

Nora zog die Schuhe aus. Der Sand war warm.

Einem Impuls folgend, streifte sie auch ihre restliche Kleidung ab. Einmal noch hinein in dieses Blau, das dunkel vor ihr schäumte, lockte, ein paar weiße Wolken am Himmel darüber. Und danach weiterfahren, sie würde sehen, wohin.

Das Meer rief sie regelrecht. Noras Füße tasteten sich zwischen den rund gewaschenen Steinen ins Wasser. Eine Welle, höher als erwartet, rollte an. Nora tauchte unter ihr hindurch. Wasser geriet ihr in den Mund. Sie zwang sich, sich zu konzentrieren, und begann zu kraulen. Schwimmen, einfach schwimmen. Weg von allem. Oder hin zu allem, wie man es nahm.

Eine Muschelschale ist ein Haus, dachte er. Ein Haus für das Weichtier darin. Der Professor hob sie auf, bückte sich erneut, um sie abzuspülen. Dass seine Schuhe dabei nass wurden, es störte ihn nicht. Er betrachtete das perfekte Gehäuse, die Sonne schien durch die zarte Schale.

In einiger Entfernung stieß eine Silbermöwe ihren Schnabel in einen toten Fisch. Nur zögernd ließ die Möwe von ihrer Beute ab, flatterte auf, als er näher kam. Die Rippen waren gewölbt, beim Dorsch wie beim Menschen.

Noch einmal drehte er die Muschel im Licht, rosa-rötlich, mit einem hellen Rand. Muscheln hinterlassen der Welt ein perfektes Gehäuse, auch wenn sie sterben, dachte er. Sie werden zerrieben, werden zu Kalk, werden Teil des Sandes. Reste voller Schönheit. Daran konnten sich seine Gedanken halten.

Ein Krampf. Das war ihr noch nie passiert, nicht beim Schwimmen im Meer. Ruhe finden, die Bewegungen verlangsamen. Nora drehte sich auf den Rücken und versuchte, im Wasser ihre Wade zu massieren. Sie zwang sich, ruhig zu atmen. Wie weit das Ufer entfernt war.

Sie war geschwommen, ohne nachzudenken, einfach immer weiter gekrault, immer Richtung Horizont, sie musste sich dabei überlastet haben. Nora nahm das Ufer in den Blick. Wo sie ins Wasser gegangen war, konnte sie nicht mehr erkennen. Auch die Steilküste mit der Villa schien jetzt ganz woanders zu sein.

Schließlich gelang es ihr, den Krampf zu lösen, und Nora schwamm zurück, langsamer jetzt, zwischendurch Brust und Rücken. Sie war eine gute Schwimmerin, bisher war sie noch immer wieder an Land gekommen.

Atmen, durchziehen, atmen. Ihr Körper funktionierte. Und trotzdem schaffte sie es nicht, ihren Kopf frei zu bekommen.

Und es blieb ein Schmerz, von dem sie nicht wusste, woher er kam. Ein Schmerz, der sie durchzog, schlimmer als jeder Wadenkrampf.

Schließlich war Nora wieder an Land und ließ sich erschöpft mit ihrem Handtuch auf einem Stein nieder. Sah auf die Wellen und die dunklen Wolken, die heranzogen, bis es zu regnen begann.

Sie setzte sich in den Lieferwagen und starrte auf die herunterlaufenden Tropfen an der Scheibe.

Nach Frankfurt. Sie musste dann wohl nach Frankfurt fahren.

38

An der Tankstelle wollte Nora sich eine Packung Kekse für die weitere Fahrt kaufen. Oder ein belegtes Brötchen, ihr Magen knurrte wie verrückt. Sie ließ den Wagen hinter die Zapfsäulen rollen und stieg aus.

Hinter der Scheibe des Shops erblickte sie Hagens Schwester. Das passte ihr nicht, aber sie brauchte jetzt wirklich etwas zu essen. Also ging sie hinein.

Annabelles Blick durchbohrte sie. »Dass du dich hier noch blicken lässt. Ich fass es nicht.«

»Wie bitte?« Nora war müde, sie fror. Irgendwelche Diskussionen würde sie jetzt nicht führen.

»Lockst meine Tochter in die alte Villa und kommst hier an, als ob nichts wäre.« Sie sah wirklich zornig aus.

Nora griff nach einer Packung Kekse. Legte zwei Euro auf den Tresen und wandte sich zum Gehen. Sie versuchte, einfach nicht hinzuhören.

»Als ob die Bruchbude ein Spielplatz wäre. Das ist Kindesentführung, würde ich mal sagen.«

Nicht drauf eingehen, dachte Nora. »Komm runter«, sagte sie trotzdem.

»Runterkommen? Wie bitte? Ich bin noch gar nicht oben.«

Annabelle trat hinter der Kasse hervor. Sie war gut trainiert, bemerkte Nora. Sie wollte sich doch nicht allen Ernstes mit ihr schlagen?

Was auch immer ihr die Laune verhagelt hatte, manchmal brauchten die Leute jemanden, an dem sie sich abreagierten.

»Ich hab nämlich ihr Tagebuch gefunden, stell dir vor.«

Annabelle baute sich vor ihr auf. Ihre leuchtend blauen Augen glitzerten gefährlich, die Schlange räkelte sich, durch das Spiel der Muskeln wirkte sie, als wäre sie lebendig.

Nora sagte weiterhin nichts, passte aber auf. Ganz wehrlos war auch sie nicht, es sei denn, diese Schlangenfrau hatte eine Kampfsportausbildung.

»Tagebuch also.«

»Genau.« Die blauen Augen durchbohrten sie. Die Pupillen hatten einen schwarzen Rand, so etwas hatte Nora selten gesehen. Sie wirkten hypnotisierend.

»Ich erzähl dir jetzt mal was. Meine Tochter, die ist fast jeden Tag bei euch in der Villa. Dabei hab ich ihr klipp und klar gesagt: Wenn ich arbeite, bleibst du zu Hause. Dann kann ich nicht auf dich aufpassen. Im Ort kannst du unterwegs sein, aber weiter nicht. Sie hat dann behauptet, dass sie ihren Schulfreund besucht, Jonas, dass seine Mutter auf die beiden aufpasst. Soll mir recht sein, denk ich, die Familie ist okay, ich habe sie mal auf einem Elternabend in der Schule kennengelernt. Ich bin ja nun einmal hier und arbeite, mir schenkt keiner das Geld.

Und was erfahre ich? Diesen Jonas gibt es hier gar nicht mehr, der ist weggezogen, nach Dänemark, weiß ich nicht, ob es dort besser ist als hier. Und wo ist sie stattdessen? Bei euch in der Villa.«

Mafalda. Annabelle, Hagens Schwester, war Mafaldas Mutter. Und sie hatte Mafalda verboten, zur Villa zu fahren.

Mafalda war trotzdem gekommen. Und sie hatte ihnen nicht verraten, woher sie kam und wer ihre Mutter war.

Nora kam es vor, als ob die Schlange zischte.

Ein paar Sekunden sagte niemand etwas. Wortlos legte Nora die Kekse zurück ins Regal. Ihre Knie waren weich. Wie ferngesteuert setzte sie sich in ihr Auto und bog auf die Landstraße ein.

Sie war noch nicht weit gekommen, als ihr Handy klingelte. Peggys Nummer erschien auf dem Display. Nora warf es ins Handschuhfach und drückte die Klappe zu.

Als sie es irgendwann wieder herausnahm, leuchtete eine Kurznachricht auf.

»Nora, komm sofort zurück. Mafalda ist verschwunden.«

39

Peggy und Agneta saßen vor der Scheune. Der Professor war in seinem Zimmer und schrieb an seinem Buch, das nahm Peggy wenigstens an. Das, was sie sich am Anfang so gewünscht hatte, dass nämlich diese Nora weg wäre, hatte sich erfüllt. Nora hatte ihre Sachen gepackt und sich nicht einmal verabschiedet, bevor sie abgereist war. Typisch für sie, einfach so abzuhauen, dachte Peggy. Trotzdem war sie enttäuscht.

Die Blumenketten an den Baggern waren welk geworden. Sie hatte keine Lust mehr gehabt, Leute aus dem Dorf hierherzulocken, wie sinnlos das war, war ihr auf einmal klar geworden. Peggy wusste nicht, was sie hier noch sollte. Selbst der Hund wirkte verstört. Armer Hugo. Irgend so ein Typ, dem Nora, ohne sie vorher zu fragen, ihre Nummer gegeben hatte, hatte angekündigt, dass er ihn bald abholen würde. Es wäre sein Hund, eigentlich zwar nicht, aber er hätte ihn in Obhut genommen. Er klang ganz nett. Trotzdem. Dass Nora Hugo einfach dagelassen hatte, fand Peggy unmöglich. Wie konnte man sich von einem Tier, das auf einen angewiesen war, einfach so trennen.

»Ich packe dann wohl auch mal«, sagte Agneta.

»Was machen wir mit dem Professor?«, fragte Peggy.

»Seine Tochter anrufen«, schlug Agneta vor.

»Hast du denn ihre Nummer?«

Noch nicht, erklärte Agneta, aber sie würde den Professor einfach danach fragen.

Sie schwiegen vor sich hin. Hugo schnappte nach einer Fliege. Mafalda war nicht da.

»Vielleicht mach ich auch gar keine Kunst mehr«, sagte Peggy und stieß ein Steinchen weg. »Es kommt mir sinnlos vor. Nora hatte recht. Wer will schon einen Wal. Es gibt nichts Überflüssigeres.«

Agneta nickte, aber sie schien abwesend, mit ihren eigenen Plänen beschäftigt, der Aufführung, die ihr in Berlin bevorstand. Plötzlich hörte man ein Motorrad näher kommen, dann bog es auf den Platz vor der Scheune ein. Darauf saß Hagen, unverkennbar mit seinem roten Bart, und hinter ihm eine nicht besonders große Frau, die vom Sitz sprang, bevor er richtig angehalten hatte. Die Frau nahm den Helm ab. Es war die Schlangenfrau von der Tankstelle.

»Hey«, lächelte Peggy. »Ausflug ans Meer, was?«

Hagen schüttelte ernst den Kopf. Die Schlangenfrau jedoch explodierte förmlich. Giftete sie an, von wegen Kindesentführung, Unterlassung, unverantwortlich. Dann weinte sie.

Peggy saß da wie versteinert. Mafalda war die Tochter der Schlangenfrau. Und sie hatte nicht gewusst, dass Maffi jeden zweiten Tag zur Villa gefahren war, während sie selbst gearbeitet hatte – entweder an der Tankstelle oder in der Kreisstadt in einem Erlebnisbad, verkleidet als Meerjungfrau.

Sie hatte Maffis Tagebuch gelesen. Und vorhin hatte sie einen Brief auf dem Küchentisch gefunden. Mafalda würde einen Ausflug machen, ihre Mutter solle sich keine Sorgen machen. Sie wäre nach den Ferien, zu Schulbeginn, zurück.

~

Das Ruderboot schaukelte auf dem Wasser. Mafalda presste Oki an sich. Das Seil zu lösen, war leicht gewesen. Anschließend hatte sie das Boot ins Wasser geschoben und sich mit dem Ruder abgestoßen. Ihre Mutter hatte ihr eingeschärft, nicht ins Wasser zu gehen, nicht einmal bis zum Bauchnabel, sie dürfe auf keinen Fall alleine schwimmen. Aber das tat sie ja nicht.

Die Ruder konnte sie kaum heben, nur mit Mühe zog sie sie durch. Das Boot war zu groß für sie, es ruckte nur ein Stück in die eine, dann in die andere Richtung. Trotzdem hatte es sich vom Ufer entfernt. Hatte Peggy nicht etwas von Strömungen gesagt?

Wie schlimm ihre Mutter geschimpft hatte. Ihr Tagebuch hatte sie in der Hand gehalten und immer wieder darauf gezeigt. Mafalda hatte nicht mehr hingehört, wie ein fernes Rauschen war das Geschimpfe gewesen. Sie war zu enttäuscht. Man las keine fremden Tagebücher. Dass sie nicht in der Villa gewesen wäre, hatte sie irgendwann gesagt, und es stimmte, sie war nie hineingegangen, aber das hatte ihre Mutter nur noch mehr aufgebracht.

Hausarrest hatte sie bekommen. Sie könne schließlich nicht ihre Arbeit aufgeben, nur um ständig auf sie aufzupassen, hatte ihre Mutter gezischt. Da war sie abgehauen. Sie hatte Oki eingepackt und war zur Villa gefahren, so wie sonst auch. Erst mit ihrem alten Kinderfahrrad, das sie in den Büschen versteckt hatte, das letzte Stück zu Fuß. Von hier aus sollte es weitergehen.

Dass Dänemark da hinten läge, hinter dem Horizont, das hatte ihr der Professor erzählt. Dass man nicht sofort dort wäre, das wusste sie, sie war ja nicht blöd. Sonst hätte man ja Land gesehen. Aber sie wusste auch, dass Leute es geschafft hatten, dort anzukommen, in einem Früher, und jetzt gab es schließlich niemanden mehr, der einen dafür erschoss.

Sie hatte Jonas' Adresse. Leider keine Telefonnummer. Aber es würde schon klappen. Dass er Mäuse mögen würde, hatte er ihr geschrieben, und dass sie ihn in den Ferien besuchen sollte.

Mafalda fasste die Ruder fester und zog durch. Wie schwer es war. Das Boot wechselte behäbig die Richtung.

Erneut tauchte sie die Ruder ein.

Oki hatte sie auf ihre Knie gesetzt.

Ein Felsen ragte vor ihr aus dem Wasser, die Wellen brachen sich daran. Das wurde eng. Mafalda beugte sich vor, um zu sehen, wie viel Platz ihr blieb, daran vorbei zu steuern.

Dabei rutschte Oki über den Bootsrand.

Er breitete seine Arme aus, als wäre er lebendig. Einen Moment trieb er auf der Wasseroberfläche. Dann ging er unter.

Mafalda schrie. Sie schrie und schrie und schrie. Dann ließ sie die Ruder los und ließ sich ins Wasser fallen, dem Oktopus hinterher.

~

Peggy war vom Ausbruch der Schlangenfrau tief gekränkt.

Was konnte sie dafür, dass diese Tante ihre Tochter zu viel allein ließ. Sie hatten schließlich nichts mit ihr angestellt. Und das Mädchen seinerseits hatte ja alles getan, um nicht zu verraten, wer sie war und wo sie wohnte. Sie hatte diese beiden Welten strikt getrennt. Ihrer Mutter jetzt von Maffis Maus zu erzählen, von ihrer Zuneigung zu Onno oder Hugo, hatte keinen Sinn, dazu war die Situation zu verfahren.

Und zu alarmierend. Mafalda war nicht zu Hause, und ihre Mutter vermutete sie hier. Doch weder Peggy noch Agneta hatten etwas von ihr gesehen.

Agneta schlug vor, die Polizei zu verständigen, aber die Schlangenfrau winkte unwirsch ab. Bis die da sind …, sagte sie und befahl blass, dass alle suchen müssten. Sie selbst stieg als Erstes auf den Dachboden. Doch es wurde schnell deutlich, dass Mafalda sich nicht in der Villa versteckt hielt.

Hagen durchstreifte das Waldstück, Agneta lief die Küste entlang Richtung Nordwesten, Peggy war Richtung Südosten unterwegs. Da hörte sie einen fernen Schrei. Er kam vom Meer.

Peggy rannte los. Als sie am Ufer angelangt war, sah sie auf dem Wasser das Boot, das sonst am Strand lag. Darin Mafalda.

Peggy überlegte nicht lange, sondern kletterte dort, wo sie war, den Abhang hinunter, hielt sich an Sträuchern fest, riss sich die Haut auf, rutschte die Erde entlang.

Mafalda hörte nicht auf zu kreischen, plötzlich jedoch war es still.

Das Boot war noch da. Aber ohne das Mädchen darin.

Peggy sah einen Punkt über dem Wasser. Mafaldas Kopf. Sie riss sich die Kleider vom Leib, schleuderte die Schuhe von sich und warf sich in die Wellen.

Peggy kraulte. Schwamm. Schwamm um ihr Leben, so kam es ihr vor. Das Boot war näher, als sie dachte, und doch so weit entfernt.

Sie sah Mafaldas Kopf, vermeinte ein Heulen zu hören.

Dann hörte sie nichts mehr.

Wie besinnungslos durchpflügte sie die Wellen. Der Kopf war weg. Bitte nicht, hämmerte es in ihr.

Peggy hatte nicht gewusst, dass sie noch kraulen konnte. »Halt durch«, brüllte sie.

Sie näherte sich dem Boot, erkannte Mafalda jetzt wieder daneben.

Dann hatte sie sie erreicht. Wie ein Hund paddelte das Mädchen auf der Stelle, die Kleidung nass am Körper. Zum Glück trägt sie nie Schuhe, schoss es Peggy durch den Kopf.

Mafalda sah ihr entgegen.

»Halt dich an mir fest!«

Mafalda fasste Peggy an der Schulter, rutschte ab.

»Halt dich richtig fest!«

Sie schwamm mit ihr zum Boot, das auf dem Wasser schaukelte. Peggy schob Mafalda hoch, sodass sie sich über die Reling plumpsen lassen konnte, zog sich selbst hinterher. Das Boot neigte sich gefährlich.

Mafaldas Blick war leer, tropfnass kauerte sie auf der Ruderbank.

Peggy lächelte ihr zu, wie erschöpft sie war, merkte sie erst jetzt. Die Ruder waren zum Glück noch da. »Geschafft.«

Dann stutzte sie. »Alles in Ordnung?«

Mafalda nickte artig.

»Nein, Maffi, ist es nicht, was ist los?«

Da brach das Mädchen in Tränen aus. Eine tiefe Verzweiflung brach sich Bahn. Und dann kam es heraus: Oki war weg.

Peggy richtete den Blick aufs Wasser, sie versuchte, den Kraken zu entdecken, vergeblich. Das Plüschtier musste sich vollgesogen haben und auf Grund gesunken sein.

Maffi schluchzte leise.

»Dann ist er ja da, wo er hingehört«, versuchte Peggy sie zu trösten. »Oktopusse leben doch im Meer, oder nicht?« Mafalda war im Boot und gerettet. Was war dagegen ein Oktopus.

»Kannst du ihn finden?«, bat Mafalda.

»Ich glaube, das wird schwierig. Ich kann mir vorstellen, dass Oki die Unterwasserwelt erkundet.«

»Meinst du wirklich?«

»Ja, Maffi, ich bin fest davon überzeugt.«

»Er gehört zu mir, ich muss auf ihn aufpassen.«

»Vielleicht kommt er wieder. Ich bin aber sicher, dass es ihm gut geht. Und jetzt möchte ich dich an Land bringen, ich werde uns beide an den Strand rudern.«

Da fiel Peggy der Rucksack auf, den Mafalda gepackt hatte und der im Boot lag, leicht durchweicht vom Wasser, das im Boot stand. »Wo wolltest du denn hin?«

»Zu Jonas, nach Dänemark«, sagte Mafalda. »Er mag Mäuse.«

40

Konrad hatte sich extra dafür freigenommen und war in die Kreisstadt gefahren, um seine neue Brille abzuholen. Er kam gerade vom Optiker, da sah er ihn. Den Mann, der an der Steilküste die Sprengung vorbereitet hatte.

Konrads Herz klopfte. Er stellte sich rasch hinter eine Plakatwand, damit er nicht bemerkt wurde.

Dieser Mann war ungefähr in seinem Alter und sah auffallend gut aus. Er stand vor dem Rathaus, als überlegte er, hineinzugehen. Und dann kam jemand und klopfte diesem Mann auf die Schulter. Konrad zuckte zusammen: Es war sein Chef.

Die beiden begrüßten sich und setzten sich vor ein Café, gleich um die Ecke. Konrad folgte ihnen vorsichtig. Jetzt kam auch noch eine Frau dazu, sie stieg aus einem Porsche.

Konrad stellte sich sicherheitshalber hinter einen Baum. Sein Fernglas hatte er immer dabei, es steckte im Rucksack, aber dafür bräuchte er eine gute Sicht auf die drei, und umgekehrt von ihnen gesehen werden wollte er keinesfalls.

Kurz entschlossen betrat er das nächste Mehrfamilienhaus, es war ein Altbau, die Haustür schloss nicht richtig, stieg im Treppenhaus nach oben und zog die Luke auf.

Die Position auf dem Dach war ideal. Der Blick durchs Fernglas zeigte ihm, dass die drei sich besprachen, eingehend, dass Pläne auf Papier ausgebreitet wurden.

Und dann hatte Konrad eine Eingebung und zog seine Kompaktkamera hervor, es war eine gute Kamera, er hatte damals viel investiert. Er drückte auf den roten Knopf und filmte.

Als ihn jemand ansprach, ein alter Mann, was er denn hier wolle, wäre Konrad fast vom Dach gefallen. Geistesgegenwärtig wies er auf die Mauersegler hin, die in eleganten Flügen durch die Luft schossen.

»Sehen Sie«, sagte Konrad, »Sie können gerne mal durchs Glas schauen. Diese Vögel sind sehr selten. Und ich kann Ihnen etwas verraten: Sie nisten hier.«

Als Nora die Nachricht erhalten hatte, hatte sie sofort umgedreht und aufs Gas gedrückt. Endlich erreichte sie die Villa. Die anderen saßen auf der Veranda. Mafalda und Annabelle. Agneta, der Professor und Peggy. Es war eine fast unwirkliche Szenerie, wie in einem Traum. Mafalda saß bei ihrer Mutter auf dem Schoß. Peggy strich ihr über den Kopf. Der Professor hielt Agneta am Arm. Hugo lag ihnen zu Füßen.

Nur einer fehlte, nämlich Hagen.

Als sie Nora sahen, gab es einen Moment der Überraschung, dann redeten alle auf einmal. Mafalda hatte feuchte Haare und sah Nora aus großen Augen an, eingekuschelt in ein Handtuch.

»Du bist nicht wirklich geschwommen, oder?«, sagte Nora.

»Ich musste Oki retten. Er ist weg.«

»Weggeschwommen?«

Mafalda nickte. Sie sah traurig aus.

Nora lächelte. »Mensch, Maffi. Dass er das kann.«

»Ich bin übrigens auch geschwommen«, sagte Peggy.

»Glückwunsch«, sagte Nora.

»Sie hat mich aus dem Wasser gefischt.«

»Irgendjemand musste es ja tun.«

»Ihr seid sehr tapfer gewesen«, sagte Agneta.

Der Professor sagte nichts.

»Ich muss mich beruhigen. Ich back jetzt einen Kuchen.« Peggy sprang auf und ging ins Haus.

Annabelle sah Nora an. Und Nora Annabelle. Mafalda sah zwischen ihnen hin und her. Aus Annabelles Augen schossen Blitze. Nora zeigte keine Regung. Doch dann sagte sie als Erste etwas. »Wie wär's mit einem Schwimmkurs? Einzelunterricht für Maffi? Das sollte ich hinkriegen.«

Mafalda sprang jubelnd auf. Annabelle kniff die Augen zusammen. Schließlich nickte sie.

Es gab Kuchen, und es gab Brause, und später gab es Gemüse vom Grill. Annabelle ging mit Mafalda und Nora zu Onno, der friedlich auf der Weide graste.

»Ihr habt den hier nicht wirklich alleine stehen, oder? Der braucht Gesellschaft«, sagte Annabelle. »Ich habe eine Freundin, die hat Pferde, da kann er vielleicht hin.«

Als sie Onnos Hals klopfte, legte er die Ohren an und schnappte.

»Siehst du. Er ist gern allein«, sagte Mafalda. »Er mag keine Leute.«

»Nie im Leben. Er braucht eine Herde. Gerade dann.«

Da sauste Konrad auf den Hof, der Sand spritzte unter seinen Reifen, als er bremste. Der Anblick der Gruppe verwirrte ihn offenbar, unschlüssig sah er aus, als wüsste er nicht, an wen er sich wenden sollte. Er trug eine Brille, die noch größer war als die alte, sie hatte einen dicken Rand.

»Hey, Konrad«, sagte Peggy und lächelte, »du kannst ja wieder sehen.«

Konrad fuhr sich verlegen durchs Haar. Räusperte sich. Dann erklärte er, dass er tatsächlich etwas Wichtiges gesehen hätte und dass es vielleicht gut wäre, wenn sie es auch wüssten.

Und dann zeigte er ihnen die Aufnahmen, die er in der Kreisstadt gemacht hatte. Er ließ den Film auf seiner Kamera ablaufen und zoomte die Personen heran. Agneta sagte ihnen, welche Sätze sie von den Lippen ablesen konnte. Peggy übersetzte ihre Gebärden. Obwohl Agneta den Mund des Bürgermeisters nicht erkennen konnte – er saß mit dem Rücken zum Betrachter, Konrad hatte den Standort mit Bedacht so gewählt, schließlich wollte er nicht entdeckt werden –, erfuhren sie eine Menge durch das, was die anderen beiden sagten.

Die Steilküste war nicht allein durch den Regen abgebrochen. Jemand hatte nachgeholfen, und zwar auf Anweisung.

Noch während Agneta dem Film folgte, zog Nora ihr Handy hervor und wählte Alfios Nummer. Dabei entfernte sie sich von den anderen.

»Ah, Nora, welche Überraschung. *Dove sei, stai bene?*« Seine gute Laune, wie immer.

»Alfi, lass den Quatsch, ich weiß, dass du in der Nähe bist.«

»In deiner Nähe?«

»Alfi. Mach mir nichts vor. Man hat dich in der Kreisstadt gesehen. Mit dem Bürgermeister des Ortes hier. Ich weiß Bescheid.«

Alfio schwieg. Das war ungewöhnlich. »Ich habe einen Auftrag«, sagte er dann vorsichtig.

»Ich weiß. Aber dieser Auftrag ist illegal.«

»Er kommt von sehr offizieller Stelle.«

»Dass offiziell nicht immer richtig ist, weißt du am besten.«

»Dich hat es nie gestört.«

»Das ist vermutlich Naturschutzgebiet hier an der Küste, das ist dir schon klar?«

»Natur. Ein paar Vögel. Das kümmert niemanden.«

»Doch, Alfio, es kümmert jemanden. Mich.«

Alfio schwieg einen Moment. »Sag einfach, Nora: Was willst du von mir?«

»Ich will mich mit dir treffen. Komm zur Villa, jetzt. *Se hai i coglioni.*«

»Ah, Nora, du sprichst Italienisch.« Es klang nicht besonders erfreut.

»Bis gleich.« Nora drückte den Knopf und ging zu den anderen zurück.

~

Konrad riss die Augen auf. Wer da auf der Bildfläche erschien, war der Mann von der Steilküste. Der Mann, den er in der geheimen Unterredung mit dem Bürgermeister gefilmt hatte.

Und dieser Mann heftete seinen Blick auf ihn.

Nora sagte: »Das ist übrigens Konrad. Er hat dich gesehen, als du an der Steilküste unterwegs warst.«

Konrad dachte an die Geste des Kehledurchschneidens und überhaupt – dieser Blick war wie Feuer. Langsam schüttelte er den Kopf.

»Nicht? Aber wir haben doch das Video gesehen. Konrad, hallo, wach auf! Du hast ihn gesehen, bei deinen Vogelbeobachtungen. Er hat Sprengsätze angebracht.«

Zu spät, dachte Konrad, zu spät.

Der Mann durchbohrte ihn regelrecht mit seinem Blick, Konrad konnte den seinen nicht lösen. Was für ein feuriger Mann, der da seine Brauen zusammenzog, diese schwarzen Brauen. Das pure Leben.

Plötzlich lachte der Mann auf. »*Infatti*, wir haben uns schon einmal getroffen. *Sono Alfio, piacere.*« Er streckte die Hand aus.

Konrad ergriff sie. Sie war warm, sie war kräftig.

Konrad, angenehm, wollte er sagen, aber die Sprache steckte ihm im Hals. Er nickte nur.

»Du kennst dich mit Vögeln aus?«, fragte Alfio interessiert.

»Sehr gut sogar«, ließ Peggy sich vernehmen. Es klang leicht beleidigt. »Er weiß alles.«

»Konrad, erklärst du mir ›alles‹?«

Konrad nickte. Wie gut, dass er seine neue Brille hatte.

Die jungen Uferschwalben kamen ihm in den Kopf. Dieser Mann, Alfio, hatte die Zerstörung ihrer Nester vorangetrieben. Vielleicht hatte er es nicht besser gewusst, dachte er in diesem Moment. Doch da konnte er Abhilfe schaffen.

»Wenn du willst, zeige ich dir meine Fotos«, sagte Konrad mit fester Stimme, und der Mann lächelte überrascht.

»Es gibt hier nämlich viele Vögel, und Konrad kennt sich wirklich aus«, ließ Peggy sich erneut vernehmen.

»Komm.« Agneta zog sie weg.

»Wieso, lasst uns doch alle zusammen Vögel angucken.«

»Wieso nicht«, sagte Konrad. »Ich zeige euch die Aufnahmen der Uferschwalben. Ihr kennt sie alle noch nicht. Ich zeige sie euch gern.« Auf einmal fühlte er sich sicher. Er war in seinem Element.

Konrad verband seine Kamera mit Noras Laptop, und wenn sie zusammenrückten, konnten sie alle auf den Bildschirm schauen.

Er zeigte ihnen den Film mit den Uferschwalben, wie sie Insekten fingen, in die Bruthöhlen schlüpften und damit ihre Jungen fütterten.

»Und schaut mal, hier.« Die Jungvögel im Nest.

»Che carino«, sagte Alfio bewegt.

Der Film lief weiter. Jetzt sah man die mit der Steilküstenwand abgestürzte Erde, die zarten Knochen und Federn, die vereinzelt zwischen der Erde am Strand lagen. Die Rufe der überlebenden Vögel.

Alfio wurde ernst. »Das habe ich gemacht?« Er wischte sich die Augen.

Konrad nickte.

Da nahm Alfio sein Gesicht zwischen beide Hände und küsste ihn. Es wirkte theatralisch, und es war ihm doch ernst. »Konrad«, sagte er, »Konrad, verzeih.«

41

Nora hatte Alfio in die Mangel genommen, und dieser hatte gestanden, dass der Bürgermeister ihn angerufen hätte, der seine Nummer wiederum von Mareike erhalten hätte. Die Küste zu sprengen, das sei ihm zwar komisch vorgekommen, »aber meine Güte. Es passiert viel, was du lieber nicht wissen willst, *giusto*? Sag nicht, das wäre dir nicht auch aufgefallen, Nora.«

Damit lag er allerdings richtig. Wie oft hatte sie wegschauen müssen, weghören, von wie vielen Deals hatte sie gewusst und doch nichts wissen wollen? Alfio ging es genauso, sie saßen in einem Boot.

»Aber eine Sache beunruhigt mich: Wolltest du mich gleich mit wegsprengen, Alfi? Ich meine, ich wohne schließlich hier, und das wusstest du.«

»Nora, *ma certo che no*, nicht wegsprengen, dich sowieso nicht, *Madonna*, wie kannst du das glauben? Nur ein bisschen die Küste anknabbern, sozusagen, eine kleine Wahrscheinlichkeit schaffen, verstehst du?«

Nora verstand. Natürlich verstand sie. Fakten schaffen, indem man sie vortäuschte, Wahrscheinlichkeiten suggerierte. Jeder wäre der Meinung, dass sich eine aufwendige Sanierung nicht lohnte, wenn die Villa sowieso ins Meer stürzen würde.

»Aber ich sag dir was, Nora, diese Vögel … Was ich da heute gesehen habe, von Konrad«, er fuhr sich durch die Haare und hatte einen weichen Gesichtsausdruck, »das hat mir nicht gefallen.«

Diese Nachdenklichkeit hätte Nora ihm nicht zugetraut. Und sie war sich sicher, es lag auch mit an Konrad, den sie nach wie vor für einen Nerd hielt, der aber auf seine Weise gut aussah, groß und schlank. Die Wuschelhaare und die Brille gaben ihm etwas Kükenhaftes, aber er war ein Mann, zweifelsohne, und diese scheinbare Hilflosigkeit wirkte auf Alfio und auch Peggy augenscheinlich umso reizvoller.

Alfio sah sie an. »Und was ist mit dir und dieser Villa? Im Gegensatz zu mir zögerst du, dich am Abriss zu beteiligen, richtig?« Nora nickte.

Als sie abends am Feuer saßen – Alfio hatte lange geschwiegen und sichtlich nachgedacht –, sagte er zu Nora: »Man muss sich seine Feinde aussuchen, nicht wahr? Ich glaube, ich habe meine Wahl getroffen.«

Und dann erzählte er ihr, dass die Polizei ihn erneut zum Hergang befragt hätte. Die Polizisten waren zu dem Schluss gekommen, dass Mareike ihnen möglicherweise eine falsche Adresse genannt hatte. »Ich habe versucht, dich zu erreichen, aber du warst wie vom Erdboden verschluckt.«

Nora erinnerte sich an die Anrufe, auf die sie nicht reagiert hatte.

Am selben Abend noch hätte allerdings Mareikes Bekannter bei ihm vor der Tür gestanden. »Da habe ich widerrufen. Ich habe gesagt, ich hätte mich falsch erinnert. Dich habe ich damit gar nicht erst belästigt.« Alfio strich sich über die Haare. Er sah jetzt sehr ernst aus. »Ich habe einen großen Fehler gemacht.«

Wie es aussah, hatte der Bürgermeister auf eigene Faust vollendete Tatsachen schaffen wollen. Und es gab jemanden, der, oder besser die, ihn auf die Spur gesetzt und ihm Alfio geschickt hatte, um das voranzutreiben: Mareike.

Nora war überzeugt davon, dass es keinen Sinn hatte, die Sprengungen als Straftat anzuzeigen. Alfio war in die Sache verwickelt, sie selbst letztlich auch, eine Anzeige wegen Hausfriedensbruchs wäre sicher zu erwarten. Das hatte auch Peggy eingesehen, nachdem sie zunächst auf einen sofortigen Anruf bei der Polizei bestanden hatte.

Was ihnen blieb, waren ein paar Tage. Genug, um Abschied zu nehmen. Wenn Alfio dem Bürgermeister erklären würde, dass eine Sprengung ein zu großes Gefahrenpotenzial für die gesamte Küste bergen würde, wenn Alfio ihn hinhalten könnte. Darauf hatten sie sich geeinigt.

Ein paar Tage noch.

Nora bewegte sich durch die Räume, einen Staubwedel und einen Besen in der Hand, es hatte sich so ergeben, dass sie, wo nötig, sauber machte, während Peggy für alle kochte.

Sie fegte die Diele. Immer lag hier Sand, egal, wie oft sie fegte. Und immer glitzerte er leicht. Das seien die Quarze, hatte der Professor erklärt. Sand bestünde vor allem aus Quarzkörnern. Das Licht wurde in den farbigen Scheiben der Eingangstür gebrochen, und die feinen Körner leuchteten.

Nora stieg die geschwungene Treppe hinauf. Fegte auch hier und beseitigte Spinnweben, dann betrat sie das Zimmer des Professors. Sein Buch lag aufgeklappt auf dem Schreibtisch, der altmodische Füllfederhalter und das Tintenfässchen daneben. Auf den Seiten Bleistiftskizzen, sie sahen aus wie Wellen, wie Berechnungen von Kurven.

Auch Muschelschalen lagen auf dem Schreibtisch, ein versteinerter Seeigel, ein Bernstein, eingeschlossen darin ein feingliedriges Insekt.

Nora fuhr mit dem Staubwedel darüber, pustete behutsam eine Staubflocke weg, um nichts zu verändern.

Da fiel ihr Blick auf eine schwarz-weiße Fotografie. Sie lag halb unter dem Buch. Es war ein Bild der Villa. Eine Gruppe von Menschen, sie hatten sich für den Fotografen versammelt, eine junge Frau im hellen Kleid hielt einen Jungen auf dem

Arm, ein Mann hielt lachend einen Pinsel in die Luft, stand neben einer Staffelei. Das Foto schien am selben Tag aufgenommen worden zu sein wie das im Archiv, das Bild auf dem archivierten Zeitungsartikel.

Die Villa war eine Künstlervilla gewesen.

Sie hatte es über der Tatsache, dass sie als Kinderheim genutzt worden war, komplett vergessen.

42

Peggy nahm eine weitere Handvoll Sand und klopfte sie fest. Ihre Skulptur hatte die Form eines Walrosses. Sie mochte Säugetiere, die im Meer lebten. Sie konnte sich nicht davon lösen, auch wenn sie die Idee eines Wals eigentlich aufgegeben hatte. Nora hatte recht: Ihr Wal war nett, aber keine Kunst, er taugte nicht für eine Bewerbung an einer Hochschule, es stand keine Idee dahinter, kein Konzept. Sie war am Meer und hatte Lust gehabt auf das Verarbeiten von Material, das war alles. Und sie mochte Wale.

Mafalda hockte in einiger Entfernung und arbeitete sorgfältig an ihrer eigenen Skulptur. Mit schief gelegtem Kopf prüfte sie die verschiedenen Perspektiven. Klopfte hier, klopfte dort, formte nach. Sie saß nah am Spülsaum, dort, wo der Sand feucht war, zwischendurch schöpfte sie Wasser in einen Eimer. Sie war ganz versunken in ihre Tätigkeit.

Annabelle hatte Mafalda den Aufenthalt in der Villa schließlich erlaubt. Der Schock für sie war groß gewesen. Erst langsam hatte sie sich beruhigt. Sie hatte ihre Tochter zu viele Nachmittage allein gelassen. Und jetzt standen auch noch die Sommerferien vor der Tür. Als Peggy angeboten hatte, dass Mafalda bei ihnen bleiben könnte, wenigstens, solange sie noch da wären, hatte sie zugestimmt.

»Ein Feriencamp, das ist okay. Willst du das?« Und Mafalda

hatte gesagt: »Wenn du mich herbringst und abholst, dann will ich es.«

Auch Annabelle war dabei gewesen, als Alfio von den Machenschaften des Bürgermeisters erzählt hatte. »Na warte«, hatte Annabelle geknurrt. Und als Peggy sie gefragt hatte, was sie meinte, hatte sie gesagt: »Das lass mal schön meine Sorge sein.«

Die Sonne glitzerte auf den Wellen, die Küste leuchtete, und ein leichter Wind strich um ihre Arme. Peggy hatte Annabelle versichert, dass ihre Tochter großes Talent hätte. Die hatte erst kritisch geguckt und dann doch ein wenig stolz ausgesehen.

Auch jetzt war Peggy begeistert davon, mit welcher Hingabe Mafalda das vorgefundene Material nutzte, sie benötigte wirklich nicht viel. Mafalda ist die eigentliche Künstlerin, dachte Peggy. Daneben war sie selbst eine Stümperin.

Egal. Peggy stand auf, nahm Anlauf und sprang mit einem Schrei auf ihr Walross. Der Sand spritzte.

»Was machst du da?«

»Das Walross befreien.«

»Walross befreien?«

Peggy nickte. »Aus seiner Form.«

»Ich lass meine Form heil. Guck mal, erkennst du, was es ist?«

Es war ein Tier mit sieben Armen.

»Das ist Oki. Cool, Maffi, der ist toll.«

»Finde ich auch. Irgendwann, wenn es stürmt und höhere Wellen kommen, nimmt das Meer ihn mit. Und so soll es auch sein.«

Mafalda klopfte schon wieder eifrig.

»Ich überlasse mein Walross auch dem Wasser. Das ist eine gute Idee.« Peggy nahm Hände voll Sand von der zerstörten Skulptur und warf sie mit großer Geste ins Meer.

Später gingen sie zusammen zum Haus. Peggy dachte, dass sie überlegen müsste, wie es weitergehen könnte. Wieder einmal.

»Und was ist jetzt mit deinem Wal? Also dem in der Scheune?«, wollte Maffi wissen.

»Ich finde ihn nicht mehr gut.«

»Und was machst du stattdessen?«

»Keine Ahnung, Maffi, ich bin gerade ziemlich ratlos. Hast du eine Idee?«

»Mach doch was mit Sand.«

~

Monika sah streng auf, als Nora hineinplatzte. »Immer schön langsam, eine alte Frau …«

Nora unterbrach sie. »Ich muss noch mal ins Archiv.«

Umständlich legte Monika ihr Strickzeug beiseite. »Hab ich mir fast schon gedacht. Dann komm mal mit.«

Monika schloss den Kellerraum auf. Nora versuchte sich zu orientieren. Die Schränke wirkten glatt, die Schübe waren geschlossen, es gab keinen Anhaltspunkt, welche sie vor Kurzem herausgezogen hatte.

»Ich hab das alles noch mal aufgeräumt. Muss ja niemand wissen, dass du hier warst. Ich kann dir aber sagen: Es war in diesem Schrank.« Monika deutete darauf, hielt sich mit schmerzverzerrtem Gesicht den Rücken und ließ Nora allein.

Es dauerte nicht lange, da hatte Nora gefunden, was sie suchte.

Sie nahm den Artikel und ging wieder hoch zu Monika.

»Hast du einen Kopierer?«

Nachdem sie alles verstaut hatte – eine leere Mappe hatte Monika ihr auch gegeben –, verabschiedete Nora sich. Monika strickte währenddessen unbeirrt weiter, es gab jetzt silbergraue Fäden in dem schwarzen Tuch.

»Ich würde sie ja gerne mal sehen, diese Villa.«

»Jetzt? Soll ich dich mitnehmen?«

»Ich weiß nicht, vielleicht wäre das zu viel.«

»Zu viel von was?«

»Na, die Villa ist schon was Besonderes. Von dem Haus geht eine starke Kraft aus. Ich spür so was ja.« Sie hob die Schultern. »Ich kann nichts dagegen machen. Sie kommen einfach, die Bilder. Mein Großvater hatte das auch. Hat Brände vorhergesehen, Unwetter. Bomben. Den hätten sie fast aufgeknüpft.«

Monika war hellsichtig. Ach herrje.

Nora hätte gerne gewusst, was Monika in Bezug auf die Villa sah, aber sie war zu ungeduldig, sie hatte noch etwas vor, und vor allem hatte sie keinen Sinn für Esoterik.

»Dann kommst du bald mal zu Besuch, ja?«

»Ja, bald klingt gut. Es gibt immer einen richtigen Moment.«

Das Geklapper der Nadeln begleitete Nora noch, als sie das Gebäude verließ.

Sie musste tanken, bevor sie in die Kreisstadt fuhr. Zwischen den Zapfsäulen stand zu Noras Überraschung Karsten, nicht Annabelle.

»Wo ist denn deine Tankwartin?«

»Hat gekündigt. Hat keine Zeit mehr, angeblich will sie sich um ihre Familie kümmern. Das nenn ich mal Solidarität.«

»Solidarität mit wem?«

»Na, mit icke.«

»Himmel, Karsten. Die Frau hat ein Kind.«

»Weiß ich.«

»Um das kümmert man sich.«

»Na, die aber ja nicht so viel.«

»Eben.«

»Egal. Kiek ich mal nach den Schwalben und mach hier ein bisschen klar Schiff.« Karsten griff nach einem Schrubber und einem Eimer. »Was sagt du dazu. War übrigens meine Idee. Schwalbenhausen, ne? Fing mit einem Nest an, wurden dann immer mehr. Gefiel mir, ditte. Wollten sie hier alle nicht haben, die Vögel, mussten aber ja herkommen, die Leute, die wollten ihre Karren ja nicht schieben, ne? Ist die einzige Tankstelle im Umkreis von fünfzig Kilometern.« Er sah höchst zufrieden aus.

»Soll ich dir was sagen?«, sagte Nora. »Ich finde das toll. Ich finde das zukunftsweisend, und ich meine, da hast du ein echtes Alleinstellungsmerkmal und eine Auszeichnung verdient: belebteste Tankstelle im ganzen Landkreis.«

»Ne? Sag ich doch.«

Als sie das Amt für Denkmalpflege betrat, hatte Nora ihre Mappe und eine Schale mit Johannisbeeren in der Hand. Erhöhter Level.

Der Sachbearbeiter sah nicht auf. »Keine Zeit, sorry.«

»Ich hab neues Material.«

»Bitte drau-ßen warten.«

Nora zog die Kopien aus der Mappe und legte sie auf den Tisch. Er wollte sie ihr wiedergeben, doch Nora hielt sie fest. »Erst angucken.«

Endlich wandte er den Blick vom Bildschirm, kniff die Augen zusammen, betrachtete die Bilder.

Griff wie nebenbei nach den Beeren, löste sie geübt von der Rispe. »Ich darf doch?«

Warf eine in die Luft. Fing sie.

Dann sah er Nora an. »Ändert alles.«

Als Nora bei der Villa ankam, fand sie die anderen wieder vor dem Laptop versammelt. Konrads Aufnahmen und Filme von Vögeln waren offenbar unerschöpflich und in der Villa sehr beliebt.

Alfio schwenkte die Eiswürfel in seinem Glas. »Nora, komm zu uns, es ist wirklich sehr interessant! *È meraviglioso.*«

Alfio und Konrad hatten ihre Stühle nebeneinander geschoben, Konrad hatte rote Wangen.

Auf Vögel hatte Nora jetzt wirklich keine Lust. Sie winkte ab.

Im Hineingehen hörte sie einen Laut und hielt inne. Das waren doch die Rufe, die sie in den ersten Nächten gehört hatte, kurz nachdem sie hergekommen war.

»Was ist das?« Sie kehrte um. Der Bildschirm war fast schwarz, man sah nichts.

»Der Wachtelkönig«, sagte Konrad stolz. Und bekam einen Schluckauf. »Dass er hier brütet, ist eine Sensation. Er ist extrem selten.«

»Selten?«

»Ja, absolut. Rote Liste. Der Wachtelkönig ist von Mai bis Mitte August in Mitteleuropa. Bodenbrüter. Die meisten Jungvögel sterben. Er braucht feuchte Wiesen, die nicht zu früh gemäht werden. Solche gibt es kaum noch.«

Nora sah ihn an. »Ich hab ihn rufen hören. Na dann.« Sie wollte gehen und hielt erneut inne. »Er ist selten, sagst du?«

Konrad nickte. Stieß auf. Alfio klopfte ihm auf den Rücken.

»Wie selten?«

»Keine Ahnung. Wenige Exemplare.«

»Aber hier kommt er vor?«

»Dieses Jahr hat er hier das erste Mal gebrütet. Ich konnte sogar ein Gelege fotografieren, dabei ist er absolut scheu.«

»Wo lebt er?«

»Auf feuchten Wiesen. Er braucht dichtes Gras.«

Alfio grinste. »Ah, Nora, gehst du jetzt auch unter die Ornithologen?«

»Vielleicht. Aber zuerst ist Konrad dran. Konrad, du musst zur Verwaltung«, sagte Nora bestimmt.

»Ich arbeite in der Verwaltung.«

»Dann musst du eben zum Gemeinderat, was weiß ich, wir müssen deine Entdeckung öffentlich machen.«

Konrad wand sich. Zum Bürgermeister, bloß nicht. Er tat alles, um dem aus dem Weg zu gehen. Er war hier in der Gegend, weil er in Ruhe Vögel beobachten wollte. Die Stelle war in der Zeitung ausgeschrieben gewesen, und viele Jobangebote gab es hier sonst nicht. Und weil es an Verwaltungsfachangestellten mangelte, hatte die Gemeinde ihm den Quereinstieg erlaubt. Besonders Monika hatte sich für ihn eingesetzt, sie wolle endlich einen vernünftigen Kollegen haben, hatte sie gesagt.

»Meinst du wirklich?«

Nora nickte. Konrad fühlte sich so getrieben. Er wollte nicht.

Da legte sich ihm eine warme Hand auf den Arm. »Es scheint, als wäre es richtig, das zu tun«, sagte Alfio. »Und ich würde mitkommen.«

43

Peggy saß auf der Stufe zur Veranda und befreite ihre Fußsohlen von Sand. Zwischen den Zehen versteckte sich am meisten, sie rieb ihn sorgfältig heraus. Was hatte Mafalda vorgeschlagen? Sie sollte mit Sand arbeiten. Süß. Peggy stand wieder auf. Die Fliesen im Eingang fielen ihr auf. Auch hier lag eigentlich immer eine hauchdünne Schicht. Es knirschte leise, wenn man das Vestibül durchquerte.

Dieser helle Sand würde vor allem aus Quarzkörnern bestehen, hatte der Professor ihnen erklärt. Ja, wenn man den Sand genau betrachtete, war er keine Menge, sondern bestand aus einzelnen Körnern, die höchst unterschiedlich waren. Regen, Frost, Sonne und Wind hatten dafür gesorgt, dass verschiedenes Gestein über Jahrmillionen zerrieben worden war.

Vielleicht sollte sie doch mit Sand arbeiten. Nora hatte mit angespannter Miene von dieser Baustellen-Tante berichtet, die neulich hier war. Die machte mit Sand sogar Geschäfte. Nora redete nicht viel, aber das war etwas, was ihr sichtlich zusetzte. Sand sei neben Wasser der am meisten genutzte natürliche Rohstoff, vom Volumen her, hatte ihnen Nora auf ihre erstaunte Nachfrage hin erklärt.

Das musste man sich mal vorstellen.

Sand würde weltweit zum Bauen verwendet, er sei der wichtigste Bestandteil von Mörtel und Beton. Für Häuser, für Straßen, für all das bräuchte man Sand, und zwar Unmengen. Die weltweiten Vorkommen, das müsste man sich allerdings klarmachen, seien bald erschöpft.

»Dann gehen die Baufirmen am besten direkt in die Wüste«, hatte Peggy vorgeschlagen. Sie konnte sich das nicht vorstellen. Wie Sand am Meer, das war doch sprichwörtlich. Es gab ausreichend, mehr als genug.

»Funktioniert nicht. Die Körner sind zu rund. Für Beton braucht man kantige Körner. Und die haben vor allem die Sande von den Küsten.«

»Und wo kriegt man die her?«

»Was glaubst du?«

Peggy hatte sie ratlos angesehen. »Na, von der Küste.«

»So ist es. In Asien gibt es Inseln, deren Sand verschwindet quasi über Nacht. Er wird illegal abtransportiert und verschifft, die Behörden sind oft korrupt und schauen weg. Einheimische, die sich dagegen wehren, werden bedroht, manchmal sogar ermordet. Aber auch bei uns wird Sand abgebaut, in Kiesgruben, in den Flüssen, überall.«

Peggy blickte auf den Sand im Vestibül. Hockte sich nieder, stippte den Finger hinein. Feinster weißer Sand, Glitzerkörner.

Noras Stimme klang ihr in den Ohren. »Unverzichtbares Material für Beton. Aber auch für Schleifmaterial, Porzellan, Glas. Alles Mögliche.«

Es wurde Raubbau betrieben. Und zwar in großem Stil. Millionen von Tonnen wurden illegal abgebaut, verschifft, importiert. Der Bauboom in der Welt fußte auf Sand. Und auch wenn ständig neuer Sand entstand, so wog die Menge bei Weitem nicht das auf, was verbraucht wurde. Außerdem wurde der natürliche Kreislauf gestört. Küsten erodierten, Ökosysteme im Meer brachen durch den Abbau ebenso zusammen wie die in Flüssen und an Land.

»Ob illegal oder legal, der Abbau hat dramatische Folgen«, hatte Nora festgestellt.

Sand. Je länger sie darüber nachdachte, desto überzeugter wurde sie, dass Mafalda recht hatte. Genau darum ging es.

Um Sand.

44

In seinem Büro war er nicht anzutreffen gewesen. Natürlich nicht. Konrad kannte das. Wenn man ihn sprechen wollte, war der Bürgermeister unsichtbarer als der Wachtelkönig.

Am Anfang hatte er sich noch gefragt, was sein Chef die ganze Zeit machte, warum er nie in der Verwaltung war, inzwischen fragte er sich das nicht mehr. Monika hatte es ihm erklärt: »Er kümmert sich nicht um uns, wir kümmern uns nicht um ihn. Im Grunde ganz einfach.«

Jetzt sollte er ihn also finden, den Herrn Bürgermeister. Und weil man Dinge eben doch mitbekam, wenn man Vögel beobachtete, hatte er so eine Idee und wies Alfio an, seinen Smart Richtung Ortsausgang zu steuern.

Schnittig nahm Alfio die Kurve im Wald, den Ellbogen auf dem Fensterrahmen, die Sonnenbrille auf der Nase, und malte sich wortreich aus, wie er den Chef, diesen Verbrecher, zur Rede stellen würde. Konrad auf der Beifahrerseite versank immer tiefer im Sitz.

Das Auto des Bürgermeisters war tatsächlich an der Tankstelle. Alfio parkte, stieg aus und ließ die Tür absichtlich laut zufallen. Die Schwalben zwitscherten. Ansonsten herrschte mittägliche Stille. Konrad wäre am liebsten sitzen geblieben. Seinen Job wäre er nach Alfios Auftritt los. Das befürchtete er zumindest.

Der Bürgermeister saß vor der Tür, auf einem hohen Hocker, mit Karsten, eine Flasche Cola in der Hand.

Alfio spazierte auf ihn zu. So breitbeinig, dass es aussah, als trüge er Cowboystiefel. »Chef!« Er winkte.

Der Chef sah aus, als wäre er unangenehm berührt.

Konrad öffnete vorsichtig die Tür und spähte hinaus. Er überlegte, ob er wirklich aussteigen sollte. Alfio seinerseits sah sich nicht nach ihm um.

»Nicht hier«, sagte der Bürgermeister abwehrend.

»Wir können reingehen«, schlug Karsten vor, der sich zu freuen schien, dass etwas passierte.

Der Chef warf Alfio einen unschlüssigen Blick zu. »Der Herr will bestimmt tanken«, sagte er laut und deutlich.

»Nein«, sagte Alfio, »ist noch voll, der Tank. Praktisch, so ein Smart. E-Auto.« Er stand jetzt direkt vor den beiden.

Karsten sah Alfio erwartungsvoll an. »Wir kennen uns aber noch nicht, oder?«

Der Bürgermeister rutschte vom Hocker und wollte Alfio beiseitenehmen, doch der trat einfach einen Schritt zurück. Wies auf die Schwalben unter dem Flachdach über den Zapfsäulen. »Hübsch, so viele Vögel!«

»Ja, ne? So was gibt es sonst nicht.« Karsten klang geschmeichelt.

Der Bürgermeister stellte die Colaflasche ab, um aufzubrechen.

»Stopp«, sagte Alfio und stellte sich ihm in den Weg. »Da gibt es noch was zu klären. Und zwar wegen solcher Vögel.«

Konrad rutschte tiefer. Nein, er war kein Held. Der Held stand dort drüben. Und was für einer.

»Aha, und was?« Der Chef versuchte zu lachen, aber das hatte er noch nie gekonnt.

»An der Steilküste, bei dieser Villa, dort brüten Vögel, die selten sind.«

»Ah, ja.«

»Sehr selten.«

»Und?«

»Die muss man beschützen.«

»Beschützen die sich nicht selbst? Ha, ha.«

»Nicht, wenn jemand versucht, sie zu vertreiben. Wenn jemand ihre Gelege zerstört. So heißen nämlich die Nester.«

»Ich muss dann mal.« Der Chef klopfte auf den Tisch.

»Alles, was die Erde erschüttert, stört sie beim Brüten«, fuhr Alfio ungerührt fort.

»Na, dann ist es ja gut, dass wir hier keine Erdbeben haben. Das ist in Italien ja anders. Da werden Singvögel im Übrigen verspeist.« Damit zog er sich die Jacke zurecht und ging an Alfio vorbei.

Konrad hielt die Luft an.

Alfio machte eine Bewegung, als wolle er ihn festhalten, ließ den Arm aber sinken. Der Chef setzte sich in sein Auto – Konrad beobachtete es durch den Seitenspiegel – und startete den Motor. Er fuhr los.

In dem Moment bog ein Motorroller von der Landstraße ein und verwehrte ihm die Ausfahrt. Annabelle. Sie stellte sich quer vor ihn.

Der Chef gab Gas und setzte zurück.

Jetzt. Konrad rutschte auf den Fahrersitz, drückte den Startknopf – er konnte ja gar nicht Auto fahren! – und trat aufs Pedal.

Es krachte ohrenbetäubend.

»Das war Nötigung.« Das Gesicht des Bürgermeisters war knallrot geworden. Die Falten um seinen Mund wurden tiefer. Er hat Magen, dachte Konrad.

Sie standen vor den beiden Autos, der Chef hatte Alfios Wagen von hinten gerammt, der Blechschaden war gewaltig.

»O nein, das ist Naturzerstörung«, sagte Alfio. »Und illegale Beauftragung der Zerstörung von Kulturgut. Was fällt mir noch ein?« Er tippte sich an die Lippe.

»Oha, Chef. Da hast du dir was eingefangen.« Karsten sah vergnügt aus. »Deinen Wagen, den kann ich dir aber machen.«

Annabelle hatte sich vor ihnen aufgebaut. Sie zog ihren Helm ab. »Echt jetzt. Hätte ich nicht von dir gedacht. Von wegen Hotelanlage. Und dann so was. Heimliche Sprengungen. Ist dir eigentlich klar«, ihre Stimme wurde gefährlich leise, »dass meine Tochter hätte abstürzen können?!«

Konrad trat von einem Bein aufs andere. Alfio grinste. Was gekracht hatte, war zwar sein Auto, aber der Bürgermeister war schuld. Er war hineingefahren. Zu schnell zurückgesetzt. Konrad war so zaghaft gestartet, da hätte nichts passieren können. Trotzdem war Alfio stolz auf ihn.

Annabelle hatte die Hände in die Hüften gestemmt, sie schien immer größer zu werden, die Schlange räkelte sich, sie züngelte gefährlich.

Gebannt sah Konrad sie an.

»Du denkst doch nicht, dass du damit durchkommst. Uns allen was erzählen von wegen Aufschwung und Belebung und Betrieb hier am Meer und dann alles kaputt machen, was einen Wert hat.«

»Welchen Wert soll was haben?« Jetzt schien der Chef ehrlich erstaunt.

»Alles, die Vögel, was weiß ich.« Annabelle machte eine große Geste.

»Na ja. Die Vögel waren schon immer da, und sie kommen auch wieder.« Für den Bürgermeister war die Sache damit erledigt.

»Die Villa war eine Künstlervilla. Dort wurde gemalt.« Konrad staunte selbst. Er hatte tatsächlich den Mund aufgemacht.

Der Bürgermeister warf ihm einen spöttischen Blick zu. »Und was wurde da gemalt, Vögel?« Er war blass, biss aber die Zähne zusammen.

»Auch. Der Strand. Das Meer. Die Natur … ja, auch die Vögel …«

»Selbstverständlich sind die etwas wert«, sprang Alfio ein. »Von unschätzbarem Wert sind sie, gar nicht zu ermessen. *È la natura, eh?*«

Karsten warf einen Blick zu den Schwalben hinauf.

Annabelle funkelte den Chef an. »Das wars, Herr Bürgermeister, darauf kannst du Gift nehmen. Der Ort ist klein, und mich kennt hier jeder.«

»Na also«, sagte Alfio zufrieden und rieb sich die Hände, »dann ist ja alles, wie sagt ihr hier, in Butter.«

~

»Das hat sie wirklich gemacht?« Peggy hatte rote Wangen vor Aufregung.

»Mama kann das«, bemerkte Mafalda. »Du hast ja keine Ahnung.«

»Du hast echt eine coole Mutter!«

Mafalda sah sie zweifelnd an.

»Sie hat ihn also richtig zusammengestaucht? Maffi, das ist eine gute Nachricht. Wenn das stimmt, passiert erst mal nichts mit der Villa. Dann bleibt sie stehen.«

»Kann sein.«

»Wie es weitergeht, weiß man ja nicht«, bemerkte Nora.

»Nora, weißt du, was mir so richtig auf den Keks geht? Deine überschäumend positive Art.«

Alfio hatte ihnen in buntesten Farben ausgemalt, was an der Tankstelle geschehen war. Und Maffi hatte erzählt, wie ihre Mutter dem Bürgermeister später noch einmal richtig die Meinung gesagt hatte. Sie hatte offensichtlich gewusst, wo man ihn finden konnte. Klipp und klar gemacht, was ab jetzt nicht mehr ging. Und ihm deutlich gesagt, was alle wüssten, nämlich die Sache mit den Sprengungen.

»Und was hat er daraufhin gesagt?« Peggy konnte von der Geschichte nicht genug bekommen.

Mafalda wiederholte: »Dann hat er gesagt, dass sie, also Mama, leider recht hätte und dass er froh wäre, wenn sie das nicht an die große Glocke hängen würde. Dass das ja unter ihnen bleiben könnte. Und dann hat Mama gefragt, warum sie das machen sollte. Und dann hat er gesagt, er würde sich etwas Schönes überlegen. Was er denn schön nennen würde, hat Mama da gefragt. Und dann hat er gesagt, ihm fiele schon etwas ein.«

»Cool«, sagte Peggy erneut bewundernd. »Das ist gut, deine Mutter ist großartig!«

»Vielleicht ist es gut. Aber ich mag es nicht, wenn Mama so ist.«

Agneta kam und teilte ihnen mit, dass sie bald abreisen und dass sie sie alle sehr vermissen würde.

»Wir vermissen dich auch«, sagte Peggy, »jetzt schon.«

Nora verspürte einen leichten Schwindel und sah zu Boden. Sie wollte am liebsten nicht abfahren, aber das brachte sie nicht heraus.

»Wisst ihr was?«, fragte Peggy. »Wir feiern ein Fest. Ein Abschiedsfest. Wir machen noch einmal ein Feuer am Strand. Und ich backe.«

Agneta nickte. »Gute Idee!«

»Au ja«, sagte Mafalda. »Ich will mit dir backen, Peggy. Und das Haus schmücken.«

»Das Haus? Wenn wir am Strand sind, brauchst du doch nicht das Haus zu schmücken.«

»Dann feiern wir hier oben«, sagte Nora. »Das ist sowieso besser. Vielleicht gibt es Regen.«

»Ich möchte Wimpel basteln, wie auf dem Foto. Peggy, darf ich?«

»Na logisch. Wann fährst du, Agneta? Übermorgen? Dann feiern wir morgen Abend.«

»Jippie!« Mafalda klatschte in die Hände. »Peggy, wo hast du Papier?«

»Ich hab kein Papier. Nimm das Buch von der Rezeption.«

»Das soll ich zerschneiden?«

»Hab ich auch gemacht. Es ist sowieso fast leer. Auf gehts!«

45

Das Meer glitzerte im letzten Licht des Tages. Peggy hatte alles aufgeboten und verschiedene Kuchen gebacken, sowohl süß als auch herzhaft, Agneta hatte einen großen Topf Suppe gekocht, außerdem hatten sie mehrere Schüsseln mit Salaten zubereitet und belegte Brote angerichtet.

Nora hingegen hatte gefegt. Sie war durchs Haus gewandert und hatte Spinnweben beseitigt. Sie wusste nicht, wozu sie das eigentlich tat, es war sauber genug, sie wusste nur, dass es sie beruhigte. Gelegentlich strich sie sanft mit der Hand über eine Wand.

Ein leichter Wind wehte durchs Haus. Ein Duft nach warmem Gras lag in der Luft, daneben der nach Meer und Küste.

Sie würden auseinandergehen. Auch sie selbst würde abfahren und kein Aufhebens davon machen. Aber heute Abend würden sie feiern. Die Villa konnte nichts dafür, was in ihr geschehen war, sie bewahrte das Gute wie das Schlechte, sie gab jedem und jeder eine neue Chance.

Als Erstes bog Sercan mit seinem VW-Bus auf den Hof ein. Hugo sprang bellend auf ihn zu und drehte sich vor Glück im Kreis. Ein Sabberfaden flog durch die Luft.

»Komm her, alter Knabe.« Sercan kraulte und klopfte ihn, dass der Hund vor Seligkeit fast verging. Dann hob er seine Darbuka aus dem Kofferraum.

»Woher wusstest du …?« Nora war Hugo gefolgt. Sie stellte fest, dass sie sich freute. Sercan war schmaler als vorher, sah aber deutlich besser aus. Seine Augen leuchteten. »Intuition. Nein, Nora, natürlich nicht. Peggy hat mir Bescheid gesagt. Wir standen wegen des Hundes in Kontakt.«

Auch seine Band kletterte aus dem Bus, zwei Männer und eine Frau, sie entluden ihre Instrumente.

Dann kamen Mafalda und Annabelle. Peggy hatte darauf bestanden, dass sich alle verkleideten, das Fest stünde nämlich unter einem Motto. »Ratet, was es ist. Das Motto ist natürlich das Meer!« Annabelle trug einen Ganzkörperanzug mit blaugrün glänzenden Schuppen. Sie sah aus wie eine Meerjungfrau. Oder wie eine Schlange. Eine Freundin begleitete sie, sie ging als Seestern, korallenrot.

Mafalda trug das, was sie immer trug, Jeans und T-Shirt. »Ich mag keine Verkleidungen«, erklärte sie. »Außerdem bin ich traurig, dass Oki nicht dabei ist.«

Nora war nichts eingefallen, mit dem sie sich verkleiden konnte. Mottopartys waren einfach nichts für sie. Agneta hatte sie angeschaut, als würde sie ihr eine Blume ins Haar stecken wollen. Dann hatte sie gelächelt und die Hände wieder sinken lassen. Peggy war vorbeigefegt. »Typisch, ist mir jetzt aber auch egal. Dann gehst du eben als Nora.«

Peggy selbst hatte von einem Hemd die Ärmel zerrissen, außerdem hatte sie ein verwegenes Tuch ins Haar gebunden und trug einen Säbel aus Holz am Bund. »Ich bin natürlich Piratin, ist doch klar.«

Agnetas Kleid war heute besonders blumig, sie hatte ein paar hohe Schuhe hervorgezaubert und eine hübsche Muschelkette umgehängt. Der Professor hatte sich eine Möwenfeder ins Knopfloch gesteckt, Alfio hatte eine Taucherbrille vor den Augen, die er später ins Haar schob, und Konrad trug hautenge Jeans und ein gut sitzendes gestreiftes T-Shirt. Peggy stellte einmal mehr fest, dass er muskulöser war, als man es auf den ersten Blick bemerkte. »Matrose«, erklärte er, leicht verlegen.

Sogar die Villa wirkte verzaubert, es lag goldenes Licht auf ihr. Monika kam in Schwarz, diesmal allerdings in roten Schuhen und mit einem roten Schultertuch, ihre Haare hatte sie kunstvoll aufgesteckt. »Gehe ich als Meerhexe durch?« Und auch Monika hatte zwei Freundinnen mitgebracht, die sich kostümiert hatten und mit bewundernden Blicken die Villa betraten.

Vor dem Haus waren Tische aufgebaut, die Veranda zierten Wimpel, Mafalda war fleißig gewesen und hatte gebastelt. In den Schränken hatten sich ausreichend Tischdecken und versilberte Schalen gefunden, das alles schmückte das Buffet. Natürlich hatten sie auch die Kristallgläser geputzt und aufs Buffet gestellt.

»Wie auf dem alten Foto«, sagte Mafalda. Feierlich betrat sie das Innere der Villa an der Hand ihrer Mutter. Schritt für Schritt durchquerte sie das Vestibül und ging in den Speisesaal, der ebenfalls hergerichtet war, die Wettervorhersage war durchwachsen. Ihrer Brust entrang sich ein zufriedener Seufzer. Nora bemerkte, dass sie nicht auf die Farben der Fliesen geachtet hatte. Wein leuchtete in der Karaffe, die Limonade sprudelte und ließ feine Bläschen am Glasrand klingeln, Peggy und Agneta hatten sie mit Minze und Blumen verziert und drückten allen ein Begrüßungsgetränk in die Hand.

Die Freundin von Annabelle lud einen Grill aus ihrem Auto.

»Hab ich mir von Hagen geben lassen«, sagte Annabelle, die selbst mit dem Motorroller gekommen war. »Er muss heute Abend arbeiten, er hat eine Feier im Nachbarort, bei der er das Catering macht. Ich hab ihm gesagt, er soll lieber hierherkommen, zu uns, aber er meinte, dass das wohl nicht klappt. Ich hab ihm gesagt, dann soll er die Feier absagen. Aber das wollte er nicht. Dabei macht er sonst eigentlich, was er will.«

Nora ahnte, woran es lag. Trotzdem wollte sie diesen Abend

genießen, es ließ sich ja nicht ändern. Sie war diejenige, die auf Hagen zugehen müsste, so viel war klar.

Es wurde wunderschön. Der Wind wehte lau, sie aßen und tranken, lachten und erzählten sich etwas. Mafalda hüpfte herum und spielte mit Hugo. Annabelle warf den Grill an, legte Kartoffeln darauf, Fleisch und Fisch, dazu gab es die Unmengen an Salat, Teigröllchen und andere Köstlichkeiten. Es war, als ob die Villa selbst lächelte, weil hier endlich wieder Menschen waren und weil sie ein Sommerfest feierten.

Angeregte Gespräche, Gelächter, für Nora verschwamm die Geräuschkulisse. Der Sommerwein – »Das ist Tinto de Verano, ein spanisches Rezept, es passt gut hierher«, hatte Agneta erklärt – kribbelte ihr im Magen, im Kopf. Sie ging zu den anderen. Agneta gestikulierte, sie unterhielt sich mit Meryem, der Sängerin aus Sercans Band, es ging um Musik und um Berliner Aufführungen, die beide gesehen hatten.

Alfio jonglierte mit Limonen, Konrad sah ihm andächtig zu. Plötzlich sagte Alfio: »Fang!«, und warf Konrad eine Frucht zu. Konrad ergriff sie geistesgegenwärtig. »Bravo!« Alfio stieß Konrad spielerisch an, sah dabei jedoch aus, als ob es ihm sehr ernst wäre. Der Professor rückte seinen Strohhut zurecht. Peggy befragte ihn über die Entstehung und Zusammensetzung von Sand, sie müsste das noch mal genauer wissen, und er antwortete bedächtig.

Die Sonne sank, der Himmel färbte sich leuchtend rot, die Wimpel wehten leicht in der Brise, die Glut knisterte.

»Übrigens«, sagte Annabelle plötzlich, »ich habe Hagen noch mal angerufen. Er kommt definitiv nicht mehr. Er schafft es nicht. Ich soll dich von ihm grüßen, Nora.«

Bevor Nora reagieren konnte, kam Mafalda auf sie zugelaufen. »Weißt du überhaupt, was? Onno kann zu Mamas Freundin auf ihren Pferdehof! Sie hat ihn sich vorhin angeschaut. Sie glaubt, dass man ihn zähmen kann, er kann vielleicht sogar ein

Reitpferd werden. Er braucht nur die richtige Gesellschaft, sagt sie.«

»Das ist ja toll, Maffi.« Mafaldas unerschütterlicher Glaube an die Tiere, mit denen sie zu tun hatte.

»Ich würde so gern reiten«, seufzte Mafalda und war kurz darauf schon wieder weggehüpft.

»Wie wär's mit einem kleinen Konzert?« Sercan hatte schon angekündigt, dass sie sich nicht umsonst zu viert auf den Weg gemacht hätten.

Er legte sich seine Darbuka zurecht, auch die anderen nahmen ihre Instrumente, ein Saiteninstrument und eine zweite Trommel, Meryem stellte sich in Position und begann zu singen, gefühlvoll und klar.

Peggy hatte Mafalda einen Arm um die Schultern gelegt und hörte aufmerksam zu. Wer als Erste tanzte, war Annabelle. Sie bewegte Fingerspitzen, Schultern und Hüften, die Schlange auf ihrem Arm räkelte sich und schimmerte. Auch der korallenrote Seestern begann zu tanzen.

Das Trommeln wurde lauter, der Wind frischte auf, vereinzelt flatterte eine Fledermaus in ihrem Zickzack-Flug durch die Dämmerung. Alfio entzündete mitgebrachte Fackeln, der Feuerschein spiegelte sich in Konrads Brillengläsern. Selbstvergessen klatschte Alfio den Rhythmus mit.

Nora war benommen von der Musik. Ohne darüber nachzudenken, trat sie in den Kreis der Tanzenden, hob die Arme und drehte sich. Meryem sang ein Lied, das Nora aufwühlte. Sie hatte die Musik schon immer gemocht und Sercan gerne zu seinen Proben und Konzerten begleitet.

Agneta sah Nora an und legte sich die Hand auf die Brust, und Nora verstand: Sie spürte die Trommeln. Sie sah ungewöhnlich ernst aus, während sie tanzte, und sie tanzte sehr ausdrucksvoll.

Monika saß zufrieden am Rand und rauchte, ihre Freundinnen befestigten einen Wimpel, der sich gelöst hatte.

Dann fassten sie sich bei den Händen, Meryem führte sie an. Später legten die Musiker ihre Instrumente beiseite, es wurde weiter gegessen und getrunken, Annabelle legte neues Holz ins Feuer, es war inzwischen nahezu dunkel, das Meer rauschte beständig.

Nora holte tief Luft. Auf eigenartige Weise landete sie immer wieder zwischen den anderen, auch wenn sie sich zurückziehen wollte. Einmal war es ihr fast gelungen, da kam Monika auf sie zu und reichte ihr, was sie rauchte. »Lass los, Nora«, sagte sie mit ihrer tiefen Stimme, »lass einfach mal los.«

Nora zog, behielt den Rauch in der Lunge, atmete aus.

»Ich habe übrigens die Karten gelegt. Das mache ich manchmal. Ich habe sie zu dir befragt.«

Nora fühlte Heiterkeit aufsteigen. »Und?«

Monika wiegte bedenklich den Kopf. »Da waren viele Menschen, du warst noch ein Kind. Es war nicht schön für dich.«

Diese Hexe, dachte Nora. »Ich bin oft umgezogen. Das passt schon.«

»Auch diese Villa spielte eine Rolle. Ich habe viele Betten gesehen, viele Geschichten.«

Nora wurde schlecht. Sie würgte.

»Ich habe auch Gutes gesehen«, rief Monika erschrocken.

Doch Nora ging zurück ans Feuer.

»Hat sie dir die Karten gelegt?«, sagte eine von Monikas Freundinnen mitleidig. »Das macht sie gern. Aber soll ich dir was verraten? Ich glaube, Moni kann gar keine Karten lesen. Sie ist einfach ein einfühlsamer Mensch, auch wenn sie es nicht zeigt. Sie begreift, was Menschen beschäftigt.«

Und sie hat gesehen, was ich im Archiv zutage gefördert habe, dachte Nora plötzlich. Sie hat dort nämlich hinter mir aufgeräumt.

Sie ging wieder hinüber zu Monika. »Was hast du noch gesehen? Du hast gesagt, es wäre etwas Gutes gewesen?«

»Du hast alle Betten hinausgeworfen und alle Räume neu gestrichen.« Monika lachte und fasste Nora an den Schultern.

Nora musste auch lachen. Sie sah zur Villa hinüber. In diesem Augenblick fiel dort eine Sternschnuppe. Weiter hinten, am Horizont, war der Himmel jetzt rabenschwarz. In der Entfernung grummelte es unheilvoll.

Der Professor hatte sich zurückgezogen, es sei ein sehr schönes Fest gewesen, versicherte er, aber er würde sich jetzt zur Ruhe begeben. »Ich mag keine Gewitter«, hatte Peggy gesagt und dafür gesorgt, dass alle mit anfassten und die Tische hineintrugen. Im Saal wurden neue Gläser hingestellt, die Reste aus den großen Schüsseln in kleinere gefüllt, Kerzen entzündet.

Erneut donnerte es, diesmal näher. Gebannt sahen sie aus dem Fenster, schwarz war es dahinter, eine gespenstische Stille herrschte. Einen Moment sagte niemand etwas.

Dann sprang Alfio auf. *»Manca la musica.«* Er öffnete den Klavierdeckel, rückte den Hocker zurecht und schlug ein paar Akkorde an.

Peggy steckte Kerzen in die Halter am Klavier. Wie viele sie gekauft hat, dachte Nora und wunderte sich, dass im Supermarkt überhaupt so viele Kerzen vorrätig gewesen waren. Vielleicht hatten Monika und ihre Freundinnen sie auch mitgebracht.

Nora hatte nicht gewusst, dass Alfio Klavier spielen konnte. Leichthändig intonierte er ein paar Jazzstücke.

Nora war wie betrunken, und sie war es doch nicht. Es war etwas, was sie selten erlebte: Dass sie sich auf schwerelose Weise zugehörig fühlte, nicht mehr nachdachte. Alfio sang jetzt ein Lied auf Italienisch, Nora wusste nicht, ob jemand außer ihm den Text verstand.

Draußen krachte der Donner, es begann gegen die Fenster zu prasseln. Jemand hatte etwas vergessen, lief hinaus, kam nass wieder herein, andere schlossen die Fenster, redeten durcheinander. Mafalda barg den Kopf an der Schulter ihrer Mutter, sie sah zufrieden aus, Annabelle hielt sie fest umschlungen.

Peggy riss bei jedem Blitz, bei jedem Donner erschrocken die Augen auf. »Oje, Nora, bricht jetzt das Haus über uns zusammen?« Doch Nora wusste, dass es einen Blitzableiter gab, den Strom hatte sie sicherheitshalber abgeschaltet.

Sie schoben ein paar Tische zusammen und setzten sich darum, Konrad, stellte sich heraus, beherrschte Zaubertricks, die ganz außergewöhnlich waren und alle zum Staunen brachten.

Maffi fielen irgendwann die Augen zu. »Musst du nicht ins Bett?«, fragte Nora. »Heute Nacht nicht«, erwiderte Annabelle.

Meryem bat Monika, ihr die Karten zu legen. Dann sangen Agneta und die drei Frauen mit verschiedenen Stimmen, ein schwedisches Volkslied, wie Agneta erklärte, es klang tief und melancholisch, und alle lauschten verzaubert.

Peggy wechselte irgendwann den Platz und setzte sich zu Annabelle. Annabelle hatte ein buntes Getränk vor sich stehen, sie trank den ganzen Abend, wie Nora bemerkt hatte, ohne betrunken zu wirken.

Mit großen Gesten erklärte Peggy Annabelle ihre Idee, bei ihrer Kunst auf Sand zu setzen. »Konzeptkunst, verstehst du? Aktionskunst! Die Leute müssen aufgerüttelt werden. Am besten macht man das als Gruppe. International, mit Künstlern aus mehreren Ländern. Die Kunst muss politisch werden. Das darf nicht mehr dekorativ sein oder irgendwie persönlich. Es geht um mehr. Es geht um alles!« Sie stieß ihren Säbel in die Luft.

Annabelle betrachtete sie, die Lider halb geschlossen. »Und was willst du machen, auf Marktplätzen große Sandburgen bauen?«

»So ungefähr, das will ich ausprobieren. Man muss Sand nehmen und eine Formensprache finden, Aktionen, die dazu passen. Und weißt du, was das Beste ist: Es war Maffis Idee!«

»Formensprache?«

»Nein, Sand.«

Mafalda war währenddessen eingeschlafen, ihr Kopf war von der Schulter ihrer Mutter erst auf deren Schoß gerutscht, jetzt lag sie quer auf drei Stühlen und sah sogar im Schlaf zufrieden aus. Peggy holte eine Decke und legte sie dem Mädchen über.

Annabelle hatte zu tanzen begonnen. Mit hypnotisierender Langsamkeit bewegte sie sich zum Rhythmus der Darbuka, irgendwer trommelte schon wieder, die Kerzen flackerten, ihre Tätowierungen schienen lebendig, die Schuppen ihres grünlichen Kostüms schillerten. Meryem trat zu ihr, auch sie tanzte. Das Trommeln wurde lauter, der Rhythmus veränderte sich, wechselte, es war, als webte er die Tänzerinnen ein. Annabelle führte ihre Hände am Körper entlang, bewegte die Finger und formte Figuren mit ihren Händen, dabei richtete sie ihren hypnotischen Blick auf Peggy.

Nora öffnete ein Fenster. Irgendwie zogen schon wieder Rauchschwaden von Monika durch den Raum. Es regnete nicht mehr, der Himmel war voller Sterne. Der Sturm hatte sich gelegt, ohne dass sie es bemerkt hatten. Eine Sternschnuppe. Direkt darauf eine zweite. Sah sie jetzt doppelt?

Auch Peggy tanzte jetzt. Ihr Haarband verrutschte, ihre Haare waren ein zerzaustes Nest. Annabelles Augen leuchteten, als sie sich mit ihrem biegsamen Körper vor ihr bewegte, sich gleichsam um sie schlang, ohne sie dabei zu berühren. Der Takt wechselte erneut, das Tempo wurde schneller, sie drehten sich umeinander und um sich selbst, ihre Fingerspitzen schienen Funken auszusenden.

Mafalda öffnete ein Auge. »Ihr seht aus wie eine Schlange mit zwei Köpfen.« Dann schlief sie wieder ein.

Immer näher kamen die beiden einander. Sercan trommelte schneller. Nur aus dem Augenwinkel sah Nora, wie Annabelle Peggy an sich zog.

Sercan änderte den Takt, er wurde leiser, eine besondere Ruhe legte sich über alles. Nora öffnete das Fenster erneut, hörte das Rauschen des Meeres. Sie sah die hellen Flügel der Schleiereule.

Irgendwann erstarb das Trommeln.

Die Musiker übernachteten in der Scheune, Monika und ihre Freundinnen brachen auf und nahmen die Seesternfrau mit, man hörte ein Auto starten. Agneta sagte, sie schlafe im Stehen ein, und räumte ein paar Gläser zusammen, bevor sie nach oben ging. Alfio und Konrad waren schon früher verschwunden. Über dem Meer zeigte sich zaghaft der Morgen. Nora hörte die ersten Vögel, sie sah Annabelle und Peggy am Tisch, sie waren dort eingeschlafen, die Köpfe auf den Armen, Mafalda zwischen sich, dann legte sich ein rosafarbenes Licht auf das Meer.

46

Das Meer konnte silbern sein und grau. Seine Oberfläche spiegelte den Himmel. Oft war es blau. Manchmal auch türkis, das war der kreidige Untergrund, der es so leuchten ließ. Dunkelblau war seine Lieblingsfarbe.

Dunkelblau wie das Meer an einem windigen Tag.

Dunkelblau wie der Nachthimmel.

Dunkelblau wie eine gemalte Kachel.

Dunkelblau wie die Blüten von Rittersporn in einem Bauerngarten.

Dunkelblau wie Iris' Augen. Iris, seine erste Liebe.

Dunkelblau war das Meer auch jetzt. Noch ruhte der Wind, doch ein Sturm zog auf, er spürte es mit untrüglicher Sicherheit. Etwas braute sich zusammen, die Luft war feucht, der Himmel ballte sich schwarz wie eine Faust über dem Meer, und sie würde näher kommen, sie würde sich öffnen und alles mit sich reißen. Sturmböen würden die Wellen ans Ufer peitschen, es würde tosen, die Luft wäre erfüllt von Gischt. Die Tiere würden sich verbergen, die Krebse unter Steinen, die Uferschwalben in ihren röhrenförmigen Nestern. Das Federkleid der Möwen würde zerzaust sein.

Die Villa oben am Hang würde ächzen. Aber sie würde standhalten. So wie sie immer standgehalten hatte. Die Fenster würden leise klirren, das Gebälk sich biegen, ein Ziegel würde sich lösen und vom Dach rutschen. Der Putz würde sich vollsaugen mit salziger Luft.

Die Ruhe vor dem Sturm war es, die herrschte. Noch spielten kleine Wellen auf dem Wasser, graugrün, der Professor tauchte die Ruder ein, zog durch mit aller Kraft, tauchte sie wieder ein.

Seine Brille war ihm über der Anstrengung von der Nase gerutscht. Auf dem Boden des Bootes schwappte Wasser, stand eine Lache.

Weit entfernt grollte es. Der Sturm kam näher, er spürte es genau. Er spürte es im Kopf, auf der Haut, am ganzen Körper. Die Spannung, die in der Luft lag, die Feuchtigkeit.

Anders als während lauer Sommerabende, wenn das Licht allmählich abnahm, golden über dem Meer, schoben sich jetzt dunkle Wolken vor die Sonne wie eine Wand. Das Wasser war jetzt schwarz.

Das Boot schaukelte leicht. Eine Windböe hob es an. Das Schaukeln wurde stärker. Er hatte die Ruder sinken lassen und horchte. Auf das Grollen, das Rauschen, das Tosen.

Die nächste hohe Welle. Ein Spritzer Gischt. Es war wie ein Kuss, ein Kuss des Meeres. Ein verschlingender, leidenschaftlicher. Das Meer liebte ihn, so wie er das Meer liebte.

Der Professor spürte, wie Wasser in seine Schuhe schwappte. Gischt spritzte und brachte seine Augen zum Brennen. Er rieb sie mit der Hand, das Ruder entglitt ihm.

Er zitterte jetzt vor Kälte. Aber das war egal.

Das Boot kreiselte, wurde von der nächsten Welle hochgehoben und fiel hinab. Er klammerte sich an die Sitzbank des Ruderboots.

Die weiße Villa, er meinte sie zu sehen, dort hinten, am Rand der Steilküste. Ein heller Fleck, vielleicht täuschte er sich.

Eine weitere Welle nahte. Er sah ihr entgegen.

47

Am nächsten Morgen setzte Nora sich mit einem Kaffee auf die Veranda. Das Gras glänzte, Regentropfen hingen an den Halmen.

Peggy tauchte auf, mit zerzausten Haaren, Mafalda und Annabelle schliefen noch. »Ich bereite uns Frühstück.«

Kurz darauf duftete es aus der Küche nach frischen Brötchen, wie machte sie das nur?, und auch die anderen kamen allmählich aus der Scheune und aus den Zimmern.

»Ah!« Alfio streckte sich. »Welch herrlicher Morgen!«

Konrad erschien kurz nach ihm und wurde rot, als er Nora sah.

Sie räumten ein wenig auf, dann saßen sie im Speisesaal beim Frühstück, nur der Professor fehlte.

»Ich hole ihn.« Kurz darauf kam Peggy wieder, ratlos, einen Briefbogen in der Hand. »Der Professor ist nicht mehr da.«

Er teilte ihnen mit, dass sie sich bitte nicht den Kopf über ihn zerbrechen sollten, und bedankte sich für die gute Zeit, er würde sich jetzt auf den Weg nach Hause machen. Einzelne Wörter im Satz fehlten.

Nora war beunruhigt. Etwas stimmte nicht. Bisher hatte der Professor sie in seine Pläne eingeweiht, auch wenn er zugegebenermaßen in seiner eigenen Gedankenwelt lebte. Am Abend zuvor hatte er klar gewirkt. So wie die Phase der Desorientiertheit überhaupt vorübergehend gewesen zu sein schien. Vielleicht hatte er das Gewitter verschlafen und sich am Morgen auf den Weg gemacht, leise, um sie nicht zu stören. Vielleicht hatte ihn jemand mit in die Stadt genommen, vielleicht Monika und ihre Freundinnen.

Trotzdem war ihr nicht wohl.

Da kam Annabelle verschlafen von oben, sie hielt ihr Handy hoch. »Mein Bruder hat mir geschrieben. Euer Professor ist abgereist.«

Hagen hatte den Professor auf der Landstraße getroffen, als er spätnachts von der Feier im Nachbarort zurückgekehrt war. Völlig durchnässt sei der alte Herr gewesen, er hätte einen kleinen Koffer dabeigehabt. Hagen hatte ihn mit zu sich genommen, ihm eine heiße Dusche angeboten und ihm trockene Kleidung gegeben.

»Warum hat Hagen ihn nicht hergebracht?«, fragte Peggy verständnislos.

»Der Professor wollte wohl nicht zur Villa zurück. Er hat gesagt, dass er nach Hause möchte.«

»Und wo soll das sein«, fragte Peggy, »hier oder in England?«

»Er hat gesagt, sein Urlaub sei zu Ende, er würde nach England zurückkehren, in sein Wohnheim. Dort sei es nicht so schlecht. Und dann hat er noch etwas gesagt. Etwas Seltsames. Er hat gesagt, dass er am liebsten mit dem Boot gefahren wäre.«

Agneta schlug vor, den Professor mit nach Berlin zu nehmen. Sie würde ihn dort zum Flughafen bringen und bis an den richtigen Schalter begleiten. Sie bat Peggy, ein paar Telefonate für sie zu führen. Unter anderem die Tochter des Professors müsste angerufen werden, um alles für ihn zu organisieren.

»Diese Schreckschraube?«, sagte Peggy.

»So schlimm ist sie gar nicht«, erwiderte Agneta, »sie macht sich mehr Gedanken über ihren Vater, als ihr denkt.«

»Sie will doch nur das Haus haben.«

»Nein, das musste sie sich aus dem Kopf schlagen. Sie war in der Verwaltung, und dort hat ihr eine Dame in Vertretung des Bürgermeisters ein offizielles Schreiben überreicht. Das Haus ist laut gerichtlichem Beschluss an die Gemeinde gefallen.«

Monika, dachte Nora und musste unwillkürlich grinsen.

Agneta hatte rasch gepackt. Dann hatte sie alle herzlich umarmt. »Besucht mich in Berlin, versprochen, ja? Kommt meine Oper anschauen, ich lasse euch Karten reservieren!«

Auch Sercan war mit Meryem und den anderen Musikern abgefahren. Hugo war mit einem Satz in den Laderaum gesprungen, als hätte er Angst gehabt, zurückzubleiben. Er fühlte sich Sercan am meisten zugehörig, das war klar.

»Den Köter nimmst du mit, oder?«, hatte Nora sich vergewissert.

»Ach, Nora.« Sercan hatte sie kopfschüttelnd angesehen.

Dass er ihn erst mal behalten würde, hatte er Nora am Abend zuvor mitgeteilt. Er hatte ihr auch erzählt, dass die Operation gut verlaufen sei, dass die Untersuchungen zum Glück ein eingegrenztes Bild ergeben hätten.

»Wenn ich noch mal einen Hundesitter brauchte, frage ich dich.« Sercan hatte gezwinkert.

Nora war erleichtert. Sie freute sich auch darüber, dass es da jemanden gab, wie Sercan angedeutet hatte, eine neue Frau, die er traf. Sie gönnte es ihm. Er hätte diese Frau im Krankenhaus kennengelernt. Sie hätten im selben Wartezimmer gesessen, über Stunden, ihre Finger hätten nach wenigen Minuten einen Rhythmus zu klopfen begonnen, später hätte sie ihre gefüllte Teigtasche mit ihm geteilt. »Es hat gepasst, Nora, sofort.«

»Wie alt ist sie?«

»Dreiundfünfzig, fast so alt wie ich. Ist das jetzt komisch für dich?« Seine warmen Augen sahen sie besorgt an.

Nein, das sei nicht komisch für sie, hatte Nora versichert.

»Nora, aber wenn du mal …«

»Hör auf, Sercan, ich bitte dich, es ist alles gut, so, wie es ist, Nimm deinen Hund und zieh Leine.« Sie hatte gewinkt, bis der Bus um die Kurve im Wald verschwunden war.

Auf einmal war das Haus fast leer. Sogar Onno war weg. Der Seestern hatte sich als echte Pferdefrau herausgestellt, sie hatte ihn gleich mittags abgeholt und in ihren Stall gebracht. Sie war zuversichtlich, dass es ihm dort gefallen würde.

Nora nahm ihre Reisetasche.

Konrad hatte sich schon verabschiedet, und auch Peggy, Annabelle und Mafalda waren aufgebrochen, Annabelle wollte Peggy zum nächsten Bahnhof bringen.

Beim Abschied hatte Nora nur die Hand gehoben. Ein Kloß hatte ihr in der Kehle gesessen.

»Tschüs, Nora.« Peggy hatte ausgesehen, als ob sie sie umarmen wollte, es aber nicht getan. Stattdessen hatte sie sich hinter Annabelle gesetzt, ihren riesigen Rucksack auf dem Rücken, und Annabelle hatte gewinkt und den Motorroller gestartet. Mafalda saß vor ihrer Mutter.

Nora musste skeptisch ausgesehen haben. »Passt schon«, hatte Annabelle nur gesagt und war losgebraust.

Alfio kam aus dem Haus, ebenfalls mit einer Tasche. »*Ciao*, Nora, ich mach mich auf den Weg.«

Nora nickte.

»Was wird eigentlich aus der Villa?«

»Sie wird vermutlich unter Denkmalschutz gestellt. Es gibt eine Reihe von Argumenten, die dafürsprechen. Mit Pech wird sie abgerissen.«

»Von dir?«

Nora schüttelte den Kopf. »Von mir ganz bestimmt nicht. Ich hab damit nichts mehr zu tun. Was machst du denn jetzt, ich meine, beruflich?«

»Ich hab einen gut bezahlten Job bei der *Brightbau Solutions*. Mareike hat mich eingestellt.«

Nora spürte, wie ihr die Gesichtszüge entglitten.

Alfio lachte. »*Sto scherzando.* Mareike hat mich tatsächlich gefragt, aber nein, ohne mich. Ich denke, ich gehe eine Weile nach Italien. Mal schauen. Vielleicht heuer ich als Pianist auf einem Kreuzfahrtschiff an. Und du?«

»Ich werde Rettungsschwimmerin am Wannsee.«

Alfio lachte wieder. »Pass bloß auf. Ein wenig Humor steht dir nämlich. Lass uns in Kontakt bleiben. *Ci vediamo,* Nora.« Dann war auch er fort.

Der vertraute Geruch nach Metall und Staub. Nora startete ihren Lieferwagen. Sie hatte einen langen Sommer erlebt, ein paar unwirkliche Wochen. Sie wusste nicht genau, wohin sie fahren würde. Zwischenstopp in Berlin und dann nach Süden. Nicht nach Frankfurt. Eher Rom. Die Inseln. Irgendwohin, wo es viel Meer gab.

Als die Villa im Rückspiegel verschwand, verspürte sie einen heftigen Schmerz. Er war neu und vertraut zugleich, er schnitt tief ein, präzise wie ein geschliffenes Messer.

Nora hielt das Lenkrad fester und fuhr weiter. Die Kurve im Wald. Der Graben, in den sie gerutscht war.

»Nicht nach hinten schauen.« Die Stimme ihrer Mutter. »Schön nach vorne sehen, Mäuschen. Das wird ganz toll, wo wir jetzt hinfahren. Da sind nettere Leute als die, die uns nicht mehr haben wollten, die sind wirklich nett.«

Nichts wurde toll. Nichts wurde je toll, und niemand wurde jemals netter. Wären sie nur geblieben. Nur ein einziges Mal.

Nora hieb mit der Handkante aufs Lenkrad. Diese wahnsinnige Wut. Sie empfand sie lodernd und heftig. Sie hatte sie die ganze Zeit unterdrückt, als Kind wie als Erwachsene, und es war, als bräche sie sich jetzt Bahn. Diese Wut, von der sie nie gewusst hatte, wohin damit. Die sie in sich verborgen hatte, fest verschlossen, wie alle Gefühle, wie Trauer und Schmerz,

Zuneigung und Liebe. Sie hatte nie jemanden an sich herangelassen, niemand durfte ihr nahekommen, kein Mensch, kein Tier. Sie hatte alle auf Abstand gehalten, unfähig, ihre Gefühle zu zeigen. Immer ihre Angst, wenn es ernst wurde. Und die Sehnsucht, die hatte sie am meisten bekämpft. Abreißen. Nur nach vorne schauen. Hinter sich die gewalzte Fläche. Da entstand dann etwas schönes Neues.

Sie hatte funktioniert, all die Jahre.

Nora spürte, wie ihr Magen sich zusammenzog.

Sie ließ den Wagen am Straßenrand stehen und rannte los, einfach quer durch den Wald, auf schmalen Wegen, durchs Unterholz und um Tümpel herum.

Hunderte Kilometer hätte sie laufen können und wäre ihre Wut nicht losgeworden. Ihre Wut, die Häuser zum Einsturz gebracht hatte.

Irgendwann legte sie sich auf einer Lichtung einfach ins Gras. Fühlte den weichen Boden und die Wurzeln. Blickte in die Kronen der Bäume und in den Himmel. Sie hörte Vögel, Insekten. Das Rascheln der Blätter im Wind. Geräusche und Töne, die immer mehr zu werden schienen, die sie immer deutlicher wahrnahm, je länger sie lauschte.

Nora atmete aus. Ein.

Und spürte, wie eine Träne über ihre Wange rollte.

Die *Kombüse* war geschlossen. Nora fuhr zu dem Parkplatz, auf dem sie bei ihrer Ankunft am Meer das erste Mal gehalten hatte, stieg aus und ging an den Strand.

Ein Stück entfernt stand ein Angler mit hohen Gummistiefeln, bis zu den Oberschenkeln im Wasser.

Nora ging durch den Sand auf ihn zu. Dann stellte sie sich neben ihn, die Wellen schlugen gegen ihre Hüften.

Der Angler drehte kurz den Kopf, dann blickte er wieder geradeaus. Eine Weile schwiegen beide.

Schließlich öffnete Nora den Mund. »Verzeih.«

Hagen erwiderte nichts. Stattdessen holte er sorgfältig die Leine ein. »Schlechter Tag heute. Hast du Hunger? Ich hab noch Fisch in der Truhe.«

Nora schüttelte den Kopf. »Ich will weiter. Ich muss noch einmal weg, um zu sehen, ob es klappt, das mit dem Wiederkommen.«

»Klingt, als ob es so sein müsste.«

»Es muss so sein.«

»Wie lange?«

»Ich weiß es nicht.«

»Komm wieder, wenn es passt. Ich bin, sagen wir so, recht häuslich.« Er sah sie an und zog ihr behutsam einen kleinen Zweig aus dem Haar.

»In der Zwischenzeit kann viel passieren.«

»Das kann es immer. Man braucht Vertrauen. Und Mut.«

Hagen packte seine Angelsachen zusammen. Auf dem Parkplatz wies er auf einen winzigen Wohnwagen, himmelblau und oval wie ein Ei. Nora überlegte, wo sie ihn bereits gesehen hatte. Zwischen Karstens Gerümpel auf dem Hof.

»Deiner?«

»Karsten war fleißig.«

Nora musste lächeln.

»Falls du mal Urlaub machen möchtest.«

»Du willst mich mitnehmen?«

»Ich würde ihn dir auch ausleihen.«

»Unter einer Bedingung: Es gibt Geranien am Fenster.«

Ein Lachen aus der Tiefe seines Körpers. »Geranien. Gut, abgemacht.«

An seiner Tankstelle stand Karsten, eine Mütze auf dem Kopf, die Hände in den Taschen, und betrachtete die Schwalbennester.

Als Nora an einer der Zapfsäulen ausstieg, trat er auf sie zu. »Nora, das ist gut. Ich wollte dich sowieso sprechen. Du darfst die Villa auf keinen Fall abreißen, hörst du?«

»Warum denn nicht, so plötzlich?«

»Na, unser Herr Bürgermeister, wie soll ick ditte sagen, der hat was Großes damit vor.«

»Hatte er das nicht die ganze Zeit?«

»Schon. Aber das ist jetzt anders, noch größer, verstehst du?«

Nora steckte einen Stutzen in den Tank.

»Jedenfalls, ich soll dir sagen und dafür sorgen, dass du sie nicht plattmachst. Weil, die ist wertvoll, ne?«

»Ich fürchte, das musst du mir erklären.« Nora sah auf den laufenden Zähler.

»Also, da war jemand vom Amt. Aus der Kreisstadt. Und der hat uns das gründlich erklärt.«

»Vom Amt für Denkmalpflege?«

»Ja, genau das war es wohl. Und unser Chef sagt, er sieht da Potenzial.«

»Kann ich mit ihm darüber sprechen? Jetzt, zufällig?«

Karsten nahm die Mütze ab. »Ist schlecht, heute ist er nicht da.«

»Er hat gerade Wichtigeres zu tun.«

»Genau.« Karsten sah erleichtert aus. »Ich kann dir das aber erklären, der Chef hat nämlich ein neues Konzept, das hatte er eigentlich schon immer, das war sozusagen eine geheime Idee, aber jetzt ist sie reif, und damit geht für ihn sogar ein persönlicher Wunsch in Erfüllung.«

»Und der wäre?« Nora zog den Tankstutzen ab.

Karsten räusperte sich. »Die Villa«, er sah sie erwartungsvoll an, »… wird eine Villa für Kunst!«

»Das ist doch eine gute Idee.«

»Findest du?«

»Finde ich.«

»Vielleicht kannst du sogar mitbauen. Du bist ja vom Fach. Denn das wird ein besonderes Projekt, mit Erhalt der alten Bausubstanz und so. Das finden viele Leute gut, und es belebt den Ort, sagt der Chef. Wenn das quasi eine Kunstvilla wird, dann zieht unser Ort ja eine ganz andere Zielgruppe an. Und außerdem«, er kratzte sich den Kopf, »ist da so ein Vogel. Den hat zwar niemand gesehen, aber der brütet da. Ist eine Besonderheit. Und darum soll es auch Naturführungen geben. So als Special Event, sagt der Chef.«

»Das scheint mir sehr sinnvoll. Ich muss dann mal.« Nora öffnete ihr Portemonnaie.

»Also, ich könnte dir da bestimmt was vermitteln, weil, du bist ja …«

»Danke. Ich guck's mir an, wenn es fertig ist.«

Nora winkte, als sie abfuhr, durchs geöffnete Fenster. Auf ihrer Hand landete ein weißer Schwalbenklecks.

48

Im Frühjahr darauf

Annabelle saß in der Villa an der Rezeption und las in einer Zeitschrift mit dem Titel *Artist Tattoos*. Ein Oktopus schlang seine Arme um ihre linke Schulter.

Auf dem Boden des Vestibüls lag eine Schicht Sand, vor der Veranda hatte sich eine kleine Düne gebildet. Am Treppengeländer klebte ein Schild: *Vorsicht, frisch gestrichen*. Eine Leiter stand mitten im Raum, eine Glühbirne hing von der Decke.

Durch die offenen Türen sah man in den Speisesaal: abgerissene Tapeten, aufgeschlagene Bodendielen, Fensterrahmen, die an der Wand lehnten. An der Außenseite war ein Gerüst errichtet, ein Betonmischer stand einsam herum.

»Na, alte Dame«, murmelte Nora. Sie drehte den Lichtschalter, als sie eintrat. Klack. Die Birne strahlte hell.

Annabelle blickte auf. Auf ihrer Miene spiegelte sich Überraschung, als sie Nora erkannte. »Ah, Nora! Wir haben noch gar nicht mit dir gerechnet.«

Sie wies mit ausgestrecktem Arm ins Vestibül, der Oktopus bewegte sich. »Willst du dich umsehen? Alles Kraut und Rüben. Ich weiß auch nicht, was die hier machen. Aber gearbeitet wird seit ein paar Wochen jeden Tag.«

Nora nickte. Sie verspürte Herzklopfen, als sie die Treppe

hinaufstieg. Die Sonne leuchtete auf den Putz, dort, wo er erneuert war. Die alten Tapeten waren von der Wand gerissen, Wände verspachtelt worden, teilweise schon neue Tapete geklebt. Es roch nach Farbe und Kleister.

An anderen Stellen standen noch die alten Betten, lag Staub auf dem Boden. Ein Durcheinander von Neu und Alt, aber etwas war in Bewegung geraten. Es war, als holte die Villa Luft, als atmete sie auf unter diesem Durcheinander, das von Leben zeugte, von Erneuerung. Planen lagen auf dem Boden, an einer Stelle war der Türrahmen sorgsam freigelegt worden, das alte Holz schimmerte hell.

In der Küche stieß Nora auf eine Gruppe junger Leute, sie trugen Arbeitskleidung, unterhielten sich auf Englisch, nahmen einen Imbiss im Stehen ein. Sie grüßten, als sie Nora sahen, ließen sich aber nicht in ihrer Unterhaltung stören.

Nora ging zurück zur Rezeption. »Wahnsinn, was hier passiert ist.«

»Ja, nicht wahr?«

»Und du? Was machst du?«

Annabelle klopfte mit ihrer Zeitschrift auf den Tresen. »Ich bin die Empfangsdame, sozusagen.«

»Passt.«

»Finde ich auch. Ich mach das, bis mein Studio läuft.«

»Du hast ein Studio?«

»Sogar ein mobiles. Mein Bruder hat mir seinen Wohnwagen geschenkt. Alt und winzig, passt aber. Funktioniert super. Die Leute lieben es, wenn ich zu ihnen komme.« Ihre Augen leuchteten.

Der Wohnwagen. Er war das Richtige für Annabelle. Auch wenn Nora einen Moment gedacht hatte, dass sie mit Hagen …

»Freut mich, ehrlich.«

Annabelle kniff die Augen zusammen und musterte sie. »Willst du auch ein Tattoo, vielleicht ein ganz kleines? Du bist sonst eher nicht so der Tattoo-Typ, schätze ich.«

»Ich denk drüber nach.«

Annabelle grinste.

»Sag mal, und sonst, die Villa?«

»Siehst du ja. Ist so ein mobiles Team da, junge Leute, keine Ahnung, die kommen irgendwie aus Polen und Brasilien, auch aus Deutschland. Sie sind von der Denkmalpflege hergeschickt worden, um hier zu arbeiten.«

»Leitet sie jemand an?«

»Ja, es gibt spezialisierte Handwerker, die kommen auch her, Gewerke heißt das, oder? Verschiedene Gewerke also, die arbeiten sich nach und nach durch die Räume. Ziemlich durcheinander, wenn du mich fragst. Manchmal kracht was runter, aber insgesamt wird es anders. Neu. Ist ja auch schön.«

»Ja, das ist schön.«

Da kam Mafalda angerannt. Sie hielt eine mit feuchtem Sand verklebte Flasche in Händen. Als sie Nora sah, blieb sie abrupt stehen. »Ich hab eine Flaschenpost gefunden!«

»Hallo überhaupt.« Nora lächelte.

»Hilfst du mir, sie zu öffnen?«

Nora löste den Korken. Schüttelte ein gerolltes Papier heraus und strich es auf dem Tresen glatt. Geschwungene Linien waren darauf zu sehen, Winkel, Zahlen, noch mehr Zahlen, notiert in winziger Schrift.

Mafalda krauste die Stirn. »Meinst du, die Flaschenpost ist für mich?«

»Für wen sonst?«

»Ich zeig sie Jonas.«

»Jonas ist hier?«

»Er kommt morgen. Er verbringt seine Ferien bei mir. Peggy kommt übrigens auch. Sie macht hier ein Camp.«

»Camp?«

»Ja, sie macht hier Kunst, sagt sie, mit anderen Leuten. Sie wollen hier zelten. Peggy sagt, das ist wichtig, und das Fernsehen kommt übrigens auch.«

»Das sind ja viele Leute, die hierherkommen. Und du?«

»Ich hab schon Ferien. Pfingstferien. Gehen wir schwimmen?«

»Darfst du?«

»Mama sagt, ich darf, solange jemand auf mich aufpasst.«

Annabelle nickte nur und wandte sich wieder ihrer Zeitschrift zu.

»Ist dir das Wasser nicht zu kalt?«

»Es ist überhaupt nicht kalt. Gestern bin ich auch schon drin gewesen.«

Nora folgte Mafalda über die Wiese.

Das Schild, *Vorsicht Lebensgefahr*, war umgefallen. Mafalda hüpfte leichtfüßig darüber hinweg, dann rannte sie weiter.

Gewohnheitsmäßig zählte Nora ihre Schritte. Zweiundsiebzig, fünfundneunzig. Die hohen Gräser, die gelben Blüten.

Einhundertneunund…

Das war nicht möglich. Nora wandte sich um. Vermaß die Strecke mit dem Blick. Sie konnte sich nicht verzählt haben. Nicht um dreißig Meter.

Die Abbruchkante hatte sich von der Villa entfernt.

Mafalda war nicht mehr zu sehen.

Nora lächelte. Ihr Blick folgte einer Schwalbe. Sie ging weiter, den Pfad entlang und den Abhang hinunter. Vor ihr, am Fuß der Steilküste, rauschte das Meer.